Sweet Love. Neill y Debbie

La Romántica

Biografía

Moruena Estríngana nació el 5 de febrero de 1983. Desde pequeña ha contado con una gran imaginación pero, debido a su problema de dislexia, solo escribía en sus libretas pequeñas poesías o frases mientras su mente no dejaba de viajar a otros mundos. Con 18 años, cuando su padre le dejó usar un ordenador por primera vez, encontró un aliado para dar vida a todas esas novelas que estaban deseando ser tecleadas. Empezó a escribir su primera novela antes de haber terminado de leer un solo libro, ya que escribir le permitía leer sin sentir esa ansiedad de no comprender lo que leía. Sus libros eran su refugio en más de un sentido. El 3 de abril de 2019 se cumplieron diez años de la publicación de su primer libro en papel, *El círculo perfecto*, momento desde el cual comenzó a luchar por sus sueños sin que sus inseguridades la detuvieran, demostrando que las personas imperfectas pueden llegar tan lejos como quieren. Actualmente tiene más de cien publicaciones, ha sido número uno en iTunes, Amazon y Play Store en más de una ocasión y no deja de escribir libros que poco a poco verán la luz. Su web personal moruenaestringana.com, donde cuenta sus novedades y curiosidades, ya tiene más de un millón de visitas.

Facebook: **MoruenaEstringana-Escritora**
Twitter: **@MoruenaE**
Instagram: **@moruenae**

Moruena Estríngana

Sweet Love. Neill y Debbie

Serie Sweet Love 1

Planeta

El papel utilizado para la impresión de este libro está calificado como **papel ecológico** y procede de bosques gestionados de manera **sostenible**.

Avinguda Diagonal, 662, 6.ª planta. 08034 Barcelona (España)
www.planetadelibros.com

Diseño de la cubierta: Booket / Área Editorial Grupo Planeta
Fotografía de la cubierta: © Mikhail_Kayl / Shutterstock
Primera edición en Colección Booket: marzo de 2020

Depósito legal: B. 1.488-2020
ISBN: 978-84-08-22480-8
Composición: Realización Planeta
Impresión y encuadernación: Liberdúplex, S. L.
Printed in Spain - Impreso en España

A mi marido y a mi hijo. Os quiero

Prólogo

El niño corrió tras su madre, incapaz de aceptar que los abandonaba a su suerte. Él, inocente, no entendía que una madre que te quiere pudiera hacer lo que la suya les había estado haciendo a él y a su hermano desde que los tuvo; pero en la inocencia de ese niño estaba el deseo de que su madre lo quisiera. De que se quedara por él.

La estuvo llamando hasta que su padre se volvió y le cruzó la cara, partiendo su ceja por la mitad. Del impacto cayó al suelo y observó a su madre implorándole que fuera hacia él. Que lo abrazara fuerte. Que le aliviara el escozor y el miedo a quedarse solo.

Su madre solo lo miró un instante, antes de coger la mano de su padre e irse con él lejos para no volver.

—Yo cuidaré de ti, como siempre —dijo su hermano Kevin acariciando su ceja—. ¿Neill?

—Quiero que regrese mamá.

—No va a hacerlo, y estamos mejor sin ella.

Neill asintió, pero en lo más profundo de su corazón sintió como la pena lo envolvía. A su tierna edad no comprendía por qué no era capaz de hacer que su madre lo quisiera.

Y aunque era pequeño y entre risas y sonrisas todos creían que había olvidado este episodio de su vida, lo cierto era que había marcado su existencia, pues desde entonces no se permitía el lujo de amar, porque subconscientemente pensaba que, si una madre que debe quererte se había ido para siempre sin mirar atrás, nadie podría quererlo.

Nadie era capaz de adivinar que, tras su sonrisa, se escondía un corazón herido que se conformaba con poco y en el fondo lo anhelaba todo.

Por otro lado, Debbie, de apenas seis años, veía cómo el mundo de su amiga se destruía. Cómo todo cambiaba. Era tal el dolor que lo podía palpar mientras abrazaba a su amiga Kelly. Cuando Debbie regresó a su casa, ya no miró a su madre de la misma forma. Sin darse cuenta, ese hecho que no la afectaba directamente había cambiado la vida de una inocente criatura.

Y es que la mente de los niños está llena de sueños, de ilusión, de felicidad, pero también de muchos miedos que, si no se expulsan, pueden llegar a condicionar tu vida... y tus decisiones...

PRIMERA PARTE

Amistad inesperada

Capítulo 1

Debbie

Sigo a mi madre a la casa de la fraternidad. Y solo estoy aquí porque se lo prometí. Y por eso no digo nada cuando mi madre, de casi cuarenta años, mira todos los cuartos como si fuera esa adolescente que disfrutó como nadie de la universidad. Tanto es así que parece que se ha quedado anclada en esa época. Para ella una canción de cuna era un grito de guerra de las animadoras, y desde niña mis ánimos para los exámenes tenían siempre un «Vamos, tú puedes» al que no le faltaban los pompones. Pero no sé en qué punto dejaron de hacerme gracia las canciones y los bailes. Yo no me parezco en nada a ella. Debe de ser que se quedó toda la efusividad para ella y no me cedió ni un ápice cuando nací. De hecho, no sé moverme con su gracia, y no digamos lo patosa que soy moviendo pompones; parece más bien que estoy quitando el polvo. Y ni hablar de volteretas. A lo máximo que llegaba en Educación Física era a dar una voltereta en la colchoneta que nada tenía de elegante.

—¿A que es precioso, Deb?

—No —le digo sincera, y mi madre me mira de manera recriminatoria—. Solo estoy siendo clara, mamá.

—Y yo solo espero que no te cierres en banda. Es tu primer año en la universidad. Toca disfrutar.

Me abraza y sigue revisando la casa. Es la primera vez en muchos años que siento que tenemos algo en común y no quiero perderlo. Como si temiera que ahora que me marcho de casa ya no hubiera retorno. Tal vez si vivo en su fraternidad aprenda a conocerla, aunque en diecinueve años no lo he logrado. O puede que, cuando era pequeña, sí. De mis primeros años solo recuerdo ir tras mi padre a sus partidos, y los fans de mi padre... Siento un escalofrío. Algunas cosas cuesta olvidarlas, aunque lo intentes.

—¿Usted es Yovanna Smit? —Mi madre, emocionada, mira a la joven de unos veinte años que la observa desde la escalera.

—¡Sí! Esa soy yo.

La joven rubia de grandes ojos azules la mira ilusionada, como si acabara de ver a su ídolo, y grita que Yovanna está en la casa. Y es decir eso y cientos de chicas salen a recibirla. Todas del equipo de animadoras, como lo era mi madre, lo sé por sus uniformes. Es una fraternidad de animadoras... Y yo, que voy a estudiar Historia Contemporánea y si muevo un pompón es para alejarlo al máximo de mí, no pinto nada aquí. Me siento fuera de lugar y presiento que me va a costar mucho adaptarme a la universidad. Y, por si esto fuera poco, echo de menos a mis amigas de toda la vida, sobre todo a Kelly.

Se ponen a cantar y a saltar y saco el móvil para contarlo en el grupo de mis amigas, que, como yo, alucinan con esto. Las canciones que creó mi madre siguen siendo un icono para la universidad. De hecho, al mirar hacia el salón veo una foto de mi madre animando. Era, y es, preciosa. Con su pelo rubio y sus grandes ojos verdes. Solo nos parecemos en los ojos verdes. Su cuerpo estaba lleno de curvas bien puestas y el mío parece una carretera nacional mal construida. No es algo que me moleste. No soy fea, mi pelo es más castaño y no mido el metro setenta de mi madre. Mido apenas uno sesenta. Aunque siempre pienso que soy alta, sobre todo cuando voy a comprar al supermercado, donde casi todo el mundo es más bajito que yo. Aunque, como dice mi padre, es porque la mayoría han empezado a encoger. Le gusta meterse conmigo por lo de la altura, cariñosamente, eso sí. Él mide casi un metro noventa y mi hermano pequeño va por el mismo camino. A veces me pregunto si me he equivocado de familia. A mi hermano, por supuesto, le encanta el fútbol y parece que seguirá los pasos de mi padre. En su época fue uno de los mejores delanteros y capitanes. Llegó a la liga profesional, pero lo dejó todo para heredar la empresa de mi abuelo y cuidar de su familia. Un día me confesó que en verdad todo tiene sus etapas y que la suya como futbolista había pasado. Yo a veces siento que tengo parte de culpa en su decisión. Y, aunque mi padre no ejerce de futbolista, le encanta escaparse a ver partidos y a jugar con sus antiguos compañeros cuando puede. Mi madre es como si no hubiera dejado la universidad; su espíritu sigue siendo el de una adolescente. Y eso me asusta un poco. A veces temo que esté tan metida en el pasado que no sea capaz de mirar hacia delante o que, cuando mire, tome una decisión drástica... Los años pasan y ella es la misma. Algo genial, pero siempre creí que las personas adultas se comportarían como adultas y cada año que pasa su locura se acentúa. A veces me siento la más madura de las dos y eso me hace sentir rara. Tener que decirle a mi madre que guarde la fila y no se cuele o que no haga el ridículo cuando no es necesario debería ser algo de sentido común. Es como si cada año que cumple acabara mandando la vergüenza más a paseo y le diera igual todo.

—Ven, Deb, enséñales cómo mueves la cadera.

La muevo como el puñetero culo. Y mi madre lo sabe. ¿Qué hace? La última vez que intenté bailar como una animadora acabé haciendo la croqueta en el suelo del salón y mi hermano se meaba de la risa mientras yo intentaba hacer algo decente.

Todas me miran, y yo espero que se abra la tierra y me saque de esta pesadilla.

—No, gracias.

Sonrío y guardo dentro de mí la rabia. Es mi madre, debería conocerme. Estoy aquí, pero no soy como ella.

—Vamos, anímate. —Las demás me miran y me evalúan.

Sé lo que están pensando: «¿De verdad es hija de la maravillosa Yovanna y del capitán del equipo Lisandro?». Sí, lo soy, aunque no lo parezca.

—No —le digo más seria, y parece que lo pilla. Lo peor es que se pone triste.

Me siento fatal; es como si mi madre hubiera esperado que, al entrar en esta casa, que se sabe de memoria y de la que me sé cientos de historias, algunas de ellas que ojalá no conociera, porque no son para niños, yo cambiara de golpe y me pusiera a dar saltitos como si me hubieran metido un petardo por el culo.

Se van con mi madre al salón y la acribillan a preguntas. Por supuesto, casi todas tienen que ver con mi padre, de cómo se enamoró del capitán del equipo y vivieron una intensa historia de amor y cómo lo dejó todo por irse tras él y se ha dedicado a él todos estos años. La verdad es que las historias de mi madre siempre comienzan desde que conoció a mi padre. Es como si lo anterior no hubiera tenido trascendencia en su vida.

Me sé todo esto de memoria, por eso me marcho a ver el resto de la casa. Es enorme. Un gran salón con una cocina separada por una isleta. Salgo al jardín: la piscina no es muy grande, pero invita a bañarse y con este calor no sería mala idea, pero no lo haré, por supuesto. Ya es demasiado vivir en una casa de mujeres perfectas, como para ponerme a su lado y ver todos estos defectos que nunca me han importado. Es como si, al entrar en esta casa, mi autoestima, por lo general alta, hubiera empezado a descender. No me gusta el camino que está tomando, pero en parte es debido a todos estos cambios y a tener que compartir casa con personas que no son afines a mí.

Pienso en la historia de mis padres. Es cierta. A él le salió un contrato en otra universidad y se fue, y mi madre lo siguió sin pararse a pensar en su carrera. Y dejó los estudios a la mitad. En seguida se quedó en estado de mí y ya se olvidó de lo que ella quería en la vida. Se pasa el tiempo en casa, dando órdenes a la chica que viene a limpiar, y visitando a las vecinas. Trabaja haciendo encargos de customizaciones de ropa. Le encanta dar su estilo a las prendas y recibe encargos de la gente del barrio para que les dé un toque único. No digo que no sea feliz, pero me pregunto si renunció a demasiado por seguir a mi padre. El amor no debería basarse en que uno de los dos renuncie a sus sueños, sino en que ambos cumplan sus metas y encuentren el camino para poder compaginarlas con la vida. A veces temo que un día el peso sea insoportable...

Por eso tengo claro que no pienso dejar nunca que el amor domine mi vida. Creo en el amor y también sé que hay muchos idiotas que te prometen todo con tal de conseguir algo de ti. Eso lo aprendí a base de besar a un par de sapos; el regusto amargo que me han dejado me sigue dando arcadas cuando los recuerdo. Por eso prefiero hacer como si nada. Es mejor no recordar los errores.

—Hija —mi madre me abraza por detrás—, me voy, pero llámame para contármelo todo. Y cuando digo todo es todo. —Me da un codazo cómplice.

Sí, mi madre espera que le cuente si me lío con un tío o si me acuesto con él. De hecho, me ha obligado a meter en la maleta varias cajas de preservativos.

—Claro.

—Y, por favor, pasa las pruebas. Es importante para mí que estés aquí.

Es importante para ella porque es como si viviera por segunda vez su paso por la universidad. Asiento y me abraza hasta dejarme sin aire.

—Te quiero, osita.

—¡Mamá! —Se ríe y se aleja.

La miro irse y no lo reconoceré, pero la voy a echar de menos. Es la primera vez que voy a vivir sola y, aunque a veces me cansan sus excentricidades o que mi padre hable todo el día de fútbol con mi hermano, los quiero. Pestañeo varias veces para secarme los ojos y evitar que asomen las lágrimas y miro a las que serán mis nuevas compañeras de casa.

—Ven, te enseñaremos dónde dormirás hasta que pases la prueba y te asignemos un cuarto. —Las sigo y me llevan a un dormitorio común con varias candidatas a entrar. Todas me miran y casi todas parecen animadoras, con cuerpos perfectos y sonrisas enormes para impresionar a la capitana, que ni siquiera sé cómo se llama, pero lleva escrito en su camiseta que es capitana. Está claro que no le gusta nada presumir de ello... Mi madre tiene la misma camiseta, claro—. Deja tus cosas en esa cama vacía. —Asiento—. ¿De verdad eres su hija?

—Que yo sepa, sí, pero igual me cambiaron al nacer —le digo con una sonrisa.

Pone mala cara y se marcha. Dejo mis cosas en la cama y me siento algo molesta cuando todas me miran. Me vuelvo hacia ellas con una sonrisa y les respondo lo que todas se están preguntando.

—No, no voy a presentarme a animadora. Para mí animar es como tragarme un clavo ardiendo, así que no os preocupéis, que podéis seguir lamiéndole el culo a la capitana para que os admita en el equipo sin miedo a que la hija de Yovanna sea como ella y os quite el puesto.

Por sus caras sé que no ha sido mi mejor entrada. Que tal vez no consiga amigas. Que soy idiota, vamos. Pero no lo soporto. No soy como mis padres. Y me agobia todo esto. Yo nunca he tenido un solo complejo. Ha sido entrar a esta casa y sentirme inferior por ser como soy, y me veo muy perdida con estos sentimientos que son tan nuevos para mí.

Cojo mi cartera y me marcho de aquí; antes de salir me avisan de que la prueba será esta noche en la fiesta que dan los del equipo de fútbol. Genial. No sé si podré soportar tanta testosterona suelta.

Capítulo 2

Debbie

Me tomo una copa en la fiesta de la fraternidad de los integrantes del equipo de fútbol. Espero que no me pregunten quiénes son, porque, salvo que sé que los que llevan la chaqueta azul y blanca son del equipo, no tengo ni idea de sus nombres ni de nada.

Tengo a mi lado a varias de las que esperan órdenes. Una de ellas se llama Iona y es maja. Es la única que no se ha quedado perpleja al ver lo que mi madre y yo tenemos en común: el pecho. Aunque a mí, al ser más bajita, no me favorece tanto, pero ahí está mi noventa y cinco de sujetador. Y sin recurrir al relleno. No es que me encante arreglarme para salir, pero me defiendo. Nunca he desentonado con mis verdaderas amigas, a las que hoy echo terriblemente de menos. Están cada una en una fiesta y el grupo de WhatsApp está parado. Nadie dice nada. Me he puesto unos vaqueros y una camiseta negra de tirantes. No llevo tacones, porque soy una bajita orgullosa.

Dejo el vaso vacío en la mesa y me voy a dar una vuelta por la casa rumbo al jardín. Estoy llegando cuando Lilit, que así se llama la capitana, me detiene.

—Debbie, te estaba buscando. Es hora de que te diga en qué consiste la prueba.

—A ver, sorpréndeme. —No le gusta mi tono y pone mala cara. Sonrío recordando que ellas suponen que me muero por entrar; así se lo dijo mi madre cuando usó sus influencias para que me dieran la oportunidad.

—Es fácil, aunque tal vez a ti te cueste un poco. Te recomiendo que te bajes la camiseta un poco. —Mira mi escote; se adivinan mis pechos, pero no los enseño como ella, que un poco más y muestra hasta el ombligo por arriba.

—No, gracias. Me gusta insinuar, no enseñar —le digo. Y le molesta, porque no es tonta y sabe que me refiero a ella.

—Bien, seguramente falles y todos seremos más felices sin ti. —Espero atenta e ignoro sus palabras—. Tienes que conseguir besar en la boca a cualquiera de los jugadores de fútbol y te aseguro que ninguno se quejará.

—Pues deberían, no son objetos.

—No, pero te aseguro que les encanta ser besados... —Se nota que lo dice por experiencia—. Tienes hasta medianoche y te tiene que haber visto alguna de nosotras.

La miro llena de rabia y pienso en mi madre; y, como si esta lo hubiera adivinado, me envía un whatsapp:

Hola, hija, ¿cómo va la fiesta? Escríbeme cuando estés en tu cuarto y pásalo bien. Te quiero, osita.

Leo el final y odio que me diga eso, pero me llama «osita» desde niña. Ya es algo que no puedo cambiar a estas alturas. Veo su foto de perfil: salimos las dos juntas, ella sonriente y yo con cara de espanto por cómo me cogió de improviso. Pese a eso, le encanta esa foto y la puso en seguida en el WhatsApp. Recuerdo que hago esto por ella. Por sentirme unida a ella, pero no sé si merece la pena el precio que tengo que pagar.

—Así que los jugadores de fútbol no son objetos... —Me vuelvo y veo que hay alguien entre las sombras. Sale a la luz y me cuesta mantenerme impasible ante lo que veo.

No soy de las que se impresionan fácilmente con una cara bonita. Una belleza vacía nunca me dice nada, pero este chico tiene algo. Tal vez sea la sonrisa fácil que veo brillar en sus bonitos y cálidos ojos marrones. O esa ceja partida que le da un aire de misterio y que, en vez de romper su imagen perfecta, la acentúa. Su pelo es negro y le cae por la frente sin orden. Parece que es de los que se peinan con los dedos y no se pasan horas ante el espejo, y sin embargo luce increíble.

Es muy alto. A mi lado, por supuesto, más. Debe de medir más de metro ochenta. Y se nota que le gusta el deporte, porque su cuerpo, bajo esa camiseta negra, se ve fibroso. No debería estar devorándolo con la mirada. Y, por su media sonrisa, sabe que le acabo de hacer un chequeo completo.

—No lo son —le digo recordando sus palabras—. Supongo que has escuchado qué prueba esperan que haga.

—Sí, y tiene razón, más de uno te besaría encantado —dice con una voz aterciopelada a la vez que dura—. Pero luego querría aprovechar para meterte mano o llevarte arriba, a su cuarto.

Me sonrojo por su forma de decirlo.

—No soy una chica fácil. Antes les muerdo la lengua. —Sonríe.

—Pues no lo hagas, niégate.

—Ya, claro, eso sería fácil si... —Me insta a hablar—. No te importa.

—Tienes razón, pero siento curiosidad.

Se apoya en la pared y espera a que hable. Debería irme y no contarle nada, pero algo en sus hipnóticos ojos marrones me hace continuar y, sí, lo que he tomado me suelta la lengua. Suelo decir lo que pienso cuando bebo. Por suerte con mis amigas no tenía problema nunca, porque ya sabían todo de mí. Pero cuando había alguien cerca, si no me gustaba, se lo decía a la cara. Y es que peco de ser sincera y con una dosis de alcohol no sé tener filtro.

—Lo hago por mi madre. Ella está deseando que entre en su hermandad. Es la primera vez que estamos tan unidas en diecinueve años... Siento que, si no intento comprenderla una vez más, la vida acabará por separarnos.

Algo en la mirada de este joven cambia. Y lo veo acercarse a mí como si fuera su presa. Me voy hacia atrás mientras él mira hacia la derecha y sonríe cuando ve algo que le gusta. Entonces pasa su mano por mi cuello y me acaricia. Su cercanía me nubla la cabeza. Su perfume embota mis sentidos. Huele de maravilla. Se acerca a mi oído y me habla en un susurro.

—Me debes una —me dice antes de llevar sus labios a los míos.

El beso es inocente. Solo un roce de nuestros labios. Debería pararlo o decirle a mi corazón que deje de latir como un loco. Debería hacer de todo menos abrir la boca y acariciar sus gruesos labios con ella. Eso parece gustarle, pues hace lo mismo y el beso inocente se descontrola. Nos besamos como si estuviéramos sedientos. Y nuestros cuerpos se buscan como si una fuerza invisible los impulsara. Tengo que detenerlo y por eso me aparto. Me guiña un ojo y se vuelve hacia la derecha.

—Está dentro, ¿no? —le dice el joven, que debe de ser un poco mayor que yo, a Lilit, que no ha perdido detalle del beso y nos mira enrabietada.

—Sí, eso parece.

El joven me acaricia la cintura antes de alejarse y, sin más, se pierde entre la gente. ¿Qué acaba de pasar? No me reconozco. Yo, que para besar a un tío casi le pedía el carnet de identidad y todos sus antecedentes penales, acabo de morrearme con un completo desconocido en medio del pasillo de una fraternidad. Ah, bueno, sé una cosa más. Es del equipo de fútbol, por eso he pasado la prueba. Pero nada más.

—El capitán del equipo de fútbol es mío, pequeña zorra, ni se te ocurra volver a besarlo seas hija de quien seas. Estás dentro, pero no te queremos allí. Tú no eres como tu madre.

Genial, me acabo de besar con el capitán del equipo de fútbol y me he ganado una enemiga dentro de mi casa. Por suerte dudo que dicho capitán y yo nos volvamos a ver. Jugamos en ligas diferentes. Y yo ya he tenido suficientes fiestas de hermandades por un tiempo. Es hora de que me centre en estudiar, que es, al fin y cabo, por lo que estoy aquí. No es que no me guste la fiesta, pero prefiero salir con personas con las que compartir risas, no donde me sienta fuera de lugar.

Me marcho de la casa y miro una vez más hacia atrás. Me muerdo el labio y me enfado por no poder olvidar su sabor y porque su perfume siga impregnado en mi ropa. Recuerdo lo que sentí cuando dejé que me besara... No me reconozco, y esto no se volverá a repetir.

Capítulo 3

Neill

—¡Otro triple! Tío, tu hermano está que se sale —me dice Oziel, un compañero de fraternidad y defensa del equipo. Es uno de los jugadores con los que mejor me llevo dentro del equipo, junto con el portero Levi.

Asiento mientras doy un trago a mi cerveza. Ser hermano del famoso Kevin Wood, apellido que tomamos por nuestro padre adoptivo, no es fácil, por mucho que adore a mi hermano desde siempre. Desde que Kevin despuntó en el baloncesto, al llevarnos tantos años se esperaba que yo siguiera sus pasos. Cuando me decanté más por el fútbol, no gustó mucho a la prensa de deportes, que esperaba que los dos hermanos nos viéramos las caras en la cancha. Eso vende mucho. Algunos dejaron de hablar cuando me vieron jugar al fútbol y, aunque me han hecho ofertas para ingresar en las canteras de varios equipos de la élite, no he aceptado. Aparte de gustarme el fútbol, soy un friqui de la informática y si acepté ingresar en esta universidad fue porque para mis estudios de informática iba a ser algo muy bueno. Jugar al fútbol está bien, porque me paga los gastos de la carrera y me permite centrarme en estudiar y no tener que buscar un trabajo para poder costeármela. Pero aún no he decidido qué camino quiero tomar. El año pasado sí que tenía claro que quería ser futbolista, pero, desde que empezamos los entrenamientos tras ser campeones de liga y debido a la expectación que causamos por conseguir lo inaudito y dejar de ser un equipo que siempre pierde, las marcas publicitarias nos persiguen y han dado a la universidad mucho dinero para el equipo de fútbol. A nuestro entrenador se le ha subido todo a la cabeza y está empezando a mostrar su verdadera cara. Y no me gusta. La presión que siento jugando me hace no saber si quiero que este sea mi futuro. Por eso quiero sacar la carrera con nota, por lo que pueda pasar.

Me dan una palmada en la espalda cuando Kevin mete un nuevo triple y sonrío. Mi hermano es el mejor, no hay duda. Y las que más lo animan son Allie y su hija de dos años, Petra, que lo miran desde la grada. La niña es igual que su madre, salvo por los ojos verdes de Kevin. Me enamoré de mi sobrina desde que la vi por primera vez, y ella siente lo mismo por mí. La tele las enfoca y la pequeña saluda sonriente, como si lo supiera. Le encanta la cámara. Algo que ha heredado de su madre, que, preciosa, sonríe a su lado.

El partido acaba y entrevistan a mi hermano. Apagan la tele tras su entrevista y me proponen jugar al billar. Vamos hacia la sala de juego, donde quedan los restos de la fiesta de anoche. Ninguno tenemos muchas ganas de limpiar. Mañana vendrán a recogerlo todo.

Al llegar allí, Oziel se ríe al levantar un tanga negro que estaba a los pies de la mesa.

—Alguno estrenó con mucho gusto la mesa. —Se ríe pícaro—. Yo estrené de nuevo el baño.

—Así estaba de guarro esta mañana... —dice Levi—. Y tú también pillaste, ¿no? —me pregunta, y recuerdo a la misteriosa chica de grandes ojos verdes que parecía estar en el matadero.

—Que yo sepa, no —le digo cogiendo el taco antes de colocar las bolas de billar.

—Pues Lilit estaba que echaba chispas, porque te había visto con una dándote el lote.

—Creo que Lilit debería aceptar que lo nuestro acabó.

—Sabes que no lo va a entender. Su meta es que seáis como la capitana más famosa del campus, Yovanna, y su marido, Lisandro, el mejor capitán hasta la fecha. Por cierto, su hija está en la universidad este año.

—Pero no es como su madre —dice Marcos, un defensa que no nos cae especialmente bien, pero al que tragamos porque es de nuestro equipo—. Creo que ha sacado lo peor de cada uno de sus progenitores. Ayer estuvo en la fiesta y de ella solo se salvan el buen par de tetas que tiene; del resto, nada.

Se ríe como si lo más importante de una mujer fuera eso. Yo lo encuentro despreciable.

—Me da igual. Además, Lilit ya sabía que no quería nada serio. Y ahora, si os habéis cansado de cotillear como putas marujas, ¿podemos empezar la partida?

Oziel se ríe y tira el primero. Vamos por parejas.

Empezamos la partida y, cuando ganamos Levi y yo, Oziel y Marcos se pican y quieren echar otra. Al final acabamos pidiendo pizzas y bebiendo cervezas hasta más de las diez de la noche. Subo a mi cuarto, que es el más grande de todos y con baño propio, y en el que reina un orden que no tiene nada que ver con el del resto de la casa. Algo en lo que tiene que ver Blanca, que ha sido más una madre para mí que mi propia madre. Si no ordenaba mi cuarto, no paraba hasta que lo recogía todo. Al final ya lo hago por costumbre. La quiero mucho y sé que Kevin y yo hemos tenido mucha suerte de encontrarlos. Y también Daniel. Él no recuerda nada de lo vivido con nuestros padres verdaderos, esos que lo usaban para pedir dinero, y mejor así, porque a mí me encantaría olvidarlos para siempre. Es una suerte que se topara con mi cuñada, que esta lo siguiera y pudiéramos sacarlo de ese infierno. Lo peor fue que mis padres casi la mataron. Todo quedó en un susto y ahora están donde espero que tarden mucho en salir, en la cárcel.

Adair tiene mucha suerte de que su madre verdadera no fuera como la nuestra. Blanca es todo lo que uno puede soñar que sea tu progenitor. Tenemos la mala suerte los cuatro de compartir con Adair un padre horrible.

Nosotros tres, Kevin, Daniel y yo, tenemos la misma madre, que siguió los pasos de nuestro descerebrado padre y no fue como Blanca, que sí antepuso su hijo a todo y cuidó de Adair desde que nació.

Pero todo esto es ya parte de un pasado que no me gusta recordar.

Reviso los trabajos para esta semana y me tiro en la cama a ver la tele tras cambiarme. Sin quererlo, recuerdo el beso que compartí ayer con esa chica y sé que, si ella no me corta, tal vez lo hubiera intensificado y llevado a más. Besaba bien, muy bien, y a nadie le amarga un dulce; además, desde hace tiempo sé que lo único que quiero es eso. Podía haber ido a buscar a otra chica para divertirme. Sin embargo, salí al jardín a beber con mis compañeros, sin hacer caso a las atenciones femeninas que se me presentaban. Ignoro por qué.

Estoy entrenando y viendo las pruebas de animadoras no muy lejos. No veo entre ellas a la chica misteriosa, y en el fondo lo esperaba. No pega con ellas, y no porque no sea guapa, pues tiene unos ojos verdes preciosos y un pelo castaño largo y ondulado cortado a capas que, doy fe, es muy suave al tacto. Y además no está esquelética. No me gustan las chicas que son un palo, prefiero las mujeres que no se pasan media vida a régimen.

Lilit se da cuenta de que estoy mirando y me saluda efusiva. Le devuelvo el saludo con un gesto de la cabeza y me vuelvo para seguir con mi entrenamiento. No sé en qué pensaba cuando me lie con ella, bueno, sí, en que en la cama nos lo pasábamos bien. Uno siempre piensa que cuando le dices a una tía que solo quieres sexo, lo entiende. Y más cuando asiente y te dice que ella también, que ni se le pasa por la cabeza ahora mismo tener novio. Todo mentira. Y somos tan tontos que nos lo creemos, hasta que la verdad nos estalla en la cara, y te regalan un corazón que pone «Te quiero» y te dicen que tienen planes para presentarte a sus padres... Creo que en ese instante se me pusieron los huevos de corbata y no salí corriendo porque la tenía a ella encima. Pero desde ese momento le dejé las cosas más claras y la ignoré, sabiendo que cuando me decía que lo tenía claro era mentira.

Termino el entrenamiento y miro el móvil: tengo una llamada de mi hermano mayor, Adair. Le devuelvo la llamada al salir del vestuario.

—¿Estabas entrenando? —me dice nada más descolgar.

—Sabes que sí, y si no te acordaras pensaría que tus dotes de detective se están mitigando. —Se ríe.

—Estoy en el bar que hay cerca de tu campus, el bar de Jon. He venido por una investigación. Te espero.

—Bien, voy para allí.

No tardo en llegar y lo veo en la barra tomando una Coca-Cola y unos panchitos. Al verme me sonríe y me da un abrazo. Ahora somos igual de altos y, salvo por los ojos, nos parecemos mucho.

—¿Cómo llevas el segundo año?

—Bien, no me ha dado tiempo a cagarla. —Sonríe, me pido una cerveza y pone mala cara—. ¿Eres consciente de que esto es lo más flojo que bebo?

—No soy tonto, pero eso no quiere decir que me acostumbre a ver como uno de mis hermanos pequeños se emborracha...

—No suelo emborracharme. Sé controlar y no puedo desfasarme mucho cuando tengo que entrenar.

—Ya, claro, he tenido tu edad... A otro con ese cuento.

—Me niego a creer que el serio Adair se haya ido de botellón. —Me tira un panchito. Me encanta picarlo.

—No soy tan serio.

—No desde que tus hijos te llevan por la calle de la amargura.

—Ya serás padre...

—No, eso os lo dejo todo a vosotros. —Se ríe como si supiera algo que yo ignoro.

—Ya hablaremos con más tiempo. Y ahora, dime, ¿te apañas bien con las clases y el deporte? Me he enterado de que os han aumentado los días de entrenamiento.

—Que el año pasado ganáramos ha hecho que este año la presión sea mayor. Hay más patrocinadores y más gente que acude a ver los partidos. Cada vez tienen más afición estas ligas menores, y se nota.

—No te fuerces y si quieres dejar el fútbol...

—Me gusta.

—No puedo evitar preocuparme.

—Kevin pudo con todo.

—Ya lo sé. Estoy siendo un muermo —dice dando un trago a su refresco.

—Total y absoluto. Pero, tranquilo, los que te conocemos ya sabemos que eres así de carca —bromeo, y esto relaja a Adair.

Seguimos hablando hasta que le suena el móvil. Es Laia, para saber si va a ir a cenar.

—Me marcho y, cuando quieras hablar, llámame. Y si quieres me hablas de chicas...

—No quiero hablar de chicas contigo. No te lo tomes a mal, pero te aseguro que sé todo lo que debo saber y, por si te lo preguntas, uso protección.

—Eres imposible —dice, pero en sus ojos no veo reproche.

Lo acompaño a su coche y nos despedimos. Lo veo alejarse y en el fondo siento un poco de añoranza. Gracias a él, a su madre y a su padrastro, Kevin, Daniel y yo hemos sabido lo que era tener una verdadera familia.

La fiesta en la fraternidad de las animadoras está en su máximo apogeo. Lilit no para de mirarme mientras bailo con una de las nuevas animadoras que han pasado las pruebas. La saludo y eso la irrita más. Nunca me he arrepentido tanto de estar con alguien, pero esto es algo que no le daré el gusto de saber. Es mejor que la gente no sepa cuánto te molestan las cosas, y no darles pistas de lo que te inquieta o te preocupa. Es preferible mostrar una sonrisa que oculta lo que de verdad piensas, mientras observas la vida a través de ella.

De repente siento unos labios sobre los míos y cómo me meten mano descaradamente.

—Vamos arriba, me he cansado de que me taladren la nuca. —Se refiere a Lilit y, como yo siento lo mismo, asiento y subimos las escaleras hacia los cuartos.

Miro una vez más hacia la sala, como si buscara algo... o más bien a la chica misteriosa. No está y me molesta darme cuenta de que la estoy buscando. Lo que haga con su vida me da igual.

Subimos a la última planta, donde alojan a las nuevas, y nada más doblar la esquina la chica me asalta y me besa como si no existiera un mañana. Besa bien, pero el beso no hace que me abstraiga de todo lo que nos rodea. Me dejo llevar, como siempre buscando por unos instantes algo más. Un atisbo de lo que sería sentirse amado de verdad. Y me pierdo en ello.

Judit, que es como se llama la chica de esta noche, se aparta y veo que hace un movimiento de caderas mientras, descaradamente, se quita la ropa interior negra y la pone en mi mano.

—Vamos a mi cuarto —me dice, al tiempo que escucho abrirse una puerta. En sus ojos hay una clara promesa.

Alzo la vista y veo que no muy lejos está la chica misteriosa con la que solo compartí un beso. Mira mi mano con la ropa interior y sonríe.

—Intentad no hacer mucho ruido —dice descaradamente, y va hacia su cuarto.

Va vestida con unos *leggings* negros y una sudadera enorme que parece de su antiguo instituto. Lleva el pelo en un moño mal hecho y despeinado y nada de maquillaje. Sin embargo, no puedo apartar los ojos de ella ni de su culo perfecto cuando entra en su cuarto.

—Debbie es una amargada, una rata de biblioteca. No le hagas caso y haz todo el ruido que quieras.

Judit me mira sugerente y tira de mí hacia su habitación, pero me detengo.

—No tengo ganas. Lo siento. —Y, sin más explicaciones, me marcho.

Me siento como un capullo, pero no tengo deseo alguno de estar con Judit y me enfado con la que ahora sé que se llama Debbie por joderme la noche y enfriarme de esta manera.

Capítulo 4

Debbie

Repaso el libro de historia para el trabajo que nos ha mandado Ginebra. Me encanta cómo explica las cosas, al igual que su novio, Conor. O prometido, pues circula por la universidad que se han comprometido hace poco. Son geniales como profesores y se pican entre ellos para ver quién lo hace mejor. Aunque luego siempre acaban dándose un beso en el intercambio de clases.

Se nota que adoran lo que están haciendo y, aunque no seas amante de la historia, acabas por quererla. Por eso quise venir a esta universidad y acepté entrar en la fraternidad.

Conor ha publicado un libro sobre historia antigua, contada desde su punto de vista, y hace tiempo fui a una de sus charlas y me encantó su forma de narrar. Sabía por su biografía que daba clases aquí, casualidades del destino, la universidad de mis padres, a la que me había negado a ir. Al final mi madre me prometió pagarme aquí la carrera que había elegido con la condición de que ingresara en su fraternidad. Pensé en negarme, en buscar un trabajo y no usar el dinero que habían ahorrado para mí todos estos años, pero mi padre me cogió por banda y me dijo que mi madre sería feliz si hacía esto. Que tal vez así podría comprenderla y entenderla un poco más. Y que esta experiencia no solo me haría estudiar la carrera que quería con el profesor que deseaba, sino que podría acercarme más a mi madre ahora que estaba creciendo, y que empezaría a tomar caminos lejos de mi casa donde se encontraran mis sueños. Lo pensé y supe que tenía razón; acepté y mi madre se volvió loca, más de lo que ya está, como si eso fuera posible.

Tomo apuntes hasta que noto que alguien se sienta a mi lado y me llega su perfume, y aunque no quiera, reconozco ese olor. Me vuelvo y veo al que ahora sé que se llama Neill, mirándome bajo sus gafas de sol. No parece tener buena cara. Noto que mi corazón traicionero da saltitos y mis ojos devoran con la mirada al adonis de pelo oscuro que tengo a mi derecha. Me enfado conmigo misma y me centro en mi libro, al tiempo que recuerdo como lo vi dándose el lote con Judit y como ella le daba sus bragas. Está claro lo que pasó luego, aunque debieron de ser muy silenciosos, pues no escuché nada. Lo creía más pasional, la verdad.

—Me debes una —me dice cerca del oído y me recorre un escalofrío.

—No te debo nada. Me besaste porque te dio la gana, como al parecer besas a todas.

—No a todas, pero sí hago lo que quiero. No tengo que dar explicaciones a nadie.

—Como yo.

—Y no lo decía por el beso. Tómatelo como un regalo.

—Oh, qué gran regalo, me ha besado el capitán del equipo. Eres un poco egocéntrico. —Lo miro y sonríe de medio lado. Se quita las gafas y veo que está cansado.

—Por tu culpa la otra noche se apagó mi fogosidad.

—Y es mi culpa —le digo con una sonrisa incrédula.

—Me miraste como si lo que iba a hacer estuviera mal, me recordaste a mi madre. —Noto que decir «madre» le cuesta.

—Yo no te miré de ninguna manera y, por si no lo sabes, existen unas pastillas mágicas azules que levantan cualquier cosa... Aunque, yo que tú, me lo miraría si tan joven debes usarlas. Tal vez tengas problemas de próstata. —Me mira asombrado y sonríe más. Me sonrojo; no me puedo creer que le haya dicho eso.

—Te aseguro que no tengo ninguno, pero gracias por tu preocupación. Y sigo diciendo que me debes algo. —Coge mis notas y le quito la libreta—. Como ya suponía, eres muy ordenada. Y necesito tu ayuda. Yo soy un desastre tomando apuntes para los exámenes.

—Pues es tu problema.

—Quiero aprobar la carrera...

—Eres consciente de que por ser capitán te aprueban por el morro, ¿no? —Se tensa; no le gusta este tema.

—No me gusta que me regalen nada. Y no me conformo con sacar un mísero cinco. Prefiero seguir con mi media de sobresaliente en informática. —Me sorprende que tenga esa media y que estudie esa carrera.

—Eres un friqui —sonrío—. No se te nota.

—¿Acaso los informáticos tienen que ser de alguna forma? —me pregunta curioso.

—No, claro..., pero no esperaba que fueras un alumno de matrícula, ni que estudiases informática. No pega con un deportista.

—Ya. Pero yo no soy como el resto —me dice, y me veo perdiéndome en sus ojos marrones—. Y necesito tu ayuda. No te molestaré mucho, pero tengo que pasar a limpio unas notas y necesito que me ayudes.

—¿De verdad?

—Sí. El profesor de este año es un capullo que odia a los del equipo de fútbol y la ha tomado conmigo. Si falto a alguna clase porque tengo que ir a entrenar, luego no me pasa los apuntes, ni me dice el temario explicado. He cogido apuntes de unos y otros, pero no entiendo su letra. Quiero hacerlo bien. Tú estudias historia, sabes de jeroglíficos —bromea.

—Seguro que a tu profesor alguno de los tuyos le levantó la novia en la universidad.

—Cierto. Como sé que lo hizo tu padre con más de uno, hasta que llegó tu madre.

Lo miro mordaz.

—No, no soy como ellos. ¿Algo más? —Levanta las manos, inocente—. Solo sé de ellos que se liaron y que tu padre era muy bueno jugando al fútbol. Ya está. No me mates por lo que intuyo te ha dicho más de un capullo desde que estás aquí.

Tiene razón, la gente no para de decir que de dónde he salido yo viniendo de esas dos personas tan guapas. Idiotas. Juro que nunca me ha importado cómo soy, que siempre me he visto genial. Pero escuchar tantas veces la palabra «fea» seguida de mi nombre me está empezando a molestar. Y más tras el cambio tan grande que supone salir de mi casa, empezar en otro lugar sin conocer a nadie y verme sola. Siento que me pierdo y no sé cómo lidiar con todo.

Por suerte, en la universidad me dejan en paz. Lo malo es en las zonas comunes y en la fraternidad, donde la gente muestra su lado más cruel. Sí es cierto que la universidad no es como el instituto, que todo el mundo va a su rollo, pero en la vida real los idiotas existen y parece que me he topado con cada uno de ellos. Sé que solo necesito tiempo para recuperar el control de mi vida y que todo me resbale.

—No te importa y no te voy a ayudar. Tengo trabajos que hacer.

—No voy a robar tu tiempo. —Saca de una carpeta varias notas que, como dice, están hechas un asco—. Esto es lo que he podido recopilar. Si puedes hacer unas notas decentes, genial, si no, pues nada.

Lo llaman al móvil y descuelga. Es su entrenador, lo quiere ya en el campo, y lo sé porque le grita al oído. Neill no pone buena cara.

—Por favor. Te compensaré.

—Hay cientos de pavas que te lo harían sin más ¿Por qué yo?

—No lo sé. —Parece sincero con esa afirmación y me pica la curiosidad. Anota su número móvil en una de las hojas de apuntes—. Llámame si lo haces y si no..., escríbeme para que recoja este desastre.

Asiento y se marcha. Se da la vuelta antes de perderse de vista y no sé cómo descifrar lo que veo en sus ojos.

Miro las fotocopias de notas que ha recopilado y el libro debajo de ellas. La verdad es que las notas son una mierda. Algunas no se entienden, pero me fijo en que hablan más o menos de lo mismo. Sé algo de informática porque mi hermano la ama; desde niño ha montado y desmontado ordenadores. Y me ha explicado cientos de cosas de los programas que diseñaba. Le creó a mi padre su página web y tuve que ayudarle con los códigos HTML. Siempre he sido muy curiosa y me gusta aprender cosas. Y, como amante de la historia, sé que un día se estudiará la revolución informática en las clases de historia y cómo con el paso de los años los adelantos tecnológicos parece que nos llevan cada vez más cerca de ese futuro que siempre imaginamos con trajes espaciales de color gris y coches volando por las ciudades.

Solo el tiempo dirá cómo será en verdad el futuro.

Son las nueve de la mañana y anoche hubo una fiesta en la fraternidad de Neill, así que seguramente esté durmiendo... Por eso cojo mi móvil y lo llamo. Normalmente no soy tan mala, pero con él me sale solo.

—¿Quién es? —Su voz no es de sueño y eso me jode un poco.

—No te he despertado.

—Hola, Debbie. No, hace rato que salí a correr y acabo de llegar a mi cuarto.

—Pues vaya mierda. —Se ríe y acabo por sonreír—. Te llamo para devolverte los apuntes.

—Vale, ¿sabes dónde está la cafetería La Rosa?

—Sí. Todos en el campus la conocen. Dicen que hacen unos capuchinos de caramelo muy ricos.

—Sí, te lo puedo asegurar. Pues te veo allí en media hora.

—Vale, no tardes. Odio esperar.

—Yo también.

Y, sin más, cuelga. Dejo el móvil en la cama y miro mi armario. Opto por un vaquero y una sudadera y, al ponérmelos, dejo de verme como siempre. Me maquillo lo justo y salgo de mi cuarto antes de que los comentarios mordaces sigan haciendo mella en mí. No debería hacerles caso. No tienen fundamento. El físico de una persona no es lo importante. El problema es que en el fondo siempre he sentido que era la oveja negra de una familia de perfectos. Mi hermano es como Neill, cada año más atractivo, igual que mi padre, que con los años su belleza madura resulta más llamativa. O mi madre, que no envejece. Solo usa cremas para las arrugas, y no tiene apenas. Y se ponga lo que se ponga le queda bien. Y luego estoy yo. Y hasta ahora lo que en verdad sentía no había visto la luz. Es increíble como varios comentarios hirientes al final acaban por hacerte magulladuras donde creías que era imposible que te hirieran. Y no tengo con quien hablar de cómo me siento. Mis amigas cada vez están más desaparecidas por las clases.

Llego a la cafetería, veo a Neill al fondo llevando dos cafés a una mesa y me enfada no haber llegado primero y que a las nueve de la mañana parezca salido de un anuncio. Con esos vaqueros que le realzan la figura...

—No llego tarde —le digo, dejando las cosas sobre la mesa.

—No, yo es que suelo llegar siempre antes. Te he pedido un capuchino con caramelo, me pareció entender que no lo habías probado.

—Gracias, no te pienso pagar lo que te ha costado. Haberme esperado. —Sonríe.

—No te lo pensaba pedir. No soy tan tacaño.

—No sé cómo eres. Y me da igual. —Me siento y remuevo el capuchino tras echarle azúcar.

Lo pruebo y se me hace un bigote de espuma de leche que me llega hasta la nariz. Miro a Neill, que también está bebiendo, y no tiene rastro alguno de la crema. Me limpio ante su atenta y divertida mirada.

—Das un poco de asquito, tan perfecto..., sin leche.

—Reconoce que me encuentras irresistible.

—En tus sueños. No eres mi tipo. —Hace como que le he apuñalado el corazón y me mira dolido.

—Me matas.

—Eres tonto. —Sonrío y él hace lo mismo—. No creo que necesites que te suba el ego.

—No, sé que soy irresistible. —Me guiña un ojo y bebe de su café, y esta vez sí se le manchan sus labios perfectos. Y se los limpia con la lengua. Me quedo absorta mirando como los recorre con la punta—. Y también soy muy imperfecto, y no me importa.

—Ya, claro, a nadie le importa serlo. —Neill pone mala cara y, para cambiar de tema, le acerco la carpeta—. Ahí los tienes.

Abre la carpeta curioso y, al ver que he tomado notas y he ordenado el caos, me mira asombrado y sé que en el fondo no esperaba que le ayudara.

—Yo... Gracias. —Lo he dejado sin palabras, y no creo que esto sea habitual en él—. Pensaba que no lo harías, la verdad.

—Entiendo algo de informática porque mi hermano desde niño se ha interesado por ella, y por eso no me ha sido muy difícil. Pero, si quieres que te ayude más, yo también quiero un favor.

Neill me mira intrigado y a sus ojos vuelve esa picardía que lo caracteriza.

—¿Un favor sexual? —bromea para picarme, pero juro que mientras lo ha dicho mi piel se ha erizado por su manera de pronunciar esas palabras.

—No seas tonto. —Sonríe de medio lado y sus ojos marrones brillan con intensidad—. Has dicho que has ido a correr... Pues yo quiero tonificar mi cuerpo. —Se pone serio, y me molesta que sea tan empático.

—¿Por qué?

—Porque sí.

—¿Por qué?

—No te importa.

—¿Por lo que dicen de que no te pareces a tus padres y que pareces sacada de una casa de acogida?

—Eso no lo había escuchado —le digo molesta—. En verdad me da igual lo que me digan —alza las cejas—, me ha dado igual siempre. Vivo en casa de la maravillosa Yovanna y su marido Lisandro, el mejor capitán de la historia de esta ciudad. Nunca me ha importado ser diferente. Pero parece ser que en el fondo...

—No me conoces tanto como para contarme todo esto. —Lo miro extrañada. Neill mira detrás de mí y se acaba el café antes de levantarse—. Te llamo luego, y gracias por los apuntes.

Me vuelvo y veo que detrás de nosotros se están sentando dos chicas de mi fraternidad, amigas íntimas de Lilit, Larisa y Elba.

Miran a Neill y a mí y lo hacen extrañadas.

—¿Qué hacías con esa, Neill? —Él sonríe y parece un capullo antes incluso de que diga nada.

—Me está ayudando con los apuntes —lo dice de forma que deja claro que soy tan idiota como para hacerle los deberes gratis.

Se ríen. Ya he tenido suficiente. Recojo mis cosas, me abro camino entre ellos y, al pasar al lado de Neill, le pego un pisotón a conciencia, por capullo. No dice nada, y casi mejor. Me molesta que por un momento me haya sentido cómoda con él. No debo olvidar que jugamos en ligas diferentes.

Ginebra acaba la clase y nos mira sonriente mientras terminamos de tomar notas. Es la última clase por hoy y estoy deseando llegar a mi cuarto y encerrarme en él. Recojo mis cosas y me despido de ella, como hacen todos antes de salir. Es muy cariñosa y se sabe el nombre de todos. Para ella no somos unos alumnos más y se nota que le gusta involucrarse con nosotros.

Salgo y veo a Neill parado enfrente del aula. Al verme viene hacia mí y lo ignoro, como llevo haciendo todo el fin de semana. Me ha estado llamando y mandando mensajes, que ni he leído. He acabado por apagar el móvil y no lo he vuelto a encender, aunque ya sea lunes. Le dije a mi familia que lo haría en el grupo de WhatsApp, para que no se preocuparan, y que los llamaría hoy.

—Espera.

—No tengo por qué hacerlo.

—No, fui un capullo, pero lo hice por ti.

Me vuelvo y me choco con él; no sabía que estaba tan cerca. Neill, en un acto reflejo, pone sus manos en mi cintura para estabilizarnos y su contacto me lleva al beso que compartimos. A sus manos sobre mi cuerpo, a su perfume... ¡Para! Me aparto y le doy con un dedo acusador en el pecho.

—¿Lo hiciste por mí? ¿De verdad esperas que te crea?

—Esas idiotas iban a usar lo que me dijeras contra ti. ¿Acaso no sabes que todo lo que se dice es cosa de Lilit porque te vio besándote conmigo?

—Me niego a creer que por un beso haya liado esto. Te ha visto besarte con cientos de tías y montártelo con ellas. O eso se dice de ti.

—Es cierto, pero siempre me besan ellas. Yo te besé a ti. Y eso le jodió.

—¿Nunca has ido detrás de una tía?

—No me ha hecho falta —reconoce—. Nunca fui tras Lilit y le jode que siempre que nos enrollábamos ella era la que daba el primer paso.

—Y tú te dejabas llevar.

—Si me apetecía, sí.

—Y no le gustó ver que a mí me besaste tú. Qué bien. Me gané la entrada en la fraternidad, pero también una enemiga a la que le gusta decir mis defectos en alto.

—No tienes defectos. Ninguno. Eres perfecta tal como eres. Ellas hacen mil cosas para ser perfectas. Y tú ya lo eres sin hacer nada, porque eres tú misma. Y eso les jode.

—Sí, claro. Ahora soy una belleza... —le digo algo sonrojada—. Sé cómo soy.

—En ese momento estabas a punto de decirme que nunca te ha importado no ser como tus padres hasta ahora. Que ellas han despertado dentro de ti algo que creías que no existía —me dice adivinando mis palabras—. Si llegan a escuchar que te afectan, que te hacen daño, hubieran sido más crueles. Ser un capullo con ellas era para que Lilit te dejara en paz. Si piensa que solo me aprovecho de ti, dejará de hacer circular esos rumores y las demás, que la siguen como borregos, se callarán. Y tú dijiste que nunca te han afectado. Solo necesitas tiempo para volver a ser quien eras.

Me sorprende que haya sabido ver todo eso. No esperaba algo así de él y me deja unos segundos sin palabras hasta que me recupero.

—No te voy a dar las gracias. Me da igual lo que digan, pero me molesta que tengas dos caras. No quiero conocer ninguna de las dos. Es mejor que te olvides de mí y yo de ti... No tenemos nada en común.

—Seguramente no, o sí. Ya te he pedido perdón y no voy a ir detrás de ti.

—Qué alivio, pensaba cambiarme de móvil para que dejaras de acosarme. —Neill me mira dolido y noto que el tema del acoso no le gusta nada—. Adiós, Neill, y suerte con los apuntes.

Me alejo de él y sé que es lo mejor. Lo peor es que, al pasar los días, los rumores cesan y Lilit me ignora, confirmando así que Neill tenía razón y que, al dejarme mal, ella olvidaría que le vio besándome. Al cabo de quince días sin haberlo visto, me cuesta comprender por qué a mí sí que me besó. Seguramente se aburriría. No tiene otra explicación, aunque es raro que se aburra, porque cuando no está jugando al fútbol y llevando a su equipo a una victoria, está liándose con unas y con otras. Su fama de ligón le precede allá por donde va. Nuestros caminos nunca debieron haberse cruzado. Ahora todo ha vuelto a su curso. Y yo vuelvo a ser quien siempre he sido. Me he empezado a adaptar y, si alguien dice algo de mí, ni lo escucho. Me encanta cómo soy y no voy a cambiar por nadie. Qué gusto da volver a tener el control de tu vida.

Capítulo 5

NEILL

Thew viene hacia mí y nos saludamos con un apretón de manos y un abrazo efusivo. Ha cambiado mucho en estos cinco años sin vernos. Ahora es igual de alto que yo, pese a que le saco tres años. Ya no queda nada en él de ese niño con el que jugaba al fútbol y a las consolas. En sus ojos azules sigue habiendo esa picardía que tenía y, aunque se parece a su padre, Thew es un culo inquieto —por lo que sabemos, Matt era más calmado—, por eso lleva años viajando y estudiando fuera, viendo mundo y aprendiendo idiomas en los mejores colegios e institutos. Le salió la oportunidad y, tras meterse en varias peleas en el colegio, sus padres pensaron que sería lo mejor para que se centrara y madurara. Viéndolo ahora, no sé si lo han conseguido.

—Me sorprendió mucho tu llamada —le admito.

—Estoy de paso. Luego tengo que volver a estudiar. El internado donde estoy ahora es una mierda. Estoy desando acabar y empezar a estudiar en la universidad.

—Observa a un grupo de animadoras que pasan por nuestro lado y me saludan—. Te prometo que hay lenguas que he aprendido muy bien.

Me río por su forma de decirlo. Se apoya en las gradas y me mira sonriente.

—Sinceramente, pensé que regresarías antes.

—Ya... No lo he pasado tan mal.

Recuerdo la última vez que lo vi. Él tenía doce años y yo quince, y, tras escuchar varios gritos entre él y Nora que no eran como siempre, fui a ver qué pasaba. Siempre se habían llevado a matar, por lo que escucharlos discutir no era raro, pero sí que lo hicieran con esa intensidad. Cuando llegué, Nora lloraba y le golpeaba mientras le decía que lo odiaba entre gritos. Thew la abrazaba y lo que vi en sus ojos, casi a punto del llanto, me hizo alejarme. En ese instante no sé si peleaban o si saber que estarían separados por mucho tiempo les hizo reconocer que en el fondo no podían vivir el uno sin el otro. Por lo que sé no se han vuelto a ver desde entonces y cuando he visto a Nora nunca habla de Thew, ni él de ella.

Nunca he conocido a una pareja más rara.

—Invítame a cenar algo.

—No sé adónde ir que te dejen entrar —lo pico.

—No seas idiota, aparento más edad de la que tengo.

Es cierto. Parece mayor de diecisiete años, pero sé, por las veces que hablamos, que le molesta que le pidan el carnet y que está deseando tener dieciocho. Llegamos al bar y mis amigos están allí; les presento a Thew y, aunque con algunos se lleva más de cuatro años, al aparentar más edad nadie lo ve como un menor de edad. Y eso hace que acabe bebiendo un poco de allí y un poco de allá. Ahora mismo está hablando con una animadora que se lo come con los ojos y que no le quita la mano de sus fornidos brazos, donde la veo hacer circulitos.

Salgo a la calle a tomar aire fresco. Yo no fumo, pero al salir me encuentro con varias personas que han salido a hacerlo. Me alejo un poco del humo y miro hacia la biblioteca, y sin querer pienso en Debbie. Hace quince días que no nos vemos. Y debería darme igual. Por mi vida han pasado cientos de personas de las que, tras unas pocas palabras, no he vuelto a saber nada. El problema es que también he tenido varias con las que, tras una charla, he sentido que si se quedaban en mi vida no me importaría.

Estoy tan metido en mis pensamientos que no me doy cuenta de que la estoy viendo salir hasta que Debbie se apoya en un coche como si estuviera mareada; le cuesta levantarse. Corro hacia ella y llego cuando trata de incorporarse. Me mira y, pese a la poca luz anaranjada de las farolas, sé que no está bien. Tiene los ojos vidriosos y la cara muy roja. Le pongo la mano en la frente. Está ardiendo.

—¡Estás enferma! ¡Deberías estar en cama, no estudiando!

—Me empecé a encontrar mal y me quedé dormida sobre el libro...

—Tienes que ir al médico.

—Odio a los médicos —su voz está muy ronca. Se nota que tiene un gripazo de miedo.

—Yo te llevo.

—Solo necesito descansar. —La ignoro y la cojo en brazos para llevarla hasta la enfermería, que siempre está de guardia.

Está tan mal que se deja caer sobre mi pecho y pasa sus manos por mi cuello casi sin fuerza. Huele dulce, su colonia es muy frutal y me gusta. No tardo en llegar a la enfermería y, al verla así, me dicen que la pase a la primera sala que hay. Me salgo cuando la examinan; Debbie se ha despertado un poco y responde a las preguntas mientras yo espero fuera para darle intimidad.

Al poco sale con un papel en la mano y me mira con los ojos muy llorosos.

—Tengo que tomar todos estos medicamentos. Tengo gripe y soy muy mala enferma.

Ahora mismo no me parece mala enferma. Me parece adorable. Miro la lista; no muy lejos hay una farmacia. Lo que me preocupa es que, si la dejo en su fraternidad, nadie cuide de ella, y ella no está para cuidarse sola. Y alojarla en mi cuarto está descartado, porque si alguien la ve, eso afectaría a su imagen o pensarían cosas que no son. Y no me fío de ninguno de mis compañeros. Por eso tomo una decisión.

—¿Me puedes esperar aquí un momento? —La llevo hasta unos sofás—. No tardo.

Asiente y me marcho. Voy hacia la farmacia y compro los medicamentos mientras le digo a Thew lo que ha pasado, que abandona la fiesta y viene conmigo a por mi coche a la fraternidad. Lo cojo y vamos a buscar a Debbie; cuando llegamos está medio dormida y, una vez más, cuando la alzo en brazos no protesta, y tampoco cuando la meto en el asiento trasero del coche y vamos hacia el hotel que el padre de Thew compró hace poco en esta ciudad. Ha sido idea de Thew; la mía era llevarla a uno más económico, pero él ya lo ha organizado todo para que tengan preparado un cuarto y no haya que pagar nada. No me gusta que me regalen nada, por mucho que mis amigos o mi hermano sean de posibles. Me gusta ganarme lo que tengo, pero por una vez lo dejo pasar, por el bien de Debbie.

Thew se va a su cuarto, que está al lado de este, y me dice que lo llame para cualquier cosa. Me paso toda la noche cuidando a Debbie y la obligo a tomarse una sopa caliente que pido al restaurante. A media noche la fiebre le sube mucho y, asustado, solo se me ocurre hacer lo que Blanca ha hecho conmigo alguna vez: meterla bajo la ducha con agua fría. Me gustaría decir que mientras le quito la ropa y desnudo su cuerpo no me fijo en ello, que soy un caballero y lo hago con cuidado de no mirar mucho... Mentiría. Mis ojos recorren cada parte de ella, de sus perfectas curvas, sin poder evitarlo, y me sorprende su tatuaje en la cadera de unas palomas alzando el vuelo.

Me meto con ella bajo la ducha. Yo no estoy desnudo, pero ella sí, y tenerla así me excita. Me gusta. Es preciosa.

La seco y protesta medio dormida. De estar consciente me ganaría un bofetón y, aunque no puedo dejar de mirar su cuerpo, no la toco de ninguna forma obscena. Aunque lo deseo.

Le pongo un albornoz del hotel y la llevo de vuelta a su cama. Por suerte la ducha ha surtido efecto y le ha bajado la fiebre. El problema es que yo, por el contrario, tras verla desnuda estoy muy muy caliente. No recuerdo la última vez que alguien me atrajo tanto.

Debbie

Me despierto desorientada, y más cuando me encuentro en la habitación de un hotel de lujo y desnuda bajo el albornoz. No puedo evitar gritar y eso me provoca más dolor de cabeza. La puerta del cuarto se abre, aparece Neill y lo recuerdo todo. O casi todo. Sigo sin saber qué hago desnuda.

—¿Por qué estoy aquí y sin ropa? —Neill se va y al poco rato regresa con una bandeja llena de dulces y café recién hecho—. ¿Neill?

—Tenías mucha fiebre y alguien tenía que cuidar de ti. —Al decirme esto parece azorado—. Y la ropa te la quité para meterte bajo la ducha para que te bajara. Y no te puedo decir que me comporté como un caballero y no miré mientras lo hacía... Pero sí que no te toqué como deseaba hacerlo.

Me sonrojo hasta la raíz del pelo. Su sinceridad me deja desarmada, tanto lo de que me miró a conciencia como lo de que me deseaba.

—No tenías derecho...

—Ya, pero tenías casi cuarenta de fiebre y tenía pocas opciones. Siento haber sido un cerdo y haberte mirado desnuda más de lo que debería, pero no pude evitarlo. —No parece feliz por esta confesión; me mira y sus ojos marrones parecen sinceros.

—Gracias por cuidarme y es mejor que olvides mi atractivo cuerpo. Aunque sé que será difícil —bromeo para aliviar la tensión. Me siento mucho mejor y sé que Neill se ha pasado la noche cuidándome. Tengo algunos retazos de recuerdos y, por si eso no fuera suficiente, su cara de sueño me lo confirma.

Al menos ha sido sincero, no ha ido de caballeroso y ha dicho la verdad.

—Ahora, desayuna algo, aún no tienes buena cara. Será mejor que comas y sigas durmiendo un poco más.

—¿Y este hotel?

—El dueño es el padre de un amigo. No te preocupes, estamos de prestado.

Me relajo. Siendo hermano de quien es, no me extraña que tenga amigos de esta posición social. Desayuno un poco y me tomo un café, pero ni eso consigue quitarme el sueño. Neill entra para darme la medicina y se lleva las cosas. Me toca la frente para ver si tengo fiebre cuando me recuesto y, aunque no debería, me acaricia antes de alejar su mano.

—Estás mejor. Duérmete, yo andaré cerca.

Me duermo y cuando me despierto es ya por la tarde. Me levanto y veo mi ropa lavada y doblada en un sofá, me la pongo y salgo a la sala. Me quedo un poco extrañada cuando veo a un joven muy guapo, rubio y de ojos azules, mirándome. Sonríe y sabe que estoy desconcertada por su presencia, lo que parece hacerle gracia. Se levanta y me tiende una mano, caballeroso.

—Me llamo Thew y soy uno de los mejores amigos de Neill. Ha tenido que salir a entrenar, pero no creo que tarde en llegar.

—Yo soy Debbie y creo que será preferible que me marche. Estoy mejor.

—No se te ve buena cara, tienes una pinta horrible y pareces un camionero con esa voz.

—Gracias por tu sinceridad.

—¿Tienes algo mejor que hacer? Vamos a pedir unas pizzas para cenar y ver el fútbol, aunque tal vez no te guste...

—Me gusta, pero no creo que deba, ya he molestado suficiente.

—No molestas. Siéntate y te dejo que pongas lo que quieras hasta que empiece el partido.

Me tiende el mando. Parece amable, pero no me

engaña. Bajo su apariencia de niño bueno se esconde un depredador. Se le nota en los ojos, y no se me ha pasado por alto cómo me ha mirado de arriba abajo con descaro. Por eso cojo el mando, pero me siento en el sillón, lejos de él. Se ríe, sabe que lo he hecho aposta, pero no dice nada mientras vemos la tele. Pongo un programa de historia para joder y resulta que sabe mucho de eso. Me cuenta que ha estado en las ruinas que se ven en la tele y no me resisto a preguntarle sobre ello. Me acaba cayendo mucho mejor de lo que esperaba, sobre todo cuando se muestra como es y deja de parecer un chulito prepotente que se cree que con su sonrisa lo consigue todo.

Estamos abriendo las pizzas cuando la puerta se abre y aparece Neill con el pelo aún mojado por la ducha. Sonríe al ver las pizzas y me guiña un ojo al ver que estoy en pie. Me sonrojo al recordar que anoche ese casanova me vio desnuda, aunque teniendo en cuenta lo que se dice de él por la universidad, está cansado de ver a mujeres en esa tesitura. No enfermas, sino sin ropa.

En estos quince días sin vernos he escuchado muchas cosas de él y he estado más atenta que otras veces, a mi pesar. No ha perdido el tiempo en estas dos semanas; los rumores dicen que en cada fiesta se ha liado con una chica diferente, y hay dos por semana. Me debería dar igual, y me da, por supuesto, es solo que no sé por qué estamos aquí ahora y por qué me ha cuidado como solo lo ha hecho mi familia.

—Veo que estás mejor.

—Sí, mucho mejor.

—Y con una voz horrible —bromea.

—Y a este paso gasta todos los clínex del hotel.

—Thew señala la papelera donde los he ido tirando y le doy un cojinazo en la cabeza que le hace reír—. No seas tontita, es lo normal cuando pareces una fuente...

—Dios, eres insufrible, no sé cómo te he soportado toda la tarde.

—Porque te ha encantado mi inteligencia.

—No te lo creas tanto. No eres tan listo —lo pico.

Nos sentamos a cenar y me enfado cuando la pizza no me sabe a nada, y eso que me encanta.

—¿Y esa cara de acelga? —me provoca Thew.

—No me sabe a nada —digo de morros. Neill sonríe y Thew se ríe—. No te rías tanto, rubito, que lo mismo te he pegado mis virus.

Pierde la sonrisa.

—Espero que, si me los has pegado a mí, me respeten el partido de mañana, o el entrenador me cortará los huevos —dice Neill, y aunque parece un comentario casual, tanto Thew como yo notamos que oculta algo.

—¿Qué ha pasado? —pregunto.

—Nada. Es solo que quiere conservar su precioso Mercedes y para eso necesita que los patrocinadores sigan apostando por nosotros y las televisiones por retransmitir nuestros partidos. No sé si me alegra el hecho de que el fútbol de universidades haya pasado a ser tan importante tras el año pasado.

Hago memoria sobre lo que me han contado. Al parecer era el peor equipo de la liga de fútbol entre universidades y entonces empezaron a ganar partido tras partido y a demostrar un nivel que era digno de los campos de fútbol profesionales. Si a esto le sumas internet, el que subieran los partidos a YouTube y se fuera convirtiendo en algo mediático, cuando llegaron los partidos finales tenían patrocinadores y canales de televisión que retransmitían los encuentros. La gente había empezado a enamorarse del fútbol de jóvenes promesas que luchan con todo para llegar lejos, chicos a los que el dinero no les ciega aún y en cuya mente solo está ganar y demostrar a todos cuál es su don. La verdad es que, por mi padre, he visto partidos de todas clases y es cierto que los que más he disfrutado han sido los de la universidad. La emoción se palpa en el ambiente. Y ahora esa emoción traspasa pantallas, y todo empezó con un capitán que tenía un sueño y supo motivar. Miro a Neill: él fue la fuerza que este equipo necesitaba. Sin embargo, las voces más críticas dicen que todo esto no fue por Neill, sino porque era hermano de Kevin y la prensa lo seguía y lo tuvo fácil. Dudo que haya sido tan fácil, pero es lo malo de ser el hermano o hijo de alguien famoso, que siempre, hagas lo que hagas, pareces un segundón.

—Mientras sigas siendo hermano de Kevin, te seguirán —digo como si fuera obvio mientras muerdo mi pizza, y por la cara de ambos sé que he metido la pata—. Lo que quiero decir es que...

—Que solo me siguen por mi hermano. Te he entendido —dice molesto mirando la tele.

—No quiero decir que no seas bueno. He visto tus partidos y lo eres, pero siento que no disfrutas jugando. —Una vez más, los dos me miran—. Mi padre es un amante del fútbol y le daba igual que fuera chica y no me gustara jugar al fútbol, desde pequeña a mi hermano y a mí nos ha atiborrado la cabeza con tácticas y formas de juego. Y tú juegas para demostrar algo, y eres muy bueno. Pero creo que deberías jugar para disfrutar, como en los vídeos que he visto del año pasado. Juegas muy forzado.

Los ojos marrones de Neill me taladran.

—¿Cuánto hace que os conocéis? —pregunta Thew curioso ante mi sinceridad.

—No lo suficiente para que sea tan sincera y mordaz, lo pillo. —Me levanto y recojo mis cosas—. Me marcho, estoy mejor, y gracias por todo. ¿Os debo algo?

—No, todo está bien —dice Thew. Neill sigue mirando el partido de la tele sin decir nada.

Me siento fatal por ser tan bocazas. Siempre me pasa y con los hombres, más, porque me es más fácil comunicarme con ellos. Y, erróneamente, a veces pienso que por eso mismo no les importará que sea bruta. O que diga lo que pienso. Cojo mi chaqueta y me marcho. En el fondo, no dejo de desear que me siga. Cuando el ascensor me deja en el *hall* del hotel, camino hacia la puerta y me vuelvo mirando hacia los ascensores, hasta que me doy cuenta de que estoy esperando que aparezca, y sigo mi camino aceptando que no lo hará.

Capítulo 6

Neill

Vamos empatados y el entrenador está bastante cabreado. El campo de los rivales está lleno y también una parte del nuestro, con nuestras animadoras que no paran de bailar y cantar. No dejo de pensar en lo que me dijo Debbie ayer. Miro a Thew, en las gradas, y nos recuerdo a los dos con nuestros amigos, jugando al fútbol desde pequeños. Siempre que podíamos jugábamos, porque nos hacía felices. Éramos felices jugando. El año pasado lo era, y pensaba que este año había dejado los problemas fuera y era el mismo de siempre.

Me jodió que ella, que apenas me conoce, que no quiere saber de mí, que ha pasado de mí, haya sabido verlo. Y me he dado cuenta de que tal vez me fuerzo demasiado, no solo por la presión, sino para demostrar quién soy por mí mismo, y no por ser el hermano de.

Me pasan el balón y, por un momento, me creo que estoy en el campo de los padres de Thew o en el de cualquiera de nuestros amigos. Solo estamos nosotros,

Thew, Erik y yo contra los demás. Y aunque sabíamos que perderíamos, jugábamos para ganar, haciendo que perder solo fuera la promesa de que habría revancha y en el siguiente partido cambiarían las tornas. Y, por primera vez en mucho tiempo, juego como entonces. No ganamos, perdemos, y el entrenador se enfada con nosotros. Nos prohíbe las fiestas durante una semana y dobla el entrenamiento y, pese a todo, cuando regreso a mi casa soy feliz. Y entonces la busco como no lo hice ayer.

Me voy a la cafetería donde todo se estropeó y le pido un capuchino con caramelo y un dulce; le hago una foto para mandársela por WhatsApp y, bajo la imagen, le pregunto si acepta mi oferta de paz. Lo lee y no comenta nada, y sé que me lo merezco.

El tiempo pasa y su capuchino y el mío se enfrían. Saludo a algunos compañeros que entran a tomar algo y miro por la ventana cómo cae la noche. Estoy pensando en irme cuando escucho a alguien que se sienta frente a mí. Miro temiendo que no sea ella, pero lo es. Y por su cara no parece feliz de haber cedido a venir.

—Está frío —le digo cuando prueba su capuchino. Toca el mío y sonríe.

—Me has esperado.

—Si no, la oferta de paz no tendría sentido.

—No iba a venir —dice picoteando el dulce.

—¿Por qué? ¿Porque soy idiota?

—Bueno, aparte de eso. Porque yo a veces no sé estar callada.

—Eso no lo veo un defecto.

—Qué raro. No suelo ser borde, pero si pienso algo, lo digo si creo que no es malo...

—Me quedé un poco en *shock* porque tú habías visto algo que yo creía que ocultaba y porque no era consciente de que jugaba para demostrar algo. De hecho, hoy he jugado para pasármelo bien y hemos perdido.

—Pues qué bien, soy la culpable de la derrota de tu equipo.

—No me ha importado perder. Ahora tengo más ganas que antes de ganar, de ser mejor.

—Eres bueno, pero eres Neill Wood y eso no lo cambia nadie, seas hermano de quien seas. —Sigue tomando su capuchino y me mira con sus ojos verdes. Unos ojos verdes que me he fijado que tienen unas motas doradas preciosas—. ¿Qué miras?

—Nada, solo que tenemos que ser amigos. No es posible que me conozcas tan bien y seamos dos extraños.

—Tú lo que quieres es que te ayude con los apuntes.

—Aparte. Y también meterte mano. —Se sonroja y me tira un trozo de tarta—. Aparte de eso, me apetece ser tu amigo. Y empezar de cero.

—No sé si será posible. Tú y yo no tenemos nada en común.

—Bueno, el fútbol y que yo también haría lo que fuera por contentar a mi familia —le reconozco, y me incomoda hablar de ello.

—En ese caso, quién soy yo para negarme a ser tu amiga. Tenemos tantas cosas en común que parecemos gemelos...

Me río sin poder evitarlo y ella sonríe. Se le marca un hoyuelo adorable y me fijo en sus labios.

—Digo en serio lo de que me encantaría meterte mano, pero sé que tú no me dejarás.

—Eres tonto.

—Yo también digo lo que pienso.

—Ya, pero yo digo la verdad y tú no. Tú solo dices esas cosas porque soy mujer.

—Entonces, según tú, ¿me gustan todas las mujeres de la Tierra?

—No, solo las guapas como yo —bromea, y me gusta que se adule. No como cuando Lilit trató de hacerla pequeña.

—Sí, en eso te doy la razón, es ver una chica guapa y me pongo cachondo.

—¡Neill! —me recrimina—. No puedes ir diciendo eso.

Me río sorprendido porque esa palabra la azore tanto.

—Claro que puedo. Eres mayor de edad, ¿no?

—Solo soy un año menor que tú. Y no sé de qué me extraño, con lo que se dice de ti...

—¿Y qué se dice? —le pregunto intrigado dando un trago a mi café ya muy frío.

—Que en los últimos quince días te liaste con cuatro. Una por cada fiesta.

—Poco me parece, mi hombría está decayendo —le digo haciéndome el ofendido—. Me besaron dos y no le seguí el juego a ninguna.

—Estarías enfermo.

—Enfermo me estoy poniendo, creo que me lo has pegado. Y, por cierto, tienes mejor cara.

—¿De verdad te lo he pegado?

—No te preocupes, no creo que vaya a más.

—Eso espero. Gracias por cuidarme.

—No tienes que dármelas. Entonces..., decías que quieres entrenar, ¿no?

—Sí, pero no por lo que te lo pedí la otra vez. Hace tiempo corría con mi padre por las noches, pero luego él tenía mucho trabajo y lo fuimos dejando. Hace años que no corro y me gustaría retomar esa costumbre, pero soy penosa para ir sola. Al final no hago nada. Solo sería acompañarte, ni te enterarías de que estoy a tu lado.

—Dudo que no me enterara, y me parece bien. Pero quiero algo a cambio.

—Que te pase los apuntes a limpio —me dice molesta.

—No, aunque me vendría bien. —Me mira atenta—. Quiero que no hagas caso a lo que se pueda decir si nos hacemos amigos.

—No me preocupa. No eres tan famoso. Y ya soy yo de nuevo, me resbala lo que puedan decirme. Me encanta cómo soy y no voy a cambiar por nadie.

—Genial. Así está mejor. Todo irá bien ahora.

—Mientras no te lances a mis labios y me beses otra vez delante de Lilit. Siempre puedo decirle que me consideras la amiga fea con la que nadie se acuesta y todos dicen que es muy maja.

—No digas eso. No me gusta que pienses así de ti.

—Yo no pienso así de mí. No me veo fea y te aseguro que mis curvas me encantan, ¿sabes lo que me cuesta mantenerlas? —Sonríe—. Ellas creen que, por no tener medidas perfectas y no ser como mi madre, los tíos me ven como la amiga fea. Pero esa gente solo mira la superficie. —Sonríe de nuevo y sé que tiene razón.

Choco su taza con la mía.

—Por la gente que sí sabe ver la verdad y por los idiotas que, al no verla, nos dejan al resto disfrutar de las cosas más bellas de la vida.

Debbie

Escucho el timbre de la casa mientras bajo por las escaleras y sé que es Neill. Me ha escrito para decirme que llegaba tarde y que, como no saliera ya, llamaría a la puerta.

—Hola, Neill —le saluda Lilit poniendo esa voz de seductora que deja claro que, si él le deja, se lo come enterito—. ¿Qué haces aquí?

—He quedado con una amiga.

—¿Amiga? ¿Cuál de mis chicas? —Su voz ha cambiado y es mordaz.

Doblo para bajar el último tramo de escaleras y los veo. Neill me ve primero y me señala el reloj. Le saco la lengua. Me lie con un trabajo de clase y pensaba que me daría tiempo, pero no.

—Ah, tú.

—Sí, yo —le digo a Lilit—. Ya sabes eso de que la suerte de la fea la guapa la desea.

—Bueno, pero también que siempre serás la amiga de todos los chicos que otras tendrán.

—Qué gran desastre. ¡Me voy a quedar para vestir santos! —le digo con ironía—. Adiós.

Tiro de Neill y cierro la puerta de la casa. Al salir me mira molesto.

—No me gusta que te desprecies a ti misma de esa manera.

—No me desprecio, solo le digo lo que ella quiere escuchar para que me deje en paz. Y ahora vamos a correr, y no tengas piedad. Aunque no lo parezca, estoy en muy buena forma.

—Primero vamos a calentar, que tú no has estado entrenando esta tarde.

Calentamos. Neill sabe lo que hace y yo odio calentar, pero sé lo importante que es, por eso le hago caso en todo, hasta cuando estoy harta de estiramientos.

—Bien. ¿Lista?

—Más que lista —le digo sonriente y con mucha energía.

—No te fuerces.

—No, claro que no.

Neill me mira dudoso y empieza a correr. Lo sigo. Voy bien, es fácil. Está chupado...

... No puedo con mi alma. Me dejo caer al suelo. No puedo más.

—Solo han pasado cinco minutos.

—Mentira, seguro que hace ya una hora —le digo sin voz y con morritos.

—Has aguantado más de lo que esperaba.

—Tonto. —Se sienta a mi lado en la zona de atletismo de la universidad. Los otros corredores nos pasan; algunos le saludan.

—No pasa nada. Hace tiempo que no haces deporte.

—Antes era más rápida.

—Ya lo volverás a ser.

—Tú puedes seguir con tu entrenamiento, yo voy a por una bebida isotónica a la máquina. —Se levanta y me da la mano para ayudarme.

Me tiemblan los pies y me pone la mano en la cintura mientras vamos a la zona de descanso. Parezco muy pequeña a su lado y su mano me da pequeños masajes reconfortantes. Cuando llegamos casi protesto para que no pare. Mi piel sigue teniendo el resto de sus dedos. No atino a decir nada en concreto por el cansancio.

Me saco una bebida y me siento a ver cómo corre Neill. Se marcha cuando le aseguro que estoy mejor. Ver a Neill correr es una delicia: se nota su forma física y lo hace más rápido que la media. Por eso es tan bueno en el campo de fútbol; su rapidez a la hora de correr le da ventaja contra los defensas. No sé cuánto tiempo ha pasado cuando llega a mi lado y se levanta la camiseta negra para secarse la cara. Ante mí tengo unos abdominales perfectamente marcados cubiertos por un corto vello negro. Trago con dificultad y aparto la mirada.

—¿Sabes?, para que estuviéramos en igualdad de condiciones, yo debería verte desnudo a ti también. —«Pero ¿qué estás diciendo, Deb?»

Lo miro y lo veo alzando una ceja divertido.

—¿Quieres verme desnudo?

—No, claro que no, quiero que no seas el único que ha visto desnudo al otro.

—Lo hice por necesidad.

—Ya, claro, pero miraste, y eso ya no era una necesidad.

—Así que quieres verme desnudo...

—Es por la igualdad de condiciones. —Siento que mi lengua no se calla, aunque mi cerebro no deja de decirle que pare. Le sonrío y a Neill parece hacerle gracia mi petición.

—Es lo justo. Ven.

—¿Ahora? No creo que... Es decir, que... ¿Ahora?

—Sí, claro, no tengo problema.

—Ah, es verdad, porque te ha visto ya desnudo media universidad.

—No hagas caso de lo que se dice.

—Pero no puedes quitarte la ropa sin más...

—Son vestuarios mixtos y tengo una taquilla con mi ropa por si la necesito. Ya no te veo tan valiente.

—Pienso mirar todo lo que quiera, como tú.

—En el fondo lo haces porque te encanto. He visto cómo me comías con la mirada cuando me has visto los abdominales.

—No te flipes, mi ex estaba mucho más bueno que tú y pude probar su tableta de primera mano.

Es cierto a medias. Mi ex era un capullo integral, pero estaba tan colada por él que no supe ver que solo estaba conmigo por acercarse a mi padre. Y nuestros encuentros sexuales me dejaban siempre fría. Él siempre buscaba su satisfacción y yo pensaba que todo era así.

Cuando lo pillé hablando de mí con su amigo, diciendo que era una tortura estar a mi lado solo por meterse en mi familia, yo vi la realidad y él, mi mano cruzando su cara y diciéndole que nunca más se acercara a mí. No sé quién fue peor de los dos, si él por salir conmigo solo por estar cerca de mi progenitor o yo por creerme sus mentiras.

—Me alegro por ti, espero que no cogieras empacho.

—Lo cogí, resultó ser un sapo.

—Lo siento. Yo nunca he tenido novia —me dice ya dentro de los vestuarios, y me fijo en que no somos los únicos. Hay una chica y un chico más.

Me sonrojo y bajo la mirada mientras vamos al fondo, donde no hay nadie.

—No será que no has tenido oportunidades —le digo cuando llegamos a la zona más alejada. Solo hay una ducha. Neill abre su taquilla y saca una toalla.

—Sí, es posible, pero no he tenido —se quita la camiseta y la deja cerca de mí.

Mis ojos se abren como platos y pienso en apartar la mirada cuando se lleva la mano hasta la goma de sus pantalones deportivos. No lo hago por orgullo. Yo me he metido en esto y, además, él juega con ventaja; hasta ha visto mi tatuaje, ese que me hice junto con Kelly antes de venir a la universidad para representar la libertad. Se baja los pantalones y me quedo muda. Todo su cuerpo es pura fibra. Tiene un cuerpo de infarto.

Mis ojos vagan por sus curvas, se nota que le gusta el deporte y también que sus músculos son naturales, no de pastillas o batidos. Y, sí, está muy bien dotado.

Coge la toalla y se da la vuelta; su culo ocupa mi visión. Y, cómo no, es perfecto. Da asco que sea así, y él lo sabe. Por eso no ha tenido reparos en mostrarme su cuerpo. Me levanto y le dejo intimidad; salgo a esperarlo. Me lavo un poco la cara antes de salir y me rehago la coleta, recogiendo mi pelo castaño. Me siento donde estaba y aguardo, sintiéndome tonta por lo que le he pedido. Parezco una salida. Yo solo quería no sentirme inferior por el hecho de que él me hubiera visto desnuda, pero ahora, al devorarlo con la mirada, me he visto como el resto de las mujeres que babean solo por su cuerpo bonito. Me pregunto cuántas lo conocen de verdad.

Sale y me mira a la espera de que me levante. No lo hago y tampoco le miro a la cara. Se sienta a mi lado.

—¿Qué te pasa?

—Lo siento, no ha estado bien...

—No le des vueltas.

—Sí las doy. Estás muy bueno, pero no lo hice por verte desnudo. En mi cabeza era la mejor manera de estar empatados por haberme visto desnuda. Pero yo estaba enferma y tú no... No soy como el resto. No eres solo un cuerpo. Eres mi amigo, o lo vas a ser cada vez más, y me he comportado como una salida loca...

—Entendí por qué lo hiciste. Odias sentirte inferior. —Lo miro—. Te voy conociendo. Y, bueno, también reconoce que te morías por verme sin ropa. —Le golpeo y se ríe—. Sé que tú no eres como el resto. Cualquier otra se hubiera metido en la ducha conmigo y tú has salido corriendo.

—¡Eres imposible!

Me levanto y me abraza por detrás; su cercanía me acelera los latidos, y más al recordar su cuerpo desnudo.

—No pasa nada, Deb, todo está bien. Además, estaba con fiebre.

—Mentira.

—No, es cierto. Verte correr y mover tu culito me ha puesto caliente —bromea y le golpeo. Se ríe y corro para perderlo de vista, pero no tarda en alcanzarme—. Me encanta picarte.

—No me he dado cuenta...

Sonríe y toda mi vergüenza se pasa y dejo de sentirme ridícula. Aunque lo peor es que no dejo de ver su cuerpo perfecto en mi mente. Tal vez eso sea lo que más me enfade.

Capítulo 7

Debbie

—No quedan entradas.

—No puede ser, necesito por lo menos dos.

—Lo siento, joven, está todo agotado.

Asiento y me alejo de las taquillas. No me puedo creer que estén agotadas. Mi familia viene a pasar el fin de semana conmigo y querían ver el partido. Me pidieron que comprara las entradas y yo pensé que no se agotarían, así que he venido el viernes a por ellas a pocas horas de que lleguen. Ni se me pasó por la cabeza la posibilidad de que todo estuviera lleno, y más desde que han levantado otra grada. Aunque tendría que haber pensado que, si lo han hecho, será por algo... y más siendo amiga del capitán del equipo.

Eso es, ¡Neill! Saco mi móvil de la cazadora y lo llamo. No me lo coge. Necesito que me ayude. Y seguro que puede.

Por eso, tras llamarlo varias veces sin éxito, decido ir a su fraternidad. He estado ya alguna que otra vez desde que empezamos a entrenar. Sus amigos me saludan como una amiga más y Lilit ya no dice nada. Porque todos notan que entre Neill y yo no hay nada, y ya ha pasado un mes desde que empezamos a entrenar juntos. Ya aguanto casi veinte minutos corriendo y mi forma física ha mejorado, así como mi amistad con Neill. No tengo filtro al hablar con él. Él tampoco, pienso, al recordar cómo me dijo el otro día que el culo se me estaba poniendo duro. Y trató de tocármelo, pero le di un manotazo. Algo que le hizo gracia.

Nos encontramos solo para los entrenamientos. Los fines de semana, entre sus fiestas y los partidos, no nos vemos. Le he estado pasando apuntes; ya conozco a los que se los pasan y alguna vez incluso he ido yo a por ellos. También conozco a todos sus compañeros de casa. Al tocar la puerta me abre Oziel, el defensa.

—Está ocupado —me dice de camino a la cocina.

—¿Ocupado? —Sonríe y sé qué va a decir—. ¿Con una chica?

—Que yo sepa le siguen poniendo las mujeres. —Pongo los ojos en blanco—. Y, sí, cuando llegó tenía una sorpresa en su cama.

—Ah, bien. Pues me voy.

—No te vayas, no creo que tarden mucho en bajar. —Me pasa una bandeja de *muffins* de chocolate—. Están buenos, me los han regalado y son comestibles.

—No sé si fiarme. —Se come uno y me guiña un ojo. Cojo uno y acepto un café cuando me lo ofrece.

Me como el *muffin* pensando en qué hago aquí. No me siento cómoda estando en la cocina de la casa de Neill esperando a que él deje de liarse con una tía. Estoy sopesando la posibilidad de irme cuando escucho unas risas de mujer y la voz de Neill por la escalera.

Miro hacia ella y los veo bajar. Neill pierde la sonrisa cuando me ve y me molesta que se quede tan serio, como si le incomodara mi presencia.

—Hola, Debbie —me dice su conquista de hoy, una de las animadoras de mi fraternidad.

Por su cara sé que han hecho algo. No hay que ser muy lista para verlo y no debería afectarme, pero siento una molesta opresión en el pecho.

—Hola.

Le da un beso a Neill en la mejilla antes de irse. Neill viene hacia mí con el mismo gesto serio.

—No he venido a joderte la tarde —le digo a modo de defensa, y parece que es consciente, por primera vez, de cómo me está mirando.

—Lo siento. No te esperaba aquí, pero no me molestas, ya lo sabes.

—Ya, claro.

—¿Qué quieres?

—Sabes que mi familia viene en unas horas. —Asiente—. Pues querían ir al partido y yo...

—¿No has comprado las entradas con tiempo?

—No pensaba que fuerais tan famosos. Bueno, lo sabía, pero pensaba que en el fondo quedarían cuatro entradas.

—¿Vas a venir?

—Era la idea, pero ahora no puedo.

—Te he ofrecido entradas durante todo un mes y siempre te has negado, y ahora me buscas para que te dé las que siempre me pasan por ser capitán. ¿Te comprarías unos pompones y me animarías desde las gradas si te las doy? —Se apoya en la encimera de la cocina y se cruza de brazos divertido. Huele a ella, y pongo mala cara—. ¿Qué pasa?

—No lo haría, no pienso animar por nada del mundo, y menos con pompones. Apestas a perfume barato de mujer y a saber a qué más. No quiero descubrirlo.

Me alejo y Neill tira de mí hacia las escaleras.

—Las tengo arriba. Sígueme o no te las doy.

Lo sigo enfadada. Sostiene la puerta de su cuarto cuando llegamos. Nunca he estado en su cuarto ni él en el mío y, viendo el desastre de cama y el tanga en la almohada, casi preferiría no haberlo visto. Neill se da cuenta y lo recoge todo. No parece tan seguro de sí mismo como siempre. Como si le hubiera pillado en algo que no debería. Lo cual es ridículo. Solo somos amigos.

—Es bonito —digo mirando alrededor. Salvo la cama, lo demás está muy ordenado.

Voy hacia su estantería y me gusta la música y los libros que tiene. Algunos los he leído. Veo uno que no y que quiero. Lo cojo.

—¿Me lo prestas?

—Hoy estás un poco pidona.

—Puede ser. Lo de las entradas no entraba en mis planes. He sido un poco dejada.

—Un poco solo —dice irónico. Neill me tiende las cuatro entradas que siempre le dan.

—¿No las necesitas?

—No, y me alegra que por una vez vengas a verme.

—Te he visto alguna vez por la tele.

—No es lo mismo. —Es cierto, pero no me apetecía ir al partido sola. Con mi familia es diferente.

—Bueno, pues gracias. Nos vemos el lunes.

—El lunes no puedo quedar. Han ampliado las horas de entrenamiento. Y, como perdamos hoy, será peor.

—Tu entrenador es un sádico, y eso que vais segundos.

—Del segundo nadie se acuerda —dice repitiendo las palabras que sé que le dice su entrenador.

Me acompaña a la puerta y siento que quiere decirme algo, pero al final solo me desea que me lo pase bien. Bajo las escaleras con una sensación rara. Es la primera vez desde que lo conozco que nos siento tan lejos el uno del otro, y eso que al principio nos distanciamos... Esta vez es diferente.

—No lo hagas —me dice Oziel cuando bajo.

—¿Que no haga el qué? —me tiende un *tupper* con *muffins*.

—Enamorarte de él.

—A mí no me gusta nada.

—Ya, y yo soy cura. Solo te digo que tengas cuidado. Tenéis algo muy bonito y Neill es como yo, no dará el paso de tener novia. Y aunque tú creas que solo querrás sexo, a la larga te enamorarás más de él y sufrirás; me pareces una buena tía y los tíos jodidos como nosotros no somos de enamorarnos, porque no sabemos hacerlo. Solo te aviso.

—No me gusta.

—Mejor.

Salgo enfadada con Oziel por sus palabras erróneas. A mí Neill no me gusta nada de nada de nada de nada de nada. Ni un poco.

—¡Mi osita! —me dice mi madre entrando en mi fraternidad y abrazándome con fuerza en cuanto me ve. Las chicas se ríen; mi madre me ridiculiza con su apodo y con su abrazo de osa. Yo soy su osita por eso, porque desde niña me abraza con fuerza y me come a besos—. Cómo te he echado de menos.

Me separo un poco y, aunque ahora estoy muerta de vergüenza, lo cierto es que yo también los he echado mucho de menos. Y hoy más que nunca estaba deseando que vinieran. Tras mi encuentro con Neill, subí a mi cuarto a leer su libro y vi las frases subrayadas de la novela. Frases preciosas que dicen mucho del Neill que esconde en su interior y poco del que se tira a una tía solo porque estaba en su cama envuelta con un lazo rojo. Cosa que sé porque ella lo ha contado al llegar a la fraternidad, y a Lilit le ha dado igual, tal vez porque sabe, como todas, que solo ha sido un aquí te pillo aquí te mato. Algo sin más. Pero tanta frialdad me ha dejado helada.

Mi padre me abraza y mi madre se va con su club de fans, que la acribillan a preguntas, y ella encantada.

—¿Cómo estás, peque? —Mi padre me mira con sus cálidos ojos azules y lo abrazo yo esta vez—. Sabes que estamos ahí si nos necesitas.

—Lo sé, solo os echo un poco de menos.

—No será para tanto —dice mi hermano, al que abrazo, pero no como a mis padres. Mi hermano para eso es más reservado, pero en sus ojos azules, como en los de mi padre, veo lo mucho que se alegra de verme, aunque me pique o diga «qué asco» tras el abrazo.

—¿Dónde podemos ir a cenar? Me muero de hambre —dice mi padre.

—Lisandro —lo llama Lilit—. Le comentaba a tu mujer que os podéis quedar aquí a cenar. Nos encantará pasar la velada con vosotros.

Mi madre nos mira ilusionada. Pasar una noche en su amada fraternidad. Me mira suplicante y asiento.

—Si quieres nos vamos —dice mi padre, que se ha dado cuenta de que para mí todo esto no es tan bonito como para mi madre.

—No, así ceno por una vez en el salón.

—¿No comes en el salón?

—¿Con ese atajo de víboras? No, gracias. —Mi padre sonríe.

Como en la universidad. Hacen menús completos por muy poco dinero, y para cenar me suelo comprar un bocata y si tengo mucho hambre me voy a un bar que hay cerca que hace unos platos combinados muy buenos y a muy buen precio.

Mi madre ayuda con la preparación de la cena y se nota que con mis compañeras tiene una complicidad que no tiene conmigo. Yo estoy con mi hermano y mi padre viendo el partido de baloncesto, donde juega Kevin, el hermano de Neill.

Hemos hablado un poco de las clases y del trabajo de mi padre. Miro a mi madre cuando se ríe de algo que dice Lilit, que no para de adularla. Y siento celos. Por no ser más como la hija que ella deseaba, por sentirme más a gusto entre hombres que entre mujeres, por ser más feliz leyendo un libro de historia que meneando pompones. Somos tan diferentes... Y dudo que estar aquí nos una. Es cierto que me llama muchas veces, que me pide que le cuente todo, cosa que no hago, claro. Pero no la siento más cerca que antes, aunque la eche de menos.

Cuando la cena está lista, se acerca a decírnoslo y besa a mi padre en los labios. Él le sonríe y deja que lo lleve a la cocina. Mi hermano y yo estamos acostumbrados; el resto suspira por el hecho de que tras tantos años y dos hijos se quieran como el primer día. Doy fe de que incluso más. Algo que me gusta, menos cuando los pillo haciendo manitas en el salón.

—Me encanta veros así —dice Lilit amorosa. No parece ella misma. Se nota que finge. Es una falsa—. Yo espero un día tener lo mismo que vosotros con mi capitán.

Aún sigue creyendo que Neill y ella acabarán juntos. Delante de mí Neill le ha parado los pies muchas veces y aun así sigue suspirando por él. No sé cómo no se cansa de arrastrarse por un tío que está claro que no la quiere. Seguro que si deja de mirar solo en esa dirección encuentra a alguno que la soporte. Aunque yo creo que no le gusta Neill, le gusta lo que representa, ser la novia del capitán del equipo de fútbol.

Cenamos. La comida está buena porque la ha hecho casi toda mi madre y sabe cocinar muy bien. Había echado de menos sus comidas.

Mi madre está en su salsa contándoles todas sus anécdotas de la universidad. Esas que nosotros tres nos sabemos de memoria. Por eso, tras recoger, ellas se van al salón y nosotros a la pequeña salita a ver algo en la tele.

—Son todas iguales, como mamá pero en pequeño —dice mi hermano con cara de asco.

—Ya te gustarán.

—A mí me gustan las mujeres que son únicas. No me gustan los clones.

—Haces bien. Pero la que te busques me tiene que gustar a mí o le haré la vida imposible —le digo para picarlo.

—Pienso hacer lo mismo con el que te guste a ti. El último era un capullo.

—¡Andrew! —le recrimina mi padre.

—Lo era, y reconoce que estuviste tentado de cortarle los huevos.

—¡Andrew! —Mi hermano no se achanta y mi padre niega con la cabeza—. No lo hice, y tú no deberías hablar así.

—Bueno, pero a ninguno os gusta que jueguen con nuestras mujeres ¿no? —Beso a mi hermano en la mejilla y pone mala cara.

Suena el timbre de la casa y escucho que van a abrir.

—¿Neill? —pregunta Lilit con esa vocecilla—. ¿Qué haces aquí? Seguro que nos echas de menos en la fiesta. Íbamos a ir luego.

—No, no estaba en la fiesta. ¿Está por aquí Deb?

—En la salita, con su padre y su hermano.

—¿Tú eres el capitán? —pregunta mi madre.

«Oh, no», pienso al tiempo que salgo y la veo colgada de Neill y poniéndole ojitos. Al verme alza las cejas.

—¿Sois novios?

—¡Mamá! Es solo un amigo.

—Ya, claro, las Smit tenemos debilidad por los capitanes de fútbol —dice para avergonzarme más. Neill parece divertido.

—Tu hija solo me ve como un entrenador. Solo me quiere para que le realce el culo. Es muy injusto —bromea Neill, y mi madre se ríe.

—Soy Yovanna y estos son mi marido, Lisandro, y mi hijo, Andrew.

Mi madre le da dos besos a Neill y sigue colgada de su brazo incluso mientras él saluda a mi padre y a mi hermano, que mira divertido la escena.

—¿Qué querías de mi hija? —Todos los presentes están atentos.

—Preguntarle una cosa de los apuntes, que no entiendo su letra. —Muestra la carpeta que lleva bajo el brazo.

—Ah, bien, pues hale, id a hablar de estudios. Pero recordad que la vida es algo más. —Mi madre me guiña un ojo y, cuando la miro, parece megafeliz, como si al ser amiga de Neill estuviera siguiendo sus pasos.

Vamos al jardín y caminamos hacia la zona más alejada, sabiendo que, si no, tendremos cientos de oídos escuchándolo todo.

—¿Qué quieres? Lo de los apuntes es una excusa —le digo.

—Claro que lo es. No se me ocurrió otra para que nos dejaran en paz.

—¿Y no deberías estar de fiesta? Seguro que ya te has repuesto y puedes desenvolver otro regalo. —Noto celos en mi voz y me enfado conmigo misma—. No me parece mal que lo hagas...

—Es solo que no lo entiendes. Que en tu cabeza parezco un cerdo que ve a una tía en pelotas y salta hacia ella.

—No es eso.

—No me mientas. —Me mira con sus preciosos ojos marrones.

—No lo sé, yo solo me he acostado con dos tíos porque me importaban y creí que a ellos también. Nunca me he dejado llevar solo por la pasión. Pero te respeto. Es solo que... No sé. No sé si yo, tras acostarme con alguien, podría decirle «adiós» y «ya está».

—Es solo sexo.

—Ya lo sé. Lo siento, no te juzgo. Soy tu amiga y lo voy a ser siempre —le digo con una sonrisa—. No sé por qué me puse tensa ni por qué lo hiciste tú.

—Yo tampoco lo sé —reconoce—. Entonces, ¿todo está bien entre los dos?

—¿De verdad te importa?

—Mucho —me admite.

—Todo está bien. Y ahora vete a la fiesta y disfruta. Yo seguiré aquí como amiga tuya mañana.

Neill duda, pero asiente. Nos despedimos tras decirle que me voy a quedar un poco fuera, que estoy saturada de animadoras. Sonríe y se marcha, y antes de entrar me mira y me guiña un ojo. «Todo está bien», quiero creer, pero una parte de mí sigue sin estarlo. Y sigo notando ese pellizco molesto en mi pecho. Ignoro por qué. Solo somos amigos.

Mi hermano y yo nos sentamos detrás del banquillo; las entradas que me ha dado Neill son de primera fila. Mis padres se han perdido entre la gente, pues los padres de muchos estudiantes eran compañeros suyos y no han podido sentarse aún. Aunque dudo de que mi madre esté mucho tiempo sentada; le encanta que la gente la reconozca y que le digan lo maravillosa que está. A mi padre le da más igual, pero es amable y, si lo paran, por educación se queda.

—Mamá está disfrutando como una enana. Lo mismo se queda aquí a vivir contigo.

—Déjate —le digo a mi hermano.

—Te echa de menos.

—Tampoco hablábamos mucho.

—Bueno, pero aun así se acuerda mucho de ti y siempre se pregunta si estarás bien. Te quiere mucho.

—Y yo a ella.

—Pues demuéstraselo. Aunque no te lo creas, está

deseando ser tu amiga, aparte de tu madre. Yo lo soy con papá y mamá. No sois tan diferentes. Os soporto a las dos.

—Qué gracioso. —Mi hermano sonríe. Lo noto mayor que otras veces; tal vez sea porque hace tiempo que no lo veo, pero de repente me doy cuenta de que se está haciendo un hombrecito.

Salen los jugadores y entre ellos, Neill. Mira hacia el lugar donde estamos y me guiña un ojo; el gesto me gusta. Es la primera vez que vengo a verlo y, aunque no se lo reconozca, estoy emocionada. Mis padres consiguen llegar hasta nosotros y vienen con algo para comer y beber.

Neill da el pase del primer gol y la grada y, cómo no, nosotros también, gritamos eufóricos. Mi padre está disfrutando mucho; sé que se acuerda de cuando él era capitán. El segundo gol es por toda la escuadra y lo marca Neill. Veo que está disfrutando. Algo que he visto más de una vez desde que se lo dije. Acaba el partido y han ganado tres a dos. Creo que, a pesar de que han ganado, el entrenador no estará contento, porque casi les han empatado y al final del segundo tiempo estaban algo cansados y eso lo ha notado el rival, que en menos de cinco minutos les ha metido dos goles. Si el partido llega a durar un poco más, seguramente hubieran perdido, y por eso el entrenador está echando la bronca a cada uno de sus jugadores, y a Neill con más ahínco. No me gusta cómo le habla.

—El entrenador era compañero mío de equipo —dice mi padre—. Era un idiota. No hacía nunca una a derechas, pero siempre iba de listo. Creo que está pagando con esos chicos su impotencia de no llegar lejos.

Neill no tiene buena cara y cuando se va al vestuario

los compañeros le dicen que ahora se van de fiesta para celebrarlo; él asiente. «Está claro cómo acabará la celebración», pienso al ver como las animadoras se lo comen con la mirada al quitarse la camiseta.

Salimos y vamos hacia donde han dejado el coche mis padres.

—Bueno, nosotros nos vamos, que nos han invitado a una fiesta —dice mi madre ilusionada.

—¿A una fiesta en una fraternidad?

—¡Sí! —dice saltando como una niña. Se cuelga de mi padre y este se ríe—. Tú puedes venir, tu hermano se queda en el hotel.

—Paso, me quedo con mi hermano en el hotel.

—Como quieras. —Mi madre mira feliz a mi padre y, cuando nos dejan en la puerta del hotel, vemos como, antes de poner el coche en marcha, se dan un largo beso.

—Qué asco —dice mi hermano—. Creo que para ellos es como si hubieran viajado en el tiempo este fin de semana.

—Ya irás tú a la universidad y te tocará pasar por esto.

—No pienso ir a la misma que fueron ellos. Paso de que vayan a las mismas fiestas que yo. A ti, como eres una sosita, no te importa.

—Es que ir de fiesta con gente que no me cae bien lo veo ridículo, pero cuando vea a mis amigas pienso ponerme al día —le digo ya en el ascensor.

—¿No has hecho amigas? Mira que eres rara.

—En clase de historia hablo un poco con Mateo y Daura. Son muy majos y siempre me dicen que me vaya con ellos a tomar algo..., pero, no sé por qué no he dado el paso de hacerlo. Ya tengo mis amigas de toda la vida y hablo con ellas por WhatsApp.

—No es lo mismo.

—Estoy aquí para estudiar, no para hacer amigos.

—Tienes a Neill.

—Sí, eso sí, pero nuestra amistad es rara —digo ya en la puerta. Mi hermano la abre y entro en el cuarto que comparte con mis padres.

Me siento en el sofá y cojo el mando de la televisión.

—Es rara porque te gusta.

—No me gusta.

—Bueno, pues eso dices tú. —Ya es el segundo que me lo dice, y me molesta.

—He tenido muchos amigos y no me han gustado todos.

—Ya. Tú misma, pero ten cuidado. Con Ginés empezaste así, acabaste saliendo con él y te salió rana.

—Siempre lo tengo. —Me mira alzando una ceja rubia—. Y más desde mi último ex. Ginés era buen chico, pero no encajamos como novios tanto como siendo amigos.

—Me alegro de que tengas cuidado, pero llegará un momento en el que dejaré de ser un fideo y quien se meta contigo se las verá conmigo.

Su forma de defenderme hace que lo abrace con fuerza y, aunque protesta, al final él también acaba abrazándome. Lo echo mucho de menos y, por su forma de actuar, sé que él también a mí. Y me encanta, porque, aunque sea mayor para muchas cosas, sigo siendo esa niña que necesita abrazos de oso y mimos de su familia.

Capítulo 8

Neill

Observo la fiesta mientras juego al billar. Los padres de Deb no están muy lejos, disfrutando como si tuvieran otra vez veinte años. Es cierto que Deb no se parece a ellos, pero yo no la veo fea, como algunos rumorean. Siempre la he encontrado preciosa. Lo malo es que la gente solo ve lo que quiere ver y, por lo visto, esperaban de ella que fuera un clon de su madre. A mí me gusta cómo es Deb y no cambiaría nada de ella, ni del físico ni de cómo es como persona.

—Hola, cariño. —Lilit se me pega a la espalda y la aparto—. Vamos, no seas tonto. ¿Acaso me tengo que poner un lazo y estar desnuda en tu cuarto para que me hagas caso? —Me arrepiento de lo que pasó, no es normal en mí, y que Lilit lo mencione me molesta.

—No, ni aun así. —Me mira dolida—. Lilit, hay cientos de chicos que seguro que se mueren por estar contigo, deja de perder el tiempo conmigo.

—No. Al final te darás cuenta de que estamos hechos el uno para el otro. Solo debo tener paciencia.

Se marcha y continúo con la partida. Sigo jugando y bebiendo y, cuando me acerco a la barra, una joven preciosa se me tira encima para besarme. La esquivo con una sonrisa y me marcho sin ganas de más. No me apetece, y es raro. Pero es como si ya no me sintiera satisfecho con un encuentro robado que me hace sentir algo en ese instante. Y si me acosté esta tarde con esa chica fue porque llevaba tiempo sin estar con nadie. Desde que besé a Deb, y necesitaba ser el que era. El que era antes de ese beso. Pero está claro que no lo soy. Es como si necesitara más.

Molesto por mi reacción, regreso a mi fraternidad y subo a mi cuarto. Me tiro sobre la cama y miro el techo, inquieto. No sé qué me pasa y, cuando cojo el móvil, pienso en llamar a Deb, pero no lo hago y dejo que el sueño me invada. Tal vez solo necesite dormir, sobre todo tras el partido y la bronca del entrenador. No sé hasta qué punto fue bueno que el año pasado ganáramos la liga y que eso nos hiciera tan visibles. No sé si traté de buscar el éxito por mí o para callar bocas. Pero ahora, sea como sea, gracias a eso no nos dejan en paz.

Espero a Deb cerca de su casa. Ayer no nos vimos, como le dije, y hoy estoy agobiado, pero tenía ganas de verla y por eso le propuse que si quería podíamos ir a correr un poco. Llega abrigada hasta los topes.

—¿Sabes que ahora mismo empezarás a sudar y te sobrará mucha de esa ropa?

—Lo sé, pero es que hace mucho frío. —Pone morritos y se quita la sudadera para quedarse con una camiseta fina de manga larga. Ya le he advertido que, si suda, no se puede quitar ropa después, porque se enfriaría.

Se pone la sudadera en la cintura y hace estiramientos. La sigo y pronto iniciamos la marcha hacia la zona de atletismo. Llevamos cinco minutos corriendo cuando Deb empieza a hablar. No puede estar mucho tiempo callada. Le dije un día que si corría y hablaba se cansaría más y me dijo que, si no, era muy aburrido. Al final me he acostumbrado a que hable casi sin voz por el esfuerzo.

—¿Qué tal el fin de semana? ¿Desenvolviste más regalos? —me dice alzando las cejas.

—No —se lo digo muy tajante y ella lo nota, por lo que cambio de tema—. ¿Y qué tal tú con tus padres?

—Bien, sobre todo cuando llegaron borrachos al hotel cantando el himno de la universidad. Tuvieron que volver en taxi. Menos mal, porque si no les hubiera soltado el discurso de «si bebes, no conduzcas».

Sonrío. Los padres de Deb me cayeron bien; se ve que son buena gente y que quieren a sus hijos. No como los míos verdaderos.

—¿Y tu familia? Aparte de Kevin no sé mucho de los demás —me pregunta; nadie de aquí lo sabe, pero tampoco me han preguntado.

—Me adoptaron cuando era pequeño. A mí y a Kevin, y luego llegó Daniel.

—No lo sabía.

—El *manager* de Kevin ha hecho lo posible por evitar que trascendiera la noticia.

—No es malo ser adoptado. Seguro que para ti ellos son tus padres.

—Claro que sí. Los quiero mucho y les debemos mucho, pero no es por eso.

—¿Y por qué es? —Me detengo y voy hacia la barandilla. Me apoyo en ella. Deb espera, no dice nada, solo espera que esté preparado para hablarlo o que le diga que no le interesa.

—Mis verdaderos padres están en la cárcel.

Noto que la respiración se me acelera. Han pasado muchos años de esto y no han tenido una buena conducta que redujera su condena. Pensar en cómo secuestraron a mi cuñada y cómo cuidaban a mi hermano pequeño hace que me hierva la sangre.

Deb lo debe de notar, porque entrelaza sus dedos con los míos y apoya su cabeza en mi hombro. No dice nada, no hace falta. Su gesto lo dice todo.

Pasado un rato retomamos la carrera. Ambos lo necesitamos. Sobre todo yo. Tengo que contarle más cosas, pero me da mi tiempo. No me atosiga y eso me sorprende. Que me conozca tan bien.

Terminamos y Debbie se quita la sudadera de la cintura para ponérsela. Y se mira el culo. Me hace gracia.

—¿Qué haces?

—Es que lo veo más alto y parece más duro. —Me río y se lo toco—. ¡Neill!

—Sí que está más duro y más alto. —Sigo riéndome y me pongo de espaldas—. Te dejo que empates.

Me toca el culo y lo retoca. La miro y me mira sorprendida.

—Está duro como una piedra. —Me vuelve a tocar y carraspeo. Da un paso atrás y se sonroja hasta la raíz del pelo; me río—. Lo siento... He invadido tu espacio.

—No te preocupes. Se notaba que solo lo hacías como mente inquieta. No sé si sentirme molesto de que me tocaras el culo más por tu curiosidad que por su atractivo...

—Tonto. Ya sabes que tienes buen culo... ¡Como yo! —dice dando saltitos moviéndolo, y me río.

La abrazo y a los dos nos sorprende el abrazo. Le revuelvo el pelo y protesta. Corre para golpearme cuando me adelanto unos pasos y, tras hacerlo, caminamos de vuelta a su casa, donde he dejado mi coche.

Al llegar a su casa me mira y duda.

—Di.

—Solo quiero que sepas que estoy aquí y que, si algún día quieres hablar de lo que empaña tu mirada, te escucharé encantada.

—Lo sé.

Se alza y me da un beso en la mejilla. Es inocente, pero mi cuerpo reacciona a su contacto como hace tiempo que no reaccionaba ante otra mujer.

—Adiós.

—Adiós, culazo. —Se ríe ya de espaldas y se marcha.

Y yo me quedo más tiempo del que debería mirando la puerta por donde ella se ha alejado de mí.

Debbie

Voy hacia el pabellón de Neill a por los apuntes de su clase. Me ha escrito para decirme que le han llamado para entrenar y no ha podido asistir a clase. Cuando llego, sus compañeros no llevan nada en las manos.

—¿Qué ha pasado? —le digo a Jorge, el que siempre me deja los apuntes para que los fotocopie.

—Un examen sorpresa. Justo cuando se ha ido Neill, y va a ser el cincuenta por ciento de la nota.

—¿Y se puede hacer eso?

—Al parecer, sí. Todos sabemos que lo ha hecho aposta para fastidiar a Neill.

—Gracias.

Llamo a Neill y no me lo coge. Voy hacia el campo de entrenamiento y llego cuando sale de los vestuarios con el móvil en la mano viendo mis llamadas. Me las está devolviendo sin darse cuenta de que voy hacia él. No lo hace hasta que lo llamo y suena a la vez mi teléfono.

—¿Qué ha pasado? —me pregunta preocupado.

—Ha hecho un examen sorpresa en cuanto te has ido. Y ha dicho que va a valer el cincuenta por ciento de la nota. Lo siento.

—Maldito cabrón.

Neill se marcha corriendo y sé que va a enfrentarse con él. Lo sujeto y me cuesta detenerlo; está rabioso.

—¡Neill, para! Es lo que quiere. —Me pongo delante de él y lo freno—. Busca una solución sin ir a discutir con él. Habla con el rector. Busca su apoyo. No te dejes llevar por la rabia.

Me mira y noto como la furia mana de sus ojos marrones.

—Déjame, Deb, estoy bien, pero necesito estar solo.

Va hacia su coche y lo sigo. Cuando abre me meto tras el volante y me mira desde fuera.

—No estás en condiciones para conducir. Dime dónde quieres que te lleve y estaré calladita. Te lo prometo.

Asiente y se mete en el asiento del copiloto. Me indica adónde ir y no digo ni una palabra hasta que llegamos a un barrio que se nota que ha conocido épocas mejores y paramos ante una casa antigua reformada que parece un centro de acogida y comedor social. Paro el coche donde me indica y salimos hacia la casa. Es la hora de la comida y en cuanto entramos nos mandan a lavarnos las manos y nos dan unos delantales. Está claro que conocen a Neill y saben que, si ha venido, es para ayudar.

Yo también ayudo con una sonrisa. Y noto como el corazón se me expande. Esta gente no quiere nada más que una sonrisa y un plato de comida. Y tal vez sentirse parte de esa sociedad que los deja de lado. Tras acabar, nos dan un plato de comida y comemos con ellos.

No he hablado nada con Neill y no lo hago hasta que salimos a los jardines y nos sentamos a ver como juegan los niños.

—Cuando tengo un problema vengo y me recuerdo a mí mismo que no me puedo quejar.

—Neill, siempre habrá gente peor que tú, y gente mejor. No te sientas mal por quejarte de lo tuyo. No te hace menos humano. Ni te hace menos empático con esta gente y las personas que sufren.

—Solo es una asignatura...

—Te conozco lo suficiente para saber que te importa tu carrera. Y mucho. En el fondo no sabes qué quieres hacer con tu futuro, no sabes si quieres ser futbolista profesional. Por eso te aferras a la carrera. Porque quieres tener un futuro.

Me mira y se queda callado.

—No voy a dejar que ese cabrón me lo arrebate. Voy a pelear por aprobar. Seguro que hará también lo imposible por no aprobarme, como el resto. Y no quiero que me regale nada. Pero tampoco que me joda la vida.

—No esperaba menos de ti, y ahora enséñame a hacer alguno de tus pases mágicos—le digo yendo hacia el campo de fútbol.

Los niños, al vernos, nos aceptan y, sin haberlo planeado, jugamos con estos pequeños que solo piensan en ser felices y disfrutar, al igual que nosotros. Sabemos que cuando salgamos de esta casa de acogida la realidad nos golpeará a todos.

Capítulo 9

Neill

Aparco mi coche cerca de la casa de mis padres adoptivos y voy hacia el restaurante, donde supongo que estarán. Al entrar veo a Jorge, que se emociona al verme y deja de atender para venir a darme un abrazo.

—Qué alegría tenerte aquí. Tu madre está dentro.

Asiento y voy hacia la cocina. Al entrar veo a Blanca cocinar sin parar. Me encantaba estar aquí de pequeño, en la mesa que hay en el centro. El olor a comida recién hecha y escuchar a Blanca cantar me reconfortaba, así como su sonrisa cada vez que me miraba. Se vuelve y me ve. Deja lo que está haciendo para venir a abrazarme con fuerza. Tal vez no sea mi madre de verdad, pero siempre me ha querido como si lo fuera.

—Me vas a aplastar.

—Lo dudo, estás duro como una piedra. ¿Te vas a quedar todo el puente?

—Ya te dije que sí. —Voy hacia la cazuela y cojo una cuchara para probar la comida—. Delicioso.

—Pues lávate las manos y siéntate, que te pongo la comida.

—A sus órdenes. Pero, antes, ¿y Daniel?

—Ha salido un momento a comprar unas cosas, no tardará.

Me siento a comer y Daniel regresa en seguida. Al verme se acerca contento. Es muy alegre e, igual que Kevin, cada día que pasa, más. Y también igual que nuestro padre, cómo no. Pero ese desgraciado no va a empañarnos más cosas. Mi hermano se sienta a comer conmigo. Me habla sin parar de las clases y me río por su forma de contármelo. Se nota que me ha echado de menos. Tengo que venir más a menudo.

Hoy he venido porque en la universidad han hecho puente. Y necesitaba alejarme de allí. No he conseguido que el rector me apoye; dice que cada profesor tiene sus métodos de trabajo. Lo estuve hablando con Conor y Ginebra y me dieron la razón. No les cae bien mi profesor, pero nada se puede hacer contra eso. Ahora solo me queda sacar un diez en el examen de evaluación o suspenderé la asignatura.

Debbie ha seguido pasándome apuntes y me ha metido notas propias de información que ha encontrado en internet para ayudarme. No sé qué he hecho para merecer a alguien así. Cuando la besé aquella noche, nunca imaginé que iba a ser tan importante para mí. Ahora me cuesta imaginar la universidad sin ella.

Ayudo a mis padres a recoger y nos servimos tartas y cafés para la sobremesa, ya solos en el restaurante. Son pasadas las cinco cuando me escribe Deb, que se ha ido a pasar estos días con sus padres.

¿No me ibas a avisar cuando llegaras? Qué poquito has tardado en olvidarte de mí :P

Sonrío y le escribo.

Eres fácil de olvidar, qué le vamos a hacer.

Tonto, creo que me deberías pagar por soportarte.

Me hace gracia su comentario y mi sonrisa se acentúa.

Ya será para menos. Soy tu más mejor amigo.

No tengo otro en la universidad. Tampoco te creas que eres especial.

No sé cómo te soporto, con lo que te gusta tirar a matar.

Je, je, je, si soy una santa.

Eso no te lo crees ni tú. ¿Todo bien?

Sí, de compras con mi madre, no sé si ahorcarme con una percha. He perdido la cuenta de los vestidos que me ha hecho probar, y me ha regalado ya varios.

No te imagino con vestido.

Pues he llevado alguna vez, tal vez un día te sorprenda. Cuando me invites a algo que no sea solo correr. Como, por ejemplo, el cine. Tengo mono de ir.

Habérmelo dicho y hubiéramos ido... cuando pueda escaparme de mi vida.

Cierto, se me olvidaba que estoy hablando con alguien que tiene la agenda muy apretada. Tranquilo, me buscaré a otro. Si se lo digo a Oziel, seguro que me lleva.

Miro molesto la pantalla; no me apetece que se vaya con mi amigo.

Sacaré tiempo para ti. Te lo prometo.

La promesa está guardada, te la recordaré, y ahora te dejo, que mi madre quiere que mire varios sujetadores... En serio, creo que piensa que mi vida sexual no es la de una monja. ¡Me ha metido otra caja de condones en la maleta! ¡Si la otra se va a caducar por falta de uso! ¿Tú lo ves normal?

Me río y le respondo.

Yo me ofrezco para ayudarte a gastarlos, es por una buena causa.

Vamos, que te los regale para que te los ahorres. Vas listo.

Me refería a gastarlos contigo.

Noto que la respiración se me acelera y me entra calor.

Claro, cómo no se me había ocurrido, cine y luego revolcón en la parte de atrás de tu coche. Qué gran plan.

Ironiza.

La oferta sigue en pie, es por ayudar a una amiga.

Bien, la tendré en cuenta. Me voy, piensa un poco en mí... y no en una cama. Sé que soy muy atractiva y no puedes olvidarte de mis encantos, pero mejor imagíname fuera de ella. Soy demasiada mujer para ti.

Sonrío y guardo el móvil tras despedirme de ella. Al levantar la vista veo a Blanca, que mira a su marido alzando las cejas, y a Daniel sonriendo.

—Solo es una amiga.

—Ya, claro, se ha notado por tu cara de tontito —dice Blanca, y los demás se ríen.

—Sois imposibles, me voy a ver si veo a Nora y a Roni.

He quedado con Nora y Roni en la heladería de Elen. Llego antes que ellas y las espero arriba, en una de las mesas que dan a la cristalera desde donde se ve el lago.

—¡Neill! —me vuelvo y veo a Roni que viene hacia mí.

Está preciosa. Lleva su pelo largo y cobrizo a capas por la espalda. Sus ojos verdes relucen. Ya no queda en ella nada de ese niño que fue por error. Las operaciones han sido largas y el tratamiento también, pero ya es, en todos los sentidos, una mujer, hasta en su carnet de identidad.

Siempre ha tenido la cara aniñada y eso hace que casi nadie se imagine que nació con el sexo equivocado. Sin embargo, todavía hay gente que la mira y, en vez de llamarla por su nombre, dicen: «Mira, la transexual», y yo lo odio. Porque ella es Roni y punto. Da igual cómo naciera o lo que le guste. Nadie debería ser nombrado por un adjetivo de forma despectiva. Sea cierto o no. Cada uno tiene derecho a ser llamado por su propio nombre. Los que no lo hacen son personas que, en su mayoría, no entienden que nadie tiene la culpa de sentir, y de sentirse, diferente.

Me levanto y nos abrazamos. La he echado de menos. Aunque nos escribimos y hablamos en un grupo donde estamos ella, Nora y yo, no es lo mismo.

—Estoy hambrienta, me he pasado el día estudiando y se me ha olvidado comer.

Algo típico en ella; es una cerebrito, y gracias a ella Nora se centra en sus estudios.

—¿Y Nora? —le pregunto mientras mira la carta.

—Se ha pasado a dejarle una cosa a su nuevo novio. Aún no se ha dado cuenta de que es idiota.

—Esa vena suya tan romántica la va a meter en más de un problema.

—¿Me lo dices o me lo cuentas? —dice, y deja la carta—. Quiero una hamburguesa doble con queso y patatas con queso y beicon.

—¿Y la dieta? —digo para picarla.

—Sabes que no engordo, aunque quiera.

—Estás estupenda. —Me sonríe con calidez.

—¿Y tú, qué tal? ¿Sigues en plan picaflor?

—¿Y por qué no iba a ser así? Estoy en la universidad. Ya tendré tiempo de sentar la cabeza.

—Hombres... Os creéis que vivir la vida es acostarse con una y con otra, y no os dais cuenta de que vivir y sentirse completo es acostarte una y otra vez con la mujer elegida.

—¿De verdad que Nora es la romántica? —la pico.

—Bueno, todo se pega. Leo tantas novelas románticas para comentarlas con ella que ya se me ha pegado. Mira, aquí viene. —Saluda a mi espalda, me vuelvo y ahí está la preciosa Nora.

Aún tiene rasgos de niña, pero sus curvas se van dibujando y ante mí tengo a la hermosa joven que siempre supe que sería. De grandes ojos dorados y pelo rubio. Me levanto y me da un abrazo de oso dando saltitos. Siempre fue muy efusiva. Sobre todo cuando empezamos a crecer y dejamos atrás las tonterías de niños y nos hicimos buenos amigos.

—¡Cómo te he extrañado! —Me da cientos de besos por la cara que me hacen torcer el gesto y se ríe—. Mi Neill. Qué guapo estás.

Me abraza una vez más antes de sentarse al lado de Roni, que también se ríe.

—Yo de ti iría al aseo a quitarme el pintalabios de la cara. —Nora se ríe y me pide perdón. Lleva los labios de un color rosita, y parece ser que ahora lo llevo todo yo.

Me voy al servicio y, cuando regreso con la cara limpia, ya han pedido algo para merendar y Roni para comer.

—Tienes buena cara —me dice Nora—. Parce que te cuidan bien por allí, y estás más moreno.

—Entrenamos mucho.

—Y no sirve de nada, este año no estáis tan bien como el pasado —dice sincera Roni.

—Nos están presionando más. El año pasado todo salió solo, pero este parece que tenemos que demostrar constantemente que somos los mejores. Lo pasé mejor la temporada pasada.

—Pues vaya. Siempre puedes mandarlo a la mierda y ser solo un friqui informático —me dice Nora con una sonrisilla.

—Tal vez lo haga y, por cierto, ¿nuevo novio?

Se sonroja.

—Bueno, aún no es formal. Solo le he dejado que me diera un par de besos en la mejilla.

—Y tocarte el culo —apunta Roni.

—Eso fue sin que le diera permiso, y le crucé la cara.

—Deberías dejarlo.

—No, está teniendo mucha paciencia conmigo.

—Ya, porque piensa que así se meterá en tus bragas —dice bruta Roni.

—No es por eso. Tú no lo conoces como yo. —Nora pone morros y Roni los ojos en blanco.

—Yo lo que sé es que ese tío no me cae bien, pero tú misma, luego no digas que no te lo advertí.

Nora mira enfadada hacia el lago y Roni agranda los ojos cuando nos traen la comida. Pongo la mano encima de la mesa y cojo la de Nora.

—Ten cuidado, ¿vale? —Asiente—. Eres maravillosa y no vas a encontrar al hombre perfecto si fuerzas las cosas. Además, Roni tiene razón, la gran mayoría de los hombres somos unos idiotas. —Sonríe—. Pero yo no, claro.

—Claro, tú no. —Se ríe y vuelve a ser la misma, esa niña sonriente y demasiado empática que se preocupa por todos y que hace suyas las causas perdidas.

Cuando se fue Thew, se metió en más de una pelea junto a Roni para defender a su amiga. No soporta que se metan con ella y que la gente la señale con el dedo, y aunque Nora es todo dulzura, se convierte en una gata en celo para defender a los suyos.

—¿Y tienes novia? —me pregunta Roni.

—No, no me va tener de eso.

—Ya, eso dicen todos, y luego van cayendo uno tras otro —dice Nora—. Mi padre y sus amigos. Todos se creían libres y cuando les llegó el amor..., zasca. Atrapados. —Nora sonríe—. En verdad es superromántico y, por cierto, Gonzalo y Holly se casan.

—Gracias, Nora, me hubiera gustado dar la noticia de la boda de mi hermana —dice Roni con una fingida cara de enfado—. Se casan porque Holly se ha quedado embarazada. Piensan que no lo sabemos, pero ha dejado de beber y de comer cientos de cosas. Que yo soy más pequeña, pero no soy tonta. Y mi madre tampoco.

La madre de Roni ya se ha recuperado de su adicción a las drogas; se casó con el padre de Gonzalo y ahora viven con Roni en una casa cerca de la de Nora. Roni prefería vivir allí que con los reyes, como hizo su hermana Holly por ser hija bastarda del rey. Todo ese mundo no era para ella.

—Me alegro mucho por ellos.

Los que se casaron hace poco fueron Jack y Eimi y el hijo de Aiden y Katt les llevó los anillos. O, bueno, en realidad Katt llevó a su pequeño de casi un año y los anillos al altar para que se los diera a sus tíos. La boda fue retransmitida en directo por cientos de fans que la grabaron con sus móviles. Querían una boda íntima, pero les fue imposible hacerlo y tuvieron que aceptar que mucha gente quisiera ser parte de su felicidad. Por suerte el convite sí fue algo más acogedor.

Seguimos comiendo y hablando de todo un poco. Estamos acabando cuando escuchamos la voz cansina de Erik.

Me vuelvo y lo veo intentando que una joven de su edad, quince años, se aleje de él.

—Ya te lo he dicho, gracias, pero no estoy pensando en tener novia.

—No puedes saberlo si no lo intentas.

—Soy muy listo. Lo sé. Y gracias por los bombones. —Coge la caja de bombones de su mano y se acerca a nosotros.

Pone los ojos en blanco y se deja caer en una silla. Me saluda con una inclinación de cabeza. Solo tiene quince años, pero ya apunta maneras. No sé cómo las mujeres pueden encontrar atractivo ese gesto tan serio, igualito al de su padre. Sus ojos grises son como los de su madre y en ellos sí se ven calidez y dulzura cuando quiere.

—Te esperábamos. Y, por si no lo sabes, han organizado mañana una megabarbacoa en mi casa.

—No lo sabía. Pero iremos.

—No sé cómo no estáis todos gordos como vacas con tantas fiestas —dice, y le da un trago al vaso de Nora, que es la que menos ha bebido.

—Se pide permiso, Erik.

—Estoy sediento. Ten un poco de compasión. Toma, te regalo unos bombones.

—Los regalos no se regalan —le dice Nora seria.

—Yo sí los quiero. Me chifla el chocolate —dice Roni cogiendo la caja—. Gracias, Erik.

Erik sonríe de medio lado y le guiña un ojo.

—Ella sí sabe apreciar mis detalles.

—Yo solo lo hago por el chocolate. Por ti, ni agua —le pica Roni, que ya ha abierto la caja y se está comiendo un par de bombones.

—Lo dicho, no sé dónde lo metes. —Se ríe con la boca llena de chocolate tras mi comentario.

—Da asco. Yo tengo que controlar todo lo que como o soy el doble de Michelin.

—Ya quisiera Michelin tener tu par de tetas —le dice Erik a Nora, y le doy un pellizco.

—No se le habla así a una amiga.

—Lo siento, Nora.

—Te perdono porque me caes bien, pero a veces eres insoportable.

—En el fondo me adoras. —Erik le lanza una de sus miradas seductoras y coge su mano para darle un beso galante —. Pero sigo pensando lo de las peras.

—¡Dios, eres una hormona con patas! —dice Roni.

Erik se ríe y yo no puedo evitar hacer lo mismo.

Cómo los he echado de menos.

Pasamos el sábado con los amigos de mi hermano. Kevin y Allie, su mujer, vienen por la tarde y echamos un partido de baloncesto. Juego contra Kevin y nos acaba ganando por uno. Adair va en mi equipo y Daniel en el suyo. Disfruto como antaño; es como si aquí el tiempo no pasara. Pero ha pasado y las personas cambian. Maduramos y, aunque tenemos un vínculo único, todo es distinto.

Son cerca de las once cuando salgo al jardín para llamar a Debbie.

—Ni un mensaje, ni llamada. Muy mal, Deb, no piensas en mí. —Se ríe y su risa me hace sonreír.

—Estaba con unas amigas del instituto. Hemos quedado para tomar algo después de cenar. Cómo lo necesitaba.

Me quedo callado. Hasta ahora pensaba que a Deb no le gustaban las fiestas, pero sí le gusta salir, lo que no le gusta es la gente con la que se relaciona en la universidad.

—¿Neill?

—Sigo aquí, es solo que no conocía esta faceta tuya.

—¿La de ser una chica normal de diecinueve años? No me van mucho las fiestas, pero no soy una santa. Me he emborrachado dos veces y siempre juro no hacerlo más. Y he salido hasta acabar comiendo churros mientras amanecía. Hay muchas cosas que no sabes de mí.

—Ya veo. Ten cuidado. No digo que no puedas salir, es solo que no quiero que te pase nada y hay mucho idiota suelto.

—Siempre tengo cuidado. ¿Tú vas a salir?

—Seguramente. También tendré cuidado.

—No esperaba menos.

—¿Deb? ¿Entramos? Nos están esperando.

—Sí, ya voy, id entrando —le dice a su amiga—. La fiesta no me disgusta... —me dice, como si hubiera notado mi desconcierto. No porque salga de fiesta, que me encanta, sino porque hasta ahora creía que todo esto no le gustaba, por eso no la dejo acabar y digo lo que pienso.

—Es solo que siento que no has encontrado tu sitio en la universidad.

—Es posible. Ya lo encontraré y, por cierto, llevo vestido. ¿A que no me imaginabas con uno?

—No, pensaba que los odiabas.

—No me encantan, pero no están mal de vez en cuando. Me marcho. Nos vemos pronto.

—Claro.

Cuelgo y me quedo mirando el móvil. Al poco recibo una foto de Deb con sus amigas y sí, lleva vestido. Parece diferente y, sin embargo, sus ojos relucen como siempre. Me gusta esta Deb también, y acabo sonriendo cuando me manda la segunda, donde muestra sus deportivas en vez de tacones. Eso ya es más propio de la Deb que conozco.

—¿Y esa cara de tonto? —guardo el móvil y miro a Kevin.

—No tengo cara de tonto. Solo sonrío ante una foto graciosa.

—Ya, Daniel dice que ayer hablabas con una novia nueva. Mejor dicho, con la única novia que has tenido.

—No he tenido ni tengo. Solo es una amiga.

—Bueno, tú mismo, pero no te cierres, Neill.

—No me cierro.

Kevin me mira con sus penetrantes ojos verdes como si supiera algo que yo ignoro. Algo que hace muy a menudo y me pone de los nervios. Sobre todo desde que es padre y parece de repente ser conocedor de un mundo que el resto ignoramos.

—Solo prométeme algo.

—¿Que no me emborrache ni me acueste con nadie? Llegas tarde.

—Que harás lo que te haga feliz, aunque ni tú mismo entiendas por qué.

Lo miro extrañado; no esperaba esto. Asiento sin entender muy bien qué le estoy prometiendo. Siempre hago lo que me hace feliz.

Kevin sonríe y entramos juntos donde están los demás jugando a las películas, aunque con Adair no se puede jugar. Tiene memoria fotográfica y, solo con ver una vez una película, se acuerda de todo; o con Dulce y su hija Summer, que desde niña ha tenido un gusto exquisito por el arte y el cine y es capaz de ver una película tras otra sin cansarse, olvidándose incluso de comer.

Al entrar, es a Summer a quien veo saltar y decir el

título adelantándose a Adair. Sonríe y nos mira ilusionada. Tiene trece años, pero cada año que pasa su belleza se realza. Tiene la sonrisa de su madre y los ojos verdes de su padre. El pelo rubio es como el de Laia, no tan claro como el de Dulce. Es como si hubiera cogido lo mejor de los tres.

—Da asco jugar con vosotros —dice Erik molesto levantando la vista de su móvil—. Me marcho.

—Tú no te vas a ningún sitio —le dice su padre mirándolo muy serio.

—He quedado.

—Ya, claro, cuando los cerdos vuelen; y, mira por dónde, no lo hacen. Así que siéntate, estate callado y disfruta de la velada, porque no vas a ir a ningún sitio.

Erik pone mala cara y, cuando se sienta Summer a su lado, la mira molesto y ella le da un codazo.

—No lo pagues conmigo.

—Estos juegos son de niños —le dice él.

—Siento traerte de vuelta a la realidad, pero por muy mayor que te creas, sigues siendo un niño, Erik —lo pica Summer, y al final Erik pasa de todos y saca su móvil para chatear, seguramente poniendo verdes a todos los presentes.

Me pregunto si yo a su edad era así de inestable. La pubertad da miedo, viéndola una vez la has pasado.

La noche se pasa sin darnos cuenta y, cuando regreso a mi cuarto, escribo a Deb y le pregunto cómo va. No tarda en responderme.

> Bien, con dolor de cabeza. Creo que nos han puesto garrafón, dan asco.

Tómate una aspirina y bebe mucha agua.

¿Lo dices por experiencia?

Antes de entrar en la universidad pillé alguna borrachera que otra.

Yo no estoy borracha, solo cabreada porque nos timen. Me voy a bailar. Lo mismo eso me quita el dolor.

Genial, mueve ese culazo que tienes.

Sí... ¿Todo bien?

Genial. Siempre viene bien estar con la familia. Aunque cuando pasan más de dos días ya estás deseando regresar a tu mundo.

Je, je, te entiendo, mi madre puede ser muy cargante cuando quiere. Buenas noches, Neill.

Buenas noches, Deb.

Guardo el móvil y Kelly me mira con una sonrisilla.

—Llevas toda la noche hablando con él.

—Solo es un amigo.

—Ya, bueno. Eso dices. —Pongo mala cara y me sonríe—. Vamos a bailar. A ver si se me pasa este mareo.

Asiento y vamos con el resto tras coger nuestros bolsos. Llegamos a la pista y bailo con mis amigas. Parece que todo es como siempre. Como hace solo unos meses, cuando salíamos y disfrutábamos. Pero algo ha cambiado. Ya no somos las mismas y en la cena se ha visto. Había momentos en los que no sabíamos qué decir. Nos quedábamos calladas y al mirarlas las notaba muy lejos. Solo me siento igual con Kelly, pero ella y yo hemos sido amigas desde que nacimos y nuestra unión es diferente. Con el resto siento que la universidad nos está separando. Y aunque río y finjo que me lo estoy pasando genial, en el fondo me siento muy triste.

Se nos hacen las tantas y acabamos comiendo churros sentadas en el parque que solíamos frecuentar, y otra vez se hace un silencio incómodo.

—Lo hemos pasado bien —dice Lara, una de mis amigas.

—Sí, genial —responde Kelly.

Inés y yo asentimos. Y otra vez nos quedamos calladas. Terminamos de comer y nos despedimos. Quedamos en hablar muy pronto y contárnoslo todo, pero siento que cada vez estaremos más lejos. Que seguiremos siendo amigas, pero ya no será lo mismo.

Regreso a casa con Kelly, ya que vivimos muy cerca.

—Esta noche ha sido muy rara —dice adivinando mis pensamientos.

—Mucho.

—Nos despedimos pensando que nada nos separaría y ahora no sabemos cómo ser las que éramos.

—Supongo que en esto consiste madurar. Mis padres apenas tienen contacto con sus amigos de toda la vida.

—El mío tampoco. Quizá mi madre sí —dice con dolor. El paso de los años no ha hecho que le duela menos el abandono de su madre. Yo mejor que nadie sé lo mal que lo pasó y el miedo que tuve de vivir algún día lo que ella soportó...

Llegamos a su casa y me mira con una sonrisa. Sus ojos aguamarina relucen. El pelo cobrizo lo lleva suelto y ya está algo despeinado por los bailes. Nos abrazamos y, cuando le digo adiós y me marcho a casa, pienso que ojalá crecer no significara ver alejarse a personas que creías que siempre serían parte de tu vida.

Capítulo 10

Debbie

Ginebra ha decidido que demos su clase fuera, en unas ruinas que no están muy lejos de la universidad. Como después de su hora tenemos otras dos con Conor, este se ha sumado a la idea y juntos nos están dando una clase al aire libre rodeados de historia. Me apasiona. Se me ponen los pelos de punta al escucharlos hablar de cómo antes estas ruinas, que ahora no nos dicen nada, tenían y albergaban vida. Me encanta mirar las ruinas, cerrar los ojos e imaginar cómo era la vida antes de nosotros. Siempre me ha gustado saber de dónde venimos; es parte de lo que somos ahora.

Para poder mirar hacia delante tenemos que conocer el pasado sobre el que nos sostenemos. Es parte de cómo hemos ido cambiando como hombres y mujeres. Lo que se ha luchado para llegar a tener una mente cada vez más abierta, más igualitaria. Sé que queda mucho por hacer y que un día nosotros seremos parte de esa historia que sigue llenando páginas de libros para contarla a los que vendrán; y lo que más me inquieta es que, si sabes mirar bien un objeto antiguo, puedes percibir en él parte del alma de su creador.

A veces pongo la mano sobre las ruinas; no siento nada, pero me imagino que hace muchos años otra persona puso su mano en ese mismo lugar sin llegar a imaginar que, pasado tanto tiempo, lo haría yo.

Escucho la clase con atención y tomo notas. Al acabar nos dejan que inspeccionemos por nuestra cuenta. Hago cientos de fotos y le mando a Neill una de unos antiguos baños. Y no tarda en responderme.

¿Unos baños? ¿No estarás recordando cuando me viste en las duchas?

No seas tonto. Ese momento de mi vida está más que olvidado. No eres para tanto.

Falso y más que falso. Si he de ser sincera, alguna noche he acabado soñando con Neill sin ropa y yo acariciando su cincelado cuerpo. Me he despertado antes de que pasara nada más, pero ser consciente de por dónde van mis sueños me molesta.

Al final vas a hundir mi hombría.

Ya será menos. Te la levantan en cada fiesta... Por cierto, ¿tienes planes esta noche?

Hay una fiesta, pero si me propones algo mejor, lo dejo por ti.

No quiero que dejes nada por mí. Ya nos veremos, aunque últimamente no tienes tiempo para nada.

Hace cuatro días que regresamos de estar con nuestras familias y no nos hemos visto. He salido a correr sola, porque, ahora que he empezado con el ejercicio, no lo quiero dejar. Neill está centrado en sus estudios y en el entrenamiento. No sé cómo puede con todo. «Aunque sí tiene tiempo para salir de fiesta», pienso. Me molesta un poco que tenga tiempo para salir con sus amigos y no haya hecho un hueco para verme.

No, no lo tengo y es algo que me molesta. ¿Todo bien?

Genial, están hablando unos compañeros de ir a tomar unas cervezas y por una vez voy a decir que sí. Es hora de que no me encierre en mí misma y haga nuevos amigos. Nos vemos. Pásalo bien.

Me acerco a Mateo y Daura y les digo que me iré con ellos a tomar esas copas. Mateo me abraza eufórico, como si fuéramos amigos de toda la vida y acabara de regresar a casa. Solo nos hemos visto en clase y alguna vez he comido con ellos en la cafetería. La verdad es que me caen muy bien y no sé por qué he tardado tanto en decirles que me uniré a sus fiestas.

Son amigos de toda la vida. Y, como me dijo Daura, serían novios de no sentirse ambos atraídos por los hombres.

Mateo es moreno, de ojos azules, y siempre dice lo que piensa, como Daura, que no se calla ni debajo del agua. Son tal para cual. Y más cuando Mateo coge confianza y, como hoy, acaba haciendo cosas espontáneas como abrazarte sin más.

No sé por qué me he cerrado en banda a conocerlos más. Tal vez porque en el fondo sentía que al hacerlo estaba suplantando a mis amigas de instituto y colegio. Las echaba mucho de menos y este fin de semana con ellas nos vino genial, pero también me hizo ver cómo es ahora la realidad. Somos las mismas, pero diferentes. Ahora cada una tiene preocupaciones distintas y amigos nuevos. Está claro que siempre estaremos ahí, que seremos amigas para cuando nos necesitemos, pero la vida nos está llevando por caminos separados, y es hora de que empiece a aceptar que todo es diferente y que hacer nuevos amigos es algo normal. Con Neill no me va mal, el problema es que a veces siento que es solo un amigo de prestado, y más hoy.

—¿Adónde vas así vestida? —Miro a Lilit, que va con una minifalda y se está poniendo pintalabios rojo en los morros. Yo llevo un vestido sencillo azul marino y unas botas. Nada comparado con su minifalda y sus tacones de doce centímetros.

—¿Te importa? —le digo con chulería.

—No me importa, pero si piensas que vas guapa, te equivocas.

—Suerte que me importa una mierda lo que piensas. Y para mi gusto, voy genial.

—Eso es porque no tienes sentido del gusto.

—Tú tampoco. Parece que vas a una esquina más que a una fiesta.

Me debería haber callado. Puede vestir como le dé la gana, lo sé, pero me tiene harta. En ese momento se lanza contra mí y la detengo, pero me gano un pequeño arañazo en la cara.

—No te soporto.

—Ya somos dos.

Nos miramos retadoras, y me deja ir. Me marcho y me limpio la cara por el camino. No soporto estar en esta casa; si no fuera por mi madre, no viviría aquí. Llego al *pub* donde he quedado con Mateo y Daura y dejo mis cosas para ir a lavarme y verme lo que me ha hecho.

—¿Qué te ha pasado? —me pregunta Daura al ver el pañuelo con sangre.

—Una gata con las uñas afiladas. Ahora vengo.

Voy al servicio y, aunque ha salido sangre, el corte no es profundo. Me lo lavo y voy de nuevo a donde están mis compañeros.

—Si por gata te refieres a una mujer, solo conozco a una lo suficientemente dañina: Lilit —dice Mateo.

—Exacto.

—No sé cómo soportas vivir en esa casa. Y menos al no ser parte del flamante equipo de animadoras —dice Daura con ironía.

—Por mi madre.

—Ya, bueno, tu madre fue animadora. Ella ha vivido la universidad a su manera. Tú debes hacer lo mismo.

—Mi abuela también fue animadora —les confieso.

Esto es algo que no digo mucho; mi abuela le pasó a mi madre ese afán de animar y mi madre no lo ha logrado conmigo, cosa que a mi abuela no le hace gracia.

—Da igual. Cada uno hace lo que quiere con su vida... Y ahora vamos a comer algo y a beber unas cervezas. A la primera ronda invito yo —dice Mateo y se va hacia la barra a pedir.

Al cabo de poco, llega con una bandeja de patatas fritas y otra de montaditos varios. El camarero le acerca las cervezas.

—Si os quedáis con hambre, ahora pedimos algo más.

Asiento y doy un trago a mi cerveza. Está muy fría, como a mí me gusta.

Me tomo los montaditos con ellos y a la tercera cerveza me río de todo lo que dicen, aunque con la música tan alta a veces ni los entienda. Me lo estoy pasando bien. Casi tan bien como cuando salía con mis amigas. Es raro disfrutar de la fiesta con personas que casi no conoces, con las que no compartes amores, desamores y primeras lágrimas por tonterías. Supongo que esto es madurar; aprender a amoldarte y sonreír con nuevas personas que serán cómplices de tus nuevas anécdotas.

—¡Dios, creo que acabo de tener un orgasmo! —Eso sí lo he escuchado alto y claro.

—¡Mateo, eres un cerdo!

—Eso ya lo sabes tú, pero cuando mires hacia la puerta a ti también te va a pasar lo mismo. —Daura mira hacia la puerta y se pone roja. Los ojos le brillan y Mateo se ríe de ella—. Está buenísimo. El mejor capitán que ha tenido esta universidad.

Me vuelvo de golpe y veo a Neill, que parece estar buscando a alguien. No tiene buena cara y lleva el móvil en la mano. Y, aunque me moleste reconocerlo, está tan bueno como dicen estos dos. Con esos vaqueros, esa camiseta blanca y esa chupa de cuero... Varias personas le saludan y él les devuelve el gesto, pero sigue andando y buscando a alguien. Y entonces me ve y sé que me busca a mí, por su forma de entrelazar su mirada de ojos marrones con la mía. No parece muy contento. A saber qué mosca le ha picado ahora.

—¡Viene hacia aquí! —chilla Mateo—. ¿Estoy buenísimo?

—Lo estás, pero a Neill le gustan las mujeres.

—Es un pequeño detalle sin importancia —le responde él—. Y tú no saques tanto pecho, a ver si le vas a sacar un ojo —le dice a Daura.

—Hola —me dice Neill cuando llega a mi lado—. ¿Se te ha perdido el móvil o has decidido apagarlo para fastidiar?

—Creo que lo segundo. No creía que nadie me fuera a necesitar.

—¿Lo conoces? —me pregunta un incrédulo Mateo.

—Entrenamos juntos...

—Somos amigos. Y de los buenos, por eso sabía que estaba enfadada y llevo desde que acabé el entrenamiento buscándola. —Me sorprende esa respuesta, y más cuando se sienta a mi lado y pasa la mano por encima de la mesa para presentarse a Mateo—. Neill.

—Mateo —dice el aludido estrechándole la mano. Para saludar a Daura le da dos besos.

—Daura, encantada. Aunque ya sabíamos quién eres tú.

—Espero que lo que se dice de mí sea bueno —dice Neill con una de sus medias sonrisas, y Daura se olvida de respirar, y Mateo otro tanto—. Voy a pedirme algo para cenar, estoy muerto de hambre.

—¿Te vas a quedar? Pensé que tenías una fiesta.

—Me voy a quedar contigo —dice con firmeza, y se marcha.

—¿Cómo es que sois amigos? —me interroga Daura saltando sobre la mesa y acercándose a mí.

—Nos hicimos amigos por error y nos llevamos bien, aunque Neill está siempre ocupado con sus entrenamientos y con la universidad. Solo nos vemos para entrenar.

—Ya, pues parecía enfadado por no saber de ti. Algo le importas —dice Mateo.

—Puede ser —digo distraída y doy un trago a mi cerveza.

—Menudo culo tiene —dice Daura—, debe de estar duro como una piedra.

—Lo está —digo sin pensar.

—¿Le has tocado el culo? —Me sonrojo y no sé cómo salir de la que he liado por culpa de llevar tres cervezas que me han soltado la lengua—. ¿Os habéis acostado?

—Sí, se lo he tocado, y no, no nos hemos acostado —respondo a Mateo—. Él me dio un manotazo en el mío y yo le toqué el suyo para equilibrar la balanza. Algo inocente y nada sexual.

—Ya, claro —dice Daura—, yo les voy tocando el culo a todos los tíos que conozco.

—A mí me lo tocas.

—Ya, pero tú eres como un hermano para mí. No es lo mismo, y dudo mucho que lo que haya entre estos dos sea algo de hermanos.

—No hay nada, solo que inexplicablemente nos llevamos bien. Aún no sé cómo lo soporto. Odio a los futbolistas. Solo vive por y para el fútbol. Y al final te toca dejarlo todo y marcharte donde sea, olvidando tu vida y tus sueños, sin aspiraciones en la vida.

—Creo que ha bebido demasiado —dice Mateo quitándome la cerveza—. Tu madre eligió esa vida y es feliz; no eres nadie para juzgarla.

Me pregunto si de verdad será feliz o se ha adaptado a su vida; pensar en lo que podría haber sido de no haber renunciado a su carrera por mi padre no le servirá de nada. Pienso en lo que viví de niña y siento un escalofrío.

—Estoy hambriento —dice Neill, que regresa con una hamburguesa y patatas fritas.

—No sabía que había hamburguesas —digo mirando cómo se la prepara.

—Si quieres te doy, no hace falta que me pongas ojitos.

—No te estoy poniendo ojitos.

—Es la cerveza, le ha soltado la lengua —le informa Mateo—. Voy a por otra. ¿Tú quieres un refresco?

—No, yo también quiero otra.

—Tal vez no sea lo mejor. —Mira a Neill y yo también. No entiendo qué quiere decir—. Te suelta la lengua.

—Neill ya sabe lo que pienso de él y me conoce.

—Tú misma. —Daura le pide otra y él se aleja a por las bebidas.

Neill me tiende la hamburguesa cuando termina de prepararla y le doy un gran bocado. Está deliciosa. Me mancho de tomate y me río mientras me limpio. Neill me limpia también la mejilla y repara en el arañazo.

—¿Qué es esto?

—Le atacó una gata. Y como en su residencia están prohibidos los animales..., solo puede haber sido Lilit

—dice Daura, que se nota que está deseando que le cuente más.

—¿Te hizo esto? —Asiento a Neill.

—La llamé puta —digo, y Neill se tensa. Daura abre la boca hasta casi desencajársela.

—¿Y qué te hizo ella para que la llamaras así?

—Me dijo que este vestido no me quedaba bien, que no tenía gusto. Y me queda divinamente —le respondo entre morros a Neill.

—Sabes que sí, pero es mejor que no te enfrentes a Lilit —dice preocupado Neill, que acaricia una vez más mi marca.

—No sé cómo te pudiste liar con esa —digo sin pensar.

—Cosas que pasan.

Mateo trae las cervezas y, tras brindar los cuatro, le doy un trago largo a la mía. Estoy genial. No sé por qué Mateo decía que era mejor que no bebiera más.

—Y lo he visto desnudo —digo entre risas tras la quinta cerveza. Lo suelto sin más cuando les cuento que nos conocimos porque Neill me besó para que entrara en la fraternidad.

—Y te encanté —me pica Neill, que ya ha terminado su cena y se está tomando un refresco.

—Tienes cuerpazo y eso, y me sorprendió que no tuvieras tatuajes, pero no te lo creas mucho.

—Yo sigo alucinando —dice Mateo—. Oye, yo también te dejo que me cuides cuando tenga fiebre, y así te metes conmigo bajo la ducha desnudos.

—Solo ella estaba desnuda. Y no pude hacer otra cosa.

—Pudiste no mirar —apunto con una sonrisilla.

—Ya. Pero miré, soy humano y por lo menos reconozco las cosas. —Daura asiente.

—Se me ha acabado...

—Y no hay más —dice Mateo—. La barra está cerrada. —Miro hacia la barra. No está cerrada—. Solo sirven refrescos, como a Neill. Por cierto, cosa que me ha sorprendido. Pensé que, al igual que otros compañeros tuyos, te pondrías hasta arriba.

—Me tomo en serio lo del fútbol. —Neill me tiende su refresco cuando hago un amago de ir a la barra y me sujeta para que no lo haga. Al final claudico y doy un trago a su bebida.

—Eres muy bueno, pero tienes muy mala zurda. Siempre dudas cuando te cae un pase en esa posición, y esa duda la aprovecha tu adversario —le dice Mateo.

—Tiene razón —apunto—. No sé cómo no lo he visto hasta ahora. Eres muy malo con la zurda.

—¿Te gusta el fútbol? —le pregunta Neill a Mateo ignorando cómo me he metido con él.

—No mucho, pero sé todo lo que hay que saber. Mi padre es tu entrenador —dice Mateo con resquemor—. Casi nadie lo sabe, porque no le gusta airear que tiene un hijo mariquita. A él, que le encantan los machos...

—Tu padre es idiota —dice Neill sin contemplaciones—. Y él se lo pierde.

Mateo le sonríe.

Ponen una canción que me encanta y me levanto para bailarla. Tiro de Neill hacia la pista y me cuelgo de su cuello cuando llegamos.

—Estás muy graciosa borracha.

—No estoy borracha. Solo tengo el puntito.

—Es mejor que no bebas más o mañana te dolerá la cabeza.

—Qué más da. La noche es joven. —Me apoyo en el hueco de su cuello y aspiro su aroma—. Me encanta cómo hueles.

—Para. —Lo miro—. Es mejor que no te deje decir nada más o acabarás por confesarme que te mueres por acostarte conmigo —bromea, o no, no sé verlo con esta poca luz y este embotellamiento.

—O tú conmigo..., sé que te encanto.

—No lo dudes, me encantaría acostarme contigo. —Mi corazón da un vuelco y se me sube a la garganta. Neill sonríe de medio lado. Está bromeando. Claro, no puede ser cierto.

—Pues eso no va a ser posible. No eres mi tipo —miento, y lo sé por cómo me late el corazón y cómo reacciona mi cuerpo a las caricias de sus manos en mi cintura.

La canción acaba y regresamos a la mesa. Es tarde y decidimos irnos a casa. Daura y Mateo pasan por mi fraternidad para ir a su casa y nos despedimos de Neill en la puerta.

—Te gusta —dice Daura, que se ha cogido de mi brazo. Mateo del otro.

—No me gusta. Es mi amigo.

—Ya, claro. La verdad es que es más majo de lo que creía, y no solo está bueno —apunta Mateo.

Llegamos a la fraternidad y veo mis maletas en la puerta. Y sobre ellas, una nota: «Estás fuera».

—¿Qué es esto? —dice Daura.

—Mis maletas. —Abro la puerta, entro en la casa y encuentro a Lilit con sus amigas en el salón.

—¡No podéis echarme!

—Sí se puede si la capitana, es decir, yo, lo decide. Y no te soporto. Además, ¿esperabas que tras bailar con mi hombre ante todos te dejara quedarte? No, lo siento, pero las de esta fraternidad saben dónde están los límites.

Me entra la risa.

—Mejor vámonos —dice Mateo.

—A ver si me ha quedado claro —digo separándome de mis amigos—. ¿Tus compañeras y amigas pueden tirarse a Neill, pero no pueden bailar con él? ¿Eres acaso tonta?

—Es solo sexo. Neill no baila con nadie.

—Para mí el sexo no es solo sexo.

—Por eso nunca te acostarás con él, por mucho que lo desees. —Se levanta y, aunque no lleva tacones, es más alta que yo—. O si lo haces te pasará como a mí. Un día te enamorarás perdidamente de él y descubrirás que solo te quería para eso. Y ojalá te suceda, para que sepas lo que es conformarte con las migajas. Y ahora, fuera, y no esperes que te devolvamos el dinero del alquiler de tu cuarto.

—No podéis hacer eso.

—Sí podemos, y si crees que no, pregúntaselo a tu madre. Está en las cláusulas. Largo.

—En verdad esto no es por Neill. Te da igual Neill, no sabes cómo es. Haces todo esto porque yo te digo la verdad. Porque no te hago la pelota y porque te jode que alguien en este mundo de color de rosa que te has montado te diga las cosas como son. No soportas mirarme y ver que no caes bien y que, si te hacen la pelota, es solo porque eres la capitana, no porque de veras les importes. Porque sé que más de una está deseando que tú te hundas para ocupar tu lugar, y mientras, te llaman amiga. Me das pena.

Y tras decir eso, salgo de la casa seguida de mis amigos. Mateo coge mis maletas y, aunque protesto, no me deja quitárselas. A las dos calles me entra el pánico por lo sucedido y porque no sé qué será de mí ahora. Solo tengo el dinero justo para las fotocopias y para comer, y no pienso decirle a mi madre que me han echado. Era lo único que nos unía. Me da por llorar. De rabia, de miedo. De impotencia. Me abrazan e intento controlarme, pero no puedo. Yo no he hecho nada para merecer su desprecio. Tal vez de todos los que la rodean yo soy la única que de verdad va de cara, pero la verdad no gusta, y por eso me quiere fuera de su vida perfecta.

Llegamos a casa de Daura y Mateo. Viven cerca, en una residencia de apartamentos construida para estudiantes de la universidad. Los hay de dos habitaciones y de tres. Ellos tienen uno de tres porque cuando hicieron la solicitud no quedaban de dos. Hay una piscina en medio y una barbacoa. Se nota que el lugar está pensado para estudiantes. También me dicen que hay una sala de juegos, con mesas de billar y *ping-pong*. Yo asiento, pero no hago mucho caso de lo que dicen. Estoy rayada pensando en cómo voy a sobrevivir.

Entramos en su piso, que está en la tercera planta. Y me dicen que en un momento me preparan el cuarto que usan de trastero. Les ayudo a quitar algunas cosas de la cama y entre los tres ordenamos todo un poco.

—Todo irá bien —me dice Daura desde la puerta—. Y te puedes quedar aquí.

—No tengo dinero para pagar...

—Ya lo tendrás. No te preocupes.

Asiento y cierra la puerta. Me pongo el pijama y me meto en la cama. Me hago un ovillo como cuando era pequeña y lloro lágrimas silenciosas, porque siento que, una vez más, le he fallado a mi madre y me estoy alejando de ella. Temo que las circunstancias de la vida hagan que nuestra distancia sea insalvable. Acabo de fastidiar la única cosa que nos unía.

Capítulo 11

Neill

Llamo a la puerta de la casa de Deb. Me dijo que hoy no tenía ganas de correr y poco más. La he notado rara. Tanto o más que ayer, cuando, tras el entrenamiento, salí a buscarla porque sabía que le molestaba que tuviera tiempo para mis amigos y no para ella. La verdad es que me apetecía estar con ella. Pero a veces me agobio por esta necesidad intensa de estar a su lado. Por eso se me pasó por la cabeza hacer lo que solía hacer antes de conocerla. Y no sirvió de nada. Al final acabé por ir a buscarla, enfadado porque no me cogiera el móvil.

Me abre Lilit, que se nota que lleva un rato preparándose tras la puerta.

—Hola, Neill. ¿Qué quieres?

—¿Está Deb?

—Esa ya no vive aquí —dice con desprecio—. Pero tú pasa.

—¿Cómo que no vive aquí? —Me abre la puerta para que pase, pero no doy un solo paso.

—La he echado. No es parte del equipo de animadoras y no pintaba nada aquí...

—¿Cómo puedes ser tan mala? Ten cuidado si te muerdes la lengua, lo mismo te envenenas.

Me alejo y llamo a Deb y, aunque Lilit me llama, la ignoro. Me coge el teléfono al quinto tono.

—Hola, Neill.

—¿Dónde estás? Sé que te han echado. ¿No pensabas decírmelo?

—Sí..., pero estoy asimilando que estoy en la calle sin apenas dinero por culpa de tu ex. Ahora mismo no quiero tener nada que ver con ella, y tú encontraste atractiva a esa arpía.

—Pareces celosa y dudo que lo estés. Dime la verdad.

—La verdad es que no sé cómo decírselo a mis padres y por eso estoy buscando trabajo, porque no me devuelven el dinero que adelantaron mis padres por el alojamiento. Ahora tengo una entrevista en la cafetería La Rosa. Espero que el hecho de que no tenga nada de experiencia no sea un impedimento.

—Voy para allí.

—No hace falta. —Le cuelgo y voy a buscarla enfadado porque no me lo haya dicho hasta ahora.

Llego a la cafetería y me saludan varios de los que están allí tomando algo. Les devuelvo el gesto sin muchas ganas y busco a Deb. La encuentro con la encargada. No tiene buena cara y se nota que está inquieta. Me siento cerca y espero. No tardan en levantarse y darse la mano. Se despiden y Deb viene donde estoy y se sienta a mi lado en vez de enfrente.

—Lo siento. Hoy no he tenido un buen día, y en verdad tenía miedo de contártelo y que fueras a casa de

Lilit a exigir que me devolvieran el dinero. Esto es asunto mío.

—Lo sé. Por eso he venido a buscarte en vez de ir a exigirle tu dinero.

—No la soporto.

—Yo tampoco —admito—. No sé qué me pasó el año pasado cuando me dejé llevar por ella. —Cojo el servilletero y le doy vueltas—. La verdad es que ahora mismo, si miro atrás y pienso en las mujeres con las que he estado, solo siento un vacío —le reconozco—. Con ella me pasaba lo mismo. Pero algo siempre es mejor que nada.

—Puedes tenerlo todo —dice poniendo su mano sobre la mía—. Si te muestras como eres y no como un perrito en celo.

Bromea y me hace sonreír. Apoya su cabeza en mi hombro y me gusta que busque mi contacto, mi calor.

—Me va a dar una oportunidad. Empiezo a fregar platos y, si lo hago bien, me dejarán recoger mesas. ¡Bien! —dice con ironía—. Lo bueno es que se adaptan a mi horario si tengo exámenes. Y puedo ayudar a pagar el cuarto en casa de Daura y Mateo.

—Sinceramente, estás mejor con ellos. Creo que hasta ahora no has disfrutado de la universidad porque has estado demasiado pendiente de los estudios y de ser lo que no eres. Es el momento de descubrir quién eres tú en la universidad, y no tratar de buscar quién era tu madre.

—Me siento muy lejos de ella. —Noto pesar en su voz.

—No soy el mejor para hablarte de madres, pero Blanca siempre encuentra la forma de llegar a nosotros. Ella me ha demostrado que los padres están siempre ahí, aunque a veces creamos que no.

Se seca una lágrima.

—Soy una bocazas.

—Sí, pero una bocazas adorable. —Se ríe entre lágrimas. Cojo una servilleta y se la tiendo—. Hay una fiesta. Ven conmigo.

—No me apetece ir de fiesta. Daura y Mateo también salen a una. Mi idea es ver pelis o series y comer pizza en mi nueva casa.

—Me apunto al plan.

—Ya, seguro que te están esperando... chicas guapas, ya sabes.

—Prefiero ir contigo. Y también eres una chica guapa. Anda, levántate, que si no nos damos prisa nos cierran el supermercado y quiero comprar también palomitas.

Vamos al súper y compramos una pizza, patatas, algo de beber y palomitas, y cuando propone pagar la mitad, me niego y le digo que cuando cobre su primer sueldo me debe un cine con palomitas. Solo así acepta.

Llegamos a la residencia. He estado aquí alguna vez para buscar a algún amigo. Se ve más acogedora que la fraternidad y más seria. Subimos a su nueva casa y entramos. Es pequeña; una cocina con salida al salón, un baño completo y tres habitaciones. Nada más. Pero sé que Deb será más feliz aquí. Ella aún no se ha dado cuenta, pero estar en la fraternidad no le hacía ningún bien.

Ponemos la pizza en el horno y buscamos qué peli ver en mi móvil; gracias a un adaptador que tienen aquí podemos conectarlo a la tele y verla en la pantalla grande. Nos decantamos por una de superhéroes. Me sorprende que ella tenga tantas ganas de verla como yo. Nos servimos la pizza y empezamos la película que hemos alquilado en una app. Vemos la película mientras cenamos y, al terminar, Deb se acomoda en el sofá y le coloco sus pies sobre mis piernas. Protesta, pero al final se deja hacer y no sé en qué momento acabo por acariciar sus piernas. Lo hago sin darme cuenta, como de manera mecánica. La miro y está durmiendo. Me quedo un rato mirándola a ella en vez de a la película, observando cómo respira y cómo entreabre los labios mientras duerme. Unos labios con los que he soñado más de una vez, volviendo a besarlos.

La película se acaba y pongo otra cosa en la tele. Nos he tapado con una manta que había cerca y Deb ni se ha inmutado. Me pregunto si ha dormido algo esta noche. La puerta se abre y aparecen Mateo y Daura, que, al verme, cesan su risa de fiesta y la remplazan por otra cómplice.

—¿Qué haces aquí? —pregunta Mateo—. ¿Interrumpimos?

—No seas tonto —dice Deb, que se ha despertado—. ¿Qué hora es?

—Casi las dos de la mañana.

—Me he perdido la película —dice poniendo morritos.

—¿Por qué te la has perdido? —pregunta Daura, que se ha sentado en la mesita del salón, en tono pícaro.

—No me he estado enrollando con Neill.

—Para mi desgracia —bromeo—. Y mira que le he insistido...

—No digas mentiras —dice Deb roja como un tomate.

—No es mentira, llevo media noche haciendo manitas contigo bajo la manta. —Me mira sonrojada. No he pasado de la pantorrilla, pero veo que ni te has dado cuenta.

—Tonto —dice sonriente.

Se levanta y se despereza.

—Será mejor que me vaya. Es tarde y mañana tengo partido. Con suerte ganamos.

—Le vendría bien para el ego de mi padre bajar un poco a la realidad —apunta Mateo—. Tengo entradas, igual vamos.

Mira a Daura y esta asiente; Deb no dice ni que sí ni que no. No le gusta mucho verme jugar. Es algo que ya he percibido otras veces.

Deb me acompaña a la puerta.

—Siento haberme quedado dormida. —Le acaricio la mejilla marcada por el sofá.

—Yo siento que no me contaras que estabas mal. Pero espero que la próxima vez que lo estés, cuentes conmigo. No solo soy tu amigo para entrenar.

—Lo mismo digo.

Asiento y me marcho con una sensación rara. Como si una parte de mí deseara más y otra quisiera salir corriendo por lo que anhelo.

Debbie

Toco la puerta de la tutoría de Ginebra. Tal vez ella no sepa nada, pero necesito hablar con alguien sobre lo que me ha pasado. No me parece justo que mis padres hayan pagado mi estancia en una fraternidad a la que ya no pertenezco. Sé que, si le preguntara a mi madre, ella sabría algo más; el problema es que, tras tratar toda la mañana de llamarla para contárselo, al final no he podido.

Me dice que pase y, al ver que soy yo, sonríe.

—¿En qué puedo ayudarte, Debbie?

—En verdad no sé si puedes ayudarme, pero no sé a quién recurrir. —Me pide que me siente y le cuente lo que ha pasado—. Pertenecía a la hermandad de animadoras. No soy animadora, pero como mi madre sí lo fue, pues al final movió sus hilos para que me alojara donde ella estuvo. La verdad es que siempre hemos chocado y nunca he encajado allí, pero no sabía que por esto un día me podrían echar, quedándose con el dinero que dieron mis padres como anticipo para pagar mi hospedaje en esa casa. Y dicen que por ley se lo quedan. Es por si sabías algo más sobre esto.

—¿Y tus padres no lo saben? —Pongo mala cara—. Entiendo, no quieres pedirles ayuda. —Asiento—. Siento no poder ayudarte mucho, ya que cada hermandad tiene sus propias reglas fuera de la universidad. Si en el contrato que firmas para entrar a formar parte de esa casa pone que si te echan se quedan con tu dinero, no se puede hacer nada, aunque me parece muy injusto.

—Suponía que no podrías ayudarme, en verdad me siento tonta por haber venido aquí.

—No te sientas así. Me alegra que hayas venido. Soy tu profesora, sí, pero me gustaría que, si algo te preocupa, cuentes conmigo también.

—Lo tendré en cuenta. Ahora me voy a trabajar.

—Suerte y... lo dicho.

Me despido de ella y, aunque dice que he hecho bien, voy al trabajo sintiéndome tonta. Al llegar me dan un delantal negro con el logotipo de la cafetería en dorado y me explican un poco lo que se espera de mí, que es fregar los platos y, si hay mucho trabajo y puedo, recoger mesas.

Sé fregar, porque, aunque en mi casa tenemos a una mujer que nos ayuda con la limpieza, mi madre desde pequeños nos ha dicho que está para ayudarla a ella con las limpiezas a fondo, no para ir detrás de nosotros y limpiar nuestra suciedad. Por eso siempre que hemos cogido un vaso o un plato, después lo hemos tenido que lavar y guardar. Y cada día nos toca a un miembro de la familia fregar los platos. Mi madre, con sus sonrisas, siempre consigue lo que quiere, y pobre del que se lo discuta: te mira de esa manera amenazadora que te deja claro que o haces lo que te toca o te las verás con su peor cara.

Se me pasa la mañana rapidísima y estoy agotada a más no poder. Me duelen los dedos de fregar y, aunque llevo guantes, se me ha colado agua dentro y de tenerlos todo el día a remojo los noto arrugados. Llego a casa y ni siquiera tengo hambre. Me tiro a la cama para descansar. Estoy a punto de dormirme cuando me suena el móvil en el bolsillo y lo saco. Lo cojo tras ver que es Neill.

—¿Qué tal tu primer día?

—He sobrevivido. Voy a dormir. Adiós.

Le cuelgo y dejo que el sueño me invada mientras pienso en cómo me soporta. A veces no entiendo por qué nuestra amistad cada día es más fuerte y también lo son mis deseos de pasar más tiempo con él. Y mucho menos comprendo por qué, sin que se dé cuenta, atesoro sus sonrisas y dejo que mi mirada se pierda entre el contorno de sus labios.

—La verdad es que no sé por qué no hemos venido antes a un partido. Hay mucho tío bueno suelto —dice

Mateo comiéndose con la mirada a un par de universitarios.

Sus asientos están cerca de los de Neill, que hoy están vacíos. Mateo nos ha dicho que, por ser hijo del entrenador, le pasan cada vez que hay partido tres entradas. Nunca ha venido, pero ahora que es amigo del capitán le apetece animarlo. Me sorprende la facilidad que tiene para decir que Neill es su amigo cuando casi no han hablado. Pero, teniendo en cuenta que a mí me han acogido en su casa como si me conocieran de toda la vida, no sé de qué me extraño. Dicen que las casualidades no existen y creo que no fue casualidad que, justo la noche en que Lilit me echó de casa, yo decidiera irme con ellos de cervezas.

Neill sale con el resto de sus compañeros y mira hacia la grada; al verme sonríe y me guiña un ojo.

—A Neill le pones —me dice Mateo dándome un codazo.

—Para nada.

—No hay peor ciego que el que no quiere ver. Además, así se seguiría la tradición, tu madre se enamoró de un capitán de este equipo y tú de otro. Qué romántico.

A mí no me lo parece y me agobia un poco. No me gusta Neill de ese modo. Puedo admitir que me atrae... un poco, que a veces sueño con sus besos y con cómo cedemos a la pasión..., pero de ahí a enamorarme de un futbolista... ni de coña. No quiero acabar como mi madre. No quiero que eso sea lo único en lo que nos parezcamos y años más tarde darme cuenta de que he perdido toda mi vida por seguir los sueños de otra persona. Además, Neill no es de los que se enamoran.

Empieza el partido y Neill da una asistencia de gol a los cinco minutos. El problema es que luego el equipo rival les hace sudar la camiseta y no marcan de milagro; como sigan a este ritmo, en la segunda parte lo van a tener jodido para ganar.

Yo casi no he visto el partido; sigo dando vueltas a lo que dijo Mateo y negándome una y otra vez a mí misma el hecho de que Neill me pueda gustar. Verlo jugar me recuerda a mi padre cuando lo veía de niña y a mi madre animándolo en las gradas a mi lado. Me agobio un poco y decido irme. Les digo a mis amigos que estoy muy cansada y, cuando insisten en acompañarme, les digo que no. Que voy a dormir y que no quiero fastidiarles la noche. Luego se van a ir a tomar algo no muy lejos.

Llego a casa y apago el móvil; no sé qué me pasa.

Y Neill lo nota cuando nos vemos para correr. Le digo que no es nada, sonrío, pero en sus ojos marrones veo que no me cree, y es normal. Ni yo misma sé por qué estoy así... Si se debe a los últimos cambios, a que no sé cómo decírselo a mi madre o a que no sé cómo reprimir las ganas que tengo de besar a Neill. Esto último cada vez me pasa con más frecuencia, y eso que él no ha hecho nada para provocarme. Si he de ser sincera, él también parece distraído. Tal vez las cosas están volviendo a su sitio y se haya cansado de tenerme como amiga. Sería lo normal.

Me cuesta acostumbrarme al trabajo y estudiar a la vez. Por eso hasta el jueves no puedo quedar con Neill para ir a correr; se apuntan Mateo y Daura. De repente les han entrado unas ganas locas de entrenar y de hacer deporte, aunque yo sé que lo hacen para ir con Neill. Cuando Neill los ve conmigo, si le extraña que estén aquí, no se le nota y, tras hacer estiramientos, vamos corriendo hacia la zona deportiva. Al llegar veo que Mateo y Daura se quedan muy atrás y los espero.

—Si vamos muy rápido...

—No, vais genial, pero desde aquí atrás las vistas son mejores. —Mateo mira el culo de Neill, que no ha dejado de correr.

—Amor por el *footing*, ya, claro. No sé cómo os he creído. —Se ríen y corro hacia donde está Neill. Al llegar me mira y me sonríe.

—No tienes buena cara. Hoy será mejor que no corramos tanto. Además —mira hacia mis amigos, que se han parado exhaustos—, dudo que ellos aguanten mucho más.

—Solo han venido para verte el culo —digo entre dientes.

—¿Y te molesta?

—No me molesta, pero no eres un hombre objeto. Eres algo más.

—Me alegra que lo veas así, y no creo que lo hagan con maldad.

—No, y supongo que estás acostumbrado. ¿Qué tal vas con tus ligues? Últimamente no se escucha mucho de ellos.

—Van bien —me dice muy serio, y aparta la mirada—. Voy a adelantarme un poco. Ahora nos vemos.

Me quedo rezagada cuando se adelanta, mosqueada por su comportamiento.

—¿Todo bien? —pregunta Mateo al llegar a mi lado.

—Sí, quería ir más rápido.

Sonrío, pero no estoy bien. Siento a Neill muy muy lejos y, aunque digo que no me importaría que las cosas volvieran a su lugar, la idea de perderle como amigo me duele. Y me preocupa.

Capítulo 12

Debbie

No quiero perder a Neill, por eso al cobrar mi primer sueldo tras quince días de trabajo, en los que casi no nos hemos visto, le hago una foto a mi sobre con el dinero y le digo que lo prometido es deuda y que, si esta noche no tiene nada que hacer, si le apetece cine y palomitas. Que se lo debo.

Espero en mi cuarto a que responda. Tarda más de lo que imaginaba. Como últimamente. Casi no nos hemos visto y, aunque me suele mandar mensajes todos los días para ver cómo voy, algo nos pasa. Y no sé el qué. Mateo y Daura dicen que lo que nos pasa es tensión sexual no resuelta. Les conté, buscando ayuda, que estábamos raros Neill y yo, y me salieron con esas. Me molestó tanto que me encerré en mi cuarto escuchando como se reían, porque ellos dan por hecho que es eso.

Por otro lado, estoy hasta arriba de trabajo y apenas he dormido para poder trabajar y estudiar al mismo tiempo. Todo era más fácil cuando no tenía que preocuparme por el dinero. Y a mis padres sigo sin decirles nada. Me duele engañarlos, nunca lo he hecho y ocultarles esto hace que casi no hable con ellos, porque me siento desleal a mi familia.

Me llega un mensaje de WhatsApp y veo que es de Neill.

> Me parece bien, paso a recogerte en una hora. Conozco un cine muy bueno a una hora de aquí.

Le digo que vale y voy hacia mi armario para arreglarme. Cojo los vestidos. Mi madre me compró uno negro sencillo de media manga. Me gusta, pero no sé si será demasiado para una cita de amigos... Me da lo mismo. Lo cojo y me doy una ducha antes de arreglarme un poco el pelo y ponerme el vestido. Al mirarme en el espejo tras ponerme un poco de maquillaje, me gusta lo que veo y estoy feliz, hasta que reparo en ellos: veo mis ojos brillar de la emoción y la sonrisa tan amplia que se dibuja en mi cara. «Es solo una salida con Neill», pienso, pero al hacerlo noto como mi estómago se retuerce por los nervios y mi corazón se acelera.

Decido ignorar lo que siento y, tras coger mi chaqueta y la bufanda, pues ya va haciendo frío, me voy a esperar a Neill. Por suerte estoy sola y no tengo que dar explicaciones de mi salida, porque estoy segura de que Mateo y Daura verían cosas donde no las hay.

Salgo de la residencia y veo a Neill apoyado en su coche. Al verme me sonríe y se levanta. Va espectacular, como siempre, con esa camisa azul oscuro y esos vaqueros negros... Me encanta, y que se haya arreglado tanto para ir al cine me gusta. Al menos así no desentono con mi vestido. Es como si, sin saberlo, nos hubiéramos puesto de acuerdo.

Entro en su coche y, al igual que hace él, me quito la chaqueta para ir más cómoda, ya que el cine está a una hora de camino. Al ver mi vestido, Neill no se corta y me recorre con la mirada, desde las botas hasta los ojos. Al llegar a mis ojos me mira de una forma que no sé cómo interpretar, pero que acelera mi respiración.

—Muy guapa, me alegra no ser el único que va a arreglado para ir al cine.

—Quien nos vea así pensará que estamos en una cita. —Sonríe.

—Cita de amigos, las mejores.

—Sí —le digo más relajada—. ¿Has tenido muchas citas?

—No, es la primera vez que tengo una cita —me dice mirándome de lado con una sonrisa.

—Entonces es como si te estuviera desvirgando. Me gusta, aunque seguro que tú has probado muchas otras cosas.

—Sexuales, sí.

—Guarro. —Se ríe.

—Aunque no tantas como piensas.

—Seguro que más que yo. Mis relaciones sexuales no han sido dignas de mención.

—¿Y te arrepientes?

—No lo sé. Pero como mujer también tengo deseos...

—Sexuales. Me gusta este tema.

—Tonto.

—¿Di? ¿Qué te gustaría?

—No sé, tal vez sentir pasión. O saber por qué muchas personas pierden la cabeza por el sexo. Aún no me lo explico.

—Tus ex eran unos amantes patéticos, si piensas así. Yo no te dejaría pensar así, si pasaras una noche conmigo. Me encantaría enseñarte diferentes formas de amar. Y recorrería tu cuerpo perfecto con mis manos y mi lengua...

—¡Neill! —Se ríe y yo me acaloro. Y me molesta que él esté tan fresco—. No sueñes. No me tendrás nunca. Espero que puedas vivir con eso.

—Nunca digas nunca, Deb.

Le saco la lengua y pongo música. No tardamos en llegar al cine y ya sabíamos a qué peli vamos. Lo he estado mirando en mi móvil y he comprado las entradas usando la app. Al llegar compramos palomitas y algo de cenar y, tras enseñar las entradas por el móvil, pasamos.

Estoy emocionada. Me encanta ir al cine. Hasta los anuncios que ponen, que en casa no me gustan o los quito, ahora hasta me parecen emocionantes. Neill me mira divertido cuando aplaudo tras un tráiler. Soy la única y me hundo en el asiento.

—Me he emocionado. Pero es que esa peli tiene muy buena pinta.

—La veremos, entonces. —Lo miro feliz y asiento. Todo va bien. No me siento lejos de él, y eso me relaja.

La peli empieza y, tras comerme lo que me pedí de cena, ataco las palomitas que sujeta Neill. Más de una vez mis dedos se cruzan con los suyos, y una de las veces Neill los atrapa y no me deja sacar la mano. Me entra la risa y nos mandan callar.

—Ha sido por tu culpa.

—Me declaro inocente. Eres tú la que se ha empezado a reír como una urraca. —Le golpeo de broma y se caen parte de las palomitas sobre su camisa.

—Lo siento —digo, recogiéndolas. Lo hago tan rápido que no soy consciente de dónde están mis manos hasta que Neill las aparta.

—Aunque me encantaría que me metieras mano, lo mío no es hacerlo en lugares públicos.

—¡Ha sido sin querer!

—Ha sido el subconsciente. Deberías hacerle caso. Lo pasaríamos bien.

—¡Eres imposible! —Se ríe y esta vez lo mandan callar a él—. Esta ha sido por tu culpa.

—Eres tú, que me provocas. Y ahora, déjame ver la película.

Me quedo callada hasta que noto unas patadas detrás de mí. Al volverme para mirarlos con cara amenazante veo a una pareja dándose el lote. Me quedo embobada hasta que Neill me aparta la cara, divertido.

—Parece que nunca has visto a dos personas besarse. A ver si vas a ser virgen, Deb.

—Ojalá, pero no, aunque he escuchado que algunas se lo cosen.

—¿El qué? —me pregunta Neill al oído, y su aliento me hace cosquillas y me pone los pelos de punta—. Vamos, di, ¿qué se reconstruyen?

—El himen ese —digo bajito.

—Pueden ocultar la verdad al resto, pero ellas siempre lo sabrán —me dice otra vez al oído. Cierro los ojos y los abro abrumada—. Me encanta tu perfume, por cierto. Huele a frutas. Dan ganas de coger un empacho con ellas.

—Neill.

—¿Qué? —me pregunta inocente, ya en su sitio.

—Te estás perdiendo la peli.

—Una vez más por tu culpa.

—No sé si me compensa ver pelis contigo. No me estoy enterando de nada.

—Eso es porque te mueres por besarme y no sabes cómo decírmelo. Vamos, confiésalo —dice de broma, o eso creo; esta conversación no tiene sentido—. Seguro que desde que te besé no has dejado de pensar cómo sería volver a sentir mis labios una vez más sobre los tuyos.

—Claro. Cómo olvidar un beso así —digo con ironía—. Siento bajarte de la nube, pero no fue para tanto.

—No puede ser. Yo lo recuerdo de otra forma. Hasta me pareció escucharte gemir entre mis labios.

—¡Neill!

—Ya me callo, pero ahora lo veo como un reto. Necesito recordarte lo bien que encajaba tu boca con la mía.

—Ja, ja, se acabó la broma. Mira la peli y calla.

Lo corto porque, por un segundo, he estado tentada de pedirle que me bese como promete. ¿Qué me está pasando?

El resto de la peli lo vemos en silencio, pero soy muy consciente de Neill. De cómo mis manos están a un centímetro de las suyas. De cómo cada vez que respiro su perfume me penetra los sentidos y me hace desear descansar mi cabeza en el hueco de su cuello y perderme en todos los matices de perfume que desprende su piel morena.

Al salir del cine parezco cortada, como una chica tras su primera cita que no sabe qué hacer o qué decir para que esta nube rosa no se convierta en otra más oscura. No sé por qué estoy así. Es Neill. Lo miro y lo pillo mirándome. Sus ojos están serios, muy serios, y eso no me gusta. Por eso cojo su mano y hago lo que llevo deseando hacer durante toda la película. Entrelazar mis dedos con los suyos.

—¿Me invitas a bailar?

—Si me lo pides así, ¿quién puede negarse?

Sonrío feliz y decido olvidarme de todo. No quiero que acabe esta noche. Soy feliz a su lado. Y no me apetece analizar por qué.

Le quito el mojito que compartimos y doy un trago sin pararme a pensar dónde se han posado mis labios. Neill no deja de mirarme y, cuando se lo tiendo, me paso los dedos por la boca por si tuviera algo.

—¿Qué pasa?

Se acerca para hablar.

—Dices que no quieres besarme y, sin embargo, te mueres por poner tus labios donde antes han estado los míos.

—Esta noche estás imposible con ese tema.

—Eso es porque me has retado y, antes de que te deje en tu casa, pienso recordarte lo mucho que te gustó besarme.

—Ni en tus sueños. —Se aleja y sonríe de medio lado.

No sigo con el tema y prefiero hablar de otras cosas. Al final la música hace que me mueva al son de esta y me acerco a Neill cuando el *pub* se llena y siento que me dan por todos lados. Neill, atento, pasa sus manos por mi cintura para que así no me golpeen. Alzo la vista y lo miro a los ojos. Me siento pequeña entre sus brazos. Y protegida. No deja de mirarme y lo hace de una forma que me hace sentir desnuda. Es como si de verdad anhelara mis labios. Se me cierra la garganta y me cuesta tragar y, en vez de huir, sigo aquí, entre sus brazos. Alzo mis manos hasta su cuello y bailo con él. Mi cuerpo se roza con el suyo sutilmente; no hay nada sensual en mi baile y, sin embargo, siento que cada vez que lo rozo mi piel se calienta. Tengo que detener esto. Tengo que pararlo.

Lo miro y sus labios están muy cerca, a un suspiro de los míos. No sé quién se ha acercado tanto, no sé cómo hemos llegado a esto. Pero sí sé que, presa del deseo de sentirlos de nuevo, me alzo y lo beso. Neill se queda quieto y se separa. Me voy hacia atrás, hasta que coge mi cara entre sus manos y me besa como aquel día en que solo éramos dos desconocidos que no sabían que al final serían buenos amigos.

Sus labios están más calientes de lo que recordaba. Me encanta lo suaves que son y cómo me besan. Con firmeza y con determinación.

El beso no tiene nada de inocente y, pasada la sorpresa inicial, mis labios devoran los suyos de la misma forma que lo hace él. Estoy perdida en su sabor. En lo que siento cuando me acaricia con los dientes, con la lengua, sin adentrarse del todo en mi boca.

Me acerco más a él; sus manos están por todas partes. Las siento en mi espalda y cómo juegan sobre el contorno de mis caderas. Yo hago lo mismo; no puedo dejar de acariciar su firme pecho y, aunque no debería, mi mente lo recuerda sin esa camisa que lo cubre. Recuerdo cada ondulación de su torso y el deseo me nubla. Sé que debería parar. Que esto no está bien.

Pero es demasiado bueno para poder decir basta. Quiero más. Un poco más. Nunca un beso me hizo sentir tanto.

Subo mis manos a su pelo y las enredo en su cabellera morena. Me encanta lo suave que es. Siempre supe que sería así. Neill profundiza el beso y adentra su lengua en mi boca, y entonces no tiene piedad. Me besa como si nunca hubiera besado a nadie y acabara de descubrir el placer de este intercambio. Pone sus manos en mi cintura y me alza para que me siente en una silla alta y, una vez estoy sentada, se abre paso entre mis piernas y me acerca al borde para que mi sexo sea muy consciente de cómo crece el suyo por nuestro intercambio. Gimo y esta vez no puedo negarlo. Siento tanto calor que creo que puedo morir por combustión espontánea. Quiero más, mi cuerpo necesita más. Tiro de su camisa y Neill, divertido, me coge las manos.

—No me gusta el sexo en público. ¿Recuerdas? —me dice al oído, y yo siento un chorro de agua fría—. ¿Vamos a un lugar más íntimo?

Lo empujo y me bajo de la silla. ¿Qué he hecho? Recojo mis cosas y salgo del *pub* agobiada. Angustiada. Llego a su coche; Neill me sigue de cerca.

—¿Se puede saber qué te pasa?

—Lo siento, no debería haber dejado que me besaras. Quiero irme a mi casa, sola.

—Nunca te forzaría. ¿Acaso no lo has disfrutado?

—Eso da igual, no quiero más. No quiero.

Neill abre la boca para decir algo, pero la cierra y entra en el coche tras abrirlo. Yo hago lo mismo. Hacemos el resto del viaje en silencio y solo cuando para frente a mi casa abre la boca para hablar.

—Te deseo, y no es una broma. Me encantas y sé

que yo también te gusto. ¿Qué habría de malo en ser amigos especiales?

—¿Me estás proponiendo que nos acostemos?

—Te estoy proponiendo explorar este deseo que hay entre los dos.

—No, ni de coña. No quiero nada de eso contigo. Búscate a otra que te caliente la cama. Me consta que tienes facilidad para ello, y yo no soy una más en tu lista.

Sé que me he pasado, pero no puedo parar. No puedo, porque no sé cómo me siento, porque me encantaría decirle que sí, y no quiero, no quiero por si pasa de ser solo deseo. Por si acabo enamorándome de Neill cuando ni es lo que deseo ni yo seré nunca lo que él quiere.

Capítulo 13

Neill

No he pegado ojo en toda la noche. No debí hacerle esa oferta a Deb así. Pero una vez que la había besado, ya no pensaba con claridad. La deseo como no recuerdo haber deseado nunca nada, y quería más. Parecía un drogadicto suplicando un poco más. Le escribí para pedirle perdón y, cuando me dijo que no pasaba nada, le dije que la oferta seguía en pie y que nunca la tuve por una cobarde. Esto también me lo tenía que haber ahorrado. Pero no podía borrar de mi mente cómo su cuerpo reaccionó al mío, cómo su boca encajó con la mía y cómo su sabor me volvió loco de deseo.

Solo espero no perderla como amiga. Porque eso sí sé que no podría soportarlo. Lo otro se soluciona con una ducha de agua fría antes de ir a ver a la única mujer que deseo ahora mismo.

—¿Pensabas que no me iba a enterar? —Escucho la voz de mi madre y alzo la mirada, apartándola de los platos y vasos sucios.

—¡Mamá! ¿Qué haces aquí?

—La pregunta es qué haces tú aquí. He ido a darte una sorpresa a la fraternidad y me he enterado de todo. ¿Cuándo terminas? —Miro el reloj.

—En diez minutos.

—Bien, te espero, tenemos mucho de que hablar. —Parece enfadada. Lo que me faltaba, tras mi beso de ayer con Neill.

No he podido dormir en toda la noche; cada vez que cerraba los ojos lo veía ahí, en su coche, dolido por mis palabras y porque tirara el deseo que sentimos por el suelo. No puedo negar que lo deseo, pero me asusta mucho.

Termino de trabajar y salgo de aquí con mi madre. Vamos hacia mi nueva casa en silencio y, por suerte, estamos solas cuando llegamos. Mis compañeros han salido de viaje a ver a sus familias.

—¿Por qué no me lo dijiste?

—Porque era lo único que nos unía. —Mi madre suaviza la mirada y se sienta en el sofá; me hace un gesto para que la siga. Lo hago y me abraza.

—No lo es, Deb. Puede que seamos completamente diferentes. Pero somos madre e hija y nadie podrá cambiar eso, aunque tú seas lo opuesto a mí. —Los ojos se me llenan de lágrimas.

—Lo siento, mamá. Yo solo quería entenderte. Quería que la vida no nos separara más. —Coge mi cara entre sus manos y me seca las lágrimas.

—La vida nos separará, pero siempre encontraremos el camino de vuelta. Lo sé porque eres mi osita. —Me río entre lágrimas. Saca algo de su bolso, un sobre, y me lo tiende—. Ten, tu dinero. Esa no sabía con quién se estaba enfrentando. Las normas las escribí yo y hay una que dice que si una capitana, ya sea una antigua o la actual, dicta nuevas normas, las otras deben acatarlas por respeto al cargo. No iba a irme sin tener la posibilidad de mangonear si me apetecía. Nunca pensé que esa cláusula serviría para que un día se le devolviera lo que es suyo a mi hija. Deja de trabajar y céntrate en tus estudios.

—No me importa trabajar.

—Lo sé, pero para todo existe su momento. Y en nada empiezas los exámenes. Tienes que centrarte.

—Soy muy mala fregando platos, no creo que hubiera aguantado mucho más. Hoy me he cargado cuatro platos y tres tazas.

—¿Qué te preocupa, hija? Sé que hay algo más. Cuando entré te noté muy triste. Puedes contármelo. De verdad, sea lo que sea. —La miro a los ojos y sé que tiene razón, que ella nunca me ha juzgado.

—Ayer me besé con Neill. —Agranda los ojos, feliz—. Lo rechacé. Él quería que..., bueno, que...

—¿Que fuerais de esos amigos con derecho a roce?

—Qué corte hablar de esto contigo.

—Vamos, no seas tonta, he sido joven y antes de estar con tu padre he estado con otros chicos.

—No quiero saber eso. —Se ríe.

—Lo que quiero decir es que siempre debes hacer lo que deseas. Sea lo que sea. No te reprimas, hija. Que las mujeres también tenemos deseos y eso no nos hace peores. A tu padre nunca le importó con quién estuve antes. Solo despertar conmigo cada día desde que pasé la primera noche con él.

—No sé qué hacer... —reconozco.

—Te gusta. Lo deseas. Lo noté desde que os vi juntos, y él a ti. Se veía a leguas.

—Solo será un tiempo...

—Solo pregúntate si podrías vivir sin haber aprovechado la oportunidad de estar a su lado de esa forma, aunque solo sean unos días. Si un día te arrepentirías de no haberlo hecho.

—No lo sé. Es capitán del equipo...

—Tú lo que temes es enamorarte de él, hija. Y eso pasará, aunque no quieras. Aunque no lo aceptes. Aunque solo sea tu amigo. Si tienes que enamorarte de él, lo harás.

Sé que tiene razón, pero sigo sin saber qué camino tomar.

—Date tiempo. Cuando estés lista, sabrás qué responderle, y si no, siempre será tu amigo.

Me pregunto si eso es así, si no lo he perdido ya. Espero que no, y que, si le digo que no, todo sea como antes, aunque lo desee más que a nadie.

¿Qué camino debo tomar? ¿Debo dejarme llevar por lo que deseo por una vez sin pensar en lo que pasará?

En el fondo sé que tengo la respuesta.

SEGUNDA PARTE

Amor descontrolado

Capítulo 14

Debbie

Salgo de un examen y me voy a otra clase a entregar un trabajo. Estoy agotada, y eso que aún no han empezado los exámenes; casi todos son tras las fiestas. Queda ya muy poco para que lleguen. Las pasaré en mi casa estudiando sin parar. Van a ser un poco raras estas Navidades.

Entrego el trabajo y nos dan la hora libre. Voy a la cafetería a por algo de comer y antes de llegar veo el pabellón de Neill. Hace quince días que no nos vemos. Y lo echo mucho de menos. Nos hemos escrito, pero le dije que necesitaba tiempo. Dijo un frío «ok» y ya, fin de la conversación.

Me siento muy tonta. Necesito tiempo porque no soy capaz de aceptar que lo deseo. Y que me encantaría explorar lo que hay entre los dos. Sé que no llevará a nada, pero mi madre me dijo algo en lo que no dejo de pensar: si me arrepentiría en caso de no aceptar. Y sé que sí. Una parte de mí quiere saber lo que se siente al estar con alguien al que deseas de esa forma, que con solo una caricia es capaz de hacerte tocar el cielo. Pero nunca he intimado con nadie que no fuera mi pareja, con el que por lo menos llevara varias citas y al que creyera querer. Aunque esto tampoco me sirvió de mucho...

Mi primer ex, Ginés, en realidad no me quería y, tras nuestra noche de horrible pasión, donde el que más disfrutó fue su hermano pequeño, al que le pagamos una entrada al parque de atracciones para él y su mejor amigo, nos dimos cuenta de que no teníamos nada en común como pareja, solo como amigos.

Y con otro de mis ex no fue mejor... Encuentros rápidos que él decía disfrutar y que a mí me dejaban insatisfecha, en los que su egoísmo estaba patente pero mi miedo a parecer una salida por pedirle lo que deseaba me hacía callar. Al final todo era mentira y me quedé insatisfecha y sintiéndome muy tonta por conformarme, por no decirle lo que quería. Por no exigirle que me amara como toda mujer se merece.

Y aquí estoy ahora, echando terriblemente de menos a Neill y anhelando sus besos. Y sí, preguntándome cómo sería explorar mi sexualidad con él. Y lo peor es que cada día que pasa y no sé nada de él pienso que todo está olvidado. Y más cuando escucho rumores de lo bien que se lo pasa en las fiestas. Los celos me nublan la visión. Creo que lo que me dijo ya es cosa del pasado. Y eso hace que me arrepienta por no ser valiente y dejarme llevar. Como dijo mi madre, si tengo que enamorarme de él, lo haré, aunque solo lo tenga como amigo, y la idea de perderlo también de esa forma no me gusta.

Me tomo algo mientras repaso y después vuelvo a

clase. Al llegar a casa estoy agotada y, aunque es viernes, me espera un fin de semana de trabajo.

En eso estoy cuando la puerta de mi cuarto se abre y aparece Mateo, cerca de las ocho de la tarde.

—Te tienes que vestir ya —dice registrando mi armario. Tengo ropa nueva porque Mateo se ha hecho muy amigo de mi madre y hasta se han ido juntos de compras para mí.

—¿Para qué?

—Va a haber una fiesta en la Facultad de Medicina y siempre estamos todos invitados. Es al aire libre.

—Claro, hace una noche de cinco grados; genial para ello.

—Eso se arregla con unas copas.

—No tengo ganas...

—Va a ir Neill y creo que ya es hora de que dejes de hacer el tonto y lo veas.

—No tengo ganas.

—Te mueres de ganas, pero temes haberlo perdido como amigo o que ya no quiera acostarse contigo.

—No sé en qué momento os conté eso.

—En el que te tomaste cinco cervezas y empezaste a soltarlo todo. —Se ríe—. Vamos, es la noche perfecta. Si pasa de ti o ves que está con otras y ya no quiere nada contigo, pues ya lo sabes. Y aunque no quiera nada, le deberías decir que lo echas de menos como amigo.

—No he dicho que vaya a aceptar... —Me mira serio—. No lo he dicho, ¿no? —pregunto ya dudando de si cuando bebí con ellos hablé de más.

—No, pero no hace falta. Lo deseas y tienes diecinueve años, no haces daño a nadie. Vive la vida si es lo que te apetece.

Lo pienso y asiento. Es hora de que deje de huir.

Daura no tarda en venir. Nos arreglamos y salimos hacia la fiesta. Llevo unos pantalones negros y una camiseta de manga larga. Estoy helada. Y me da igual no ir en plan «busco guerra». Yo lo que no busco es un constipado. Hasta llevo una bufanda de lana azul y, como haga mucho frío, me planto el gorro de lana que llevo en el bolso.

—Vas perfecta para seducirlo. Solo te han faltado los pololos de lana —se mete conmigo Mateo a medio camino, cuando, por el frío, me pongo el gorro.

—No voy a conquistarlo. Ya me ha visto peor vestida y sudorosa por el deporte, con la cara como un tomate a punto de explotar, y dijo que le atraía.

—Eso es cierto —dice Daura.

—¿Has cogido los condones que te compró tu madre?

—¡Mateo! —Se ríe—. Y no, no va a pasar nada.

—Eso pasa —dice Mateo deteniéndose—, en el fondo piensas que irás, lo verás con otra, le dirás que lo echas de menos como amigo y punto. Que no te dirá que te sigue deseando, que reprimirás tu deseo por él y ya está. Por eso te has vestido como una monja de clausura.

—No me he vestido así.

—No había visto hasta ahora lo que te pasa... —dice Daura—. Has tardado tanto en decidirte porque no te crees que Neill de verdad sienta deseo por ti. Y te alejaste porque en el fondo querías volver a su lado cuando tuvieras asumido que tú lo deseabas más que él.

—¡Es eso! Yo no podría haberlo dicho mejor.

—Idos un poquito a la caquita —les digo, dejándolos atrás.

—Se dice «mierda» —dice Mateo cogiéndome de

un brazo mientras Daura lo hace del otro—. Y no sabrías vivir sin nosotros, ahora que nos conoces. Somos una adicción.

No les doy la razón, pero sé que la tienen. Me he acostumbrado a ellos. Lo malo es que cada vez estoy más integrada en esta nueva vida y escribo menos en el grupo de mis amigas. A ellas les pasa lo mismo. Hemos pasado de no poder parar de hablar a todas horas a decir «hola, ¿qué tal?» y poco más. Y no es que las quiera menos. Pero la vida nos está llevando por caminos diferentes.

Cuando era pequeña pensaba que nuestra amistad sería irrompible. Hacíamos estúpidos juramentos cuando nos juntábamos y creíamos que eso sería suficiente para mantener nuestra amistad. Pero sé que, pase lo que pase, si las necesito ahí estarán.

Llegamos a la fiesta y hay muchísima gente. No sé si encontraré a Neill. No sé si quiero verlo o no. Me sudan las manos. El corazón me late como un loco y el miedo por lo que pueda suceder esta noche no me deja tragar. Nos adentramos en la multitud. Me quito la bufanda y el gorro y los guardo en mi bolso. A medio camino me he abierto la chaqueta y el calor me hace sudar. Tanta gente concentrada bailando y bebiendo hace que la temperatura suba considerablemente.

Veo a varios jugadores con la chaqueta del equipo. Neill no la llevará porque no le gusta ir por ahí diciendo «Eh, soy el capitán, admiradme». Prefiere pasar desapercibido. Por eso nos costará más dar con él.

—¡Allí está! —«Oh, no», pienso tras escuchar a Mateo, que tira de mí y de Daura hacia la izquierda.

Busco a Neill con la mirada y lo veo hablando con una joven muy guapa que no pertenece a las animadoras. Se les ve muy bien juntos. Ella le dice algo y él sonríe antes de dar un trago a su copa. Me quedo paralizada. No sé qué decir, pero sí sé que siento celos y rabia por haber tardado tanto en decidirme. Lo sabía, su deseo solo fue una locura momentánea. Ahora solo me queda reunir el valor para hablar con él y esperar que quiera conservar nuestra amistad.

—Vamos, no te quedes aquí, ve hacia él, dile «hola» y a ver qué pasa —me anima Daura.

—Tal vez sea mejor hablar con él otro día... —digo acobardada, porque los nervios no me dejan respirar—. Tal vez le fastidie el ligue.

—Pues mejor —dice Mateo, y me empuja, así que no me queda más remedio que avanzar.

Camino hacia Neill sin dejar de mirarlo. Está increíblemente guapo, como siempre. Pero ahora que he reconocido lo mucho que lo deseo y que me atrae, es como si fuera más consciente de cada detalle suyo. Lleva el pelo negro algo despeinado, lo que le da un aire de intimidad. Le cae sobre esa ceja partida que aún no he descubierto por qué está así. Algo doloroso encierra; cuando le pregunté, cambió de tema y vi el dolor pasando por sus ojos marrones, unos ojos que ahora sonríen a la chica que tiene delante. Me molesta. Y, como ya imaginaba, no lleva la chaqueta del equipo. Va con su chupa de cuero y debajo asoma un jersey de color gris que acentúa su fornido pecho.

Saca el móvil y, al alzar la vista antes de guardarlo, me ve. Lo guarda mientras yo detengo mi paso. No puedo moverme. No estoy preparada para la verdad. Le sonrío con timidez, como diciendo: «Hola, he vuelto». Temo tanto lo que pueda pasar ahora que miro hacia atrás para saber si puedo salir corriendo y encerrarme en mi cuarto como una cobarde. Cuando lo vuelvo a mirar, está caminando hacia mí. Sus ojos no se despegan de los míos y yo hago lo mismo.

Está a menos de un metro cuando por fin me sonríe como siempre. Como si no hubiera pasado el tiempo. Y abre los brazos. Es tal el alivio que siento que acorto la distancia que nos separa y lo abrazo con fuerza. Él hace lo mismo y noto como tiembla. Sentirlo de nuevo tan cerca me calma como nada lo ha hecho estos días.

—Te he echado de menos, osita —bromea; sabe que odio ese mote que me pone mi madre.

—Yo a ti no, como digas esas cosas. —Se ríe. Su risa penetra en mis oídos y lo abrazo más fuerte.

—Estoy aquí.

—Temí que no lo estuvieras.

—Somos amigos y eso no va a cambiar nunca.

—¿De verdad? —le digo saliendo del cálido cobijo de sus brazos para buscar la sinceridad en su mirada, y la veo.

—De verdad.

Lo miro sonriente y Neill hace algo que no me espero. Me besa cerca de los labios. No dice nada, solo deja sus labios un segundo más de lo que suele durar un beso así. Se separa y tira de mí hacia donde están mis amigos. Los saluda y hablan de las clases y de todo un poco, como si nada, mientras cogemos algo para beber. Yo me siento dividida entre la euforia de estar a su lado de nuevo y la desilusión de que lo que me propuso se haya olvidado.

Una parte de mí pensaba que de verdad me deseaba. Miro a la chica con la que hablaba Neill, que ahora está con otro chico. Es preciosa, más alta que yo y con curvas de infarto. No es que a mí no me guste cómo soy, pero de repente me siento muy tonta por haber albergado esperanzas. Mejor así. Seguro que acabaría siendo un desastre.

Doy un trago a mi copa y escucho lo que dicen sin aportar nada. Neill está a mi lado y no se separa ni cuando sus amigos le dicen que se van a casa de unas chicas a seguir la fiesta allí. Por la forma de decirlo, todos sabemos qué clase de fiesta va a ser esa y Neill solo les dice que los verá mañana en el entrenamiento. Tampoco hace mucho caso cuando un grupo de animadoras, entre ellas Lilit, pasan por su lado y lo llaman para contarle algo superimportante. Va hacia ellas y las escucha atento, pero no se aleja cuando tratan de llevárselo con él; y cuando Lilit intenta tocarlo con una sonrisa, le aparta la mano y regresa donde estamos.

—Te has perdido varios planes interesantes —le digo—. Seguro que esta noche tenías fiestas... —Alzo las cejas.

—No quería ir. —No añade más y saca el móvil para mirar algo—. ¿Bailas? —dice cogiendo mi vaso de plástico y dejándolo sobre una mesa sin esperar respuesta.

—Parece que no puedo decirte que no —le digo cuando me lleva hacia donde está bailando todo el mundo. Llegamos y pone sus manos en mi cintura. Yo paso las mías por su cuello. La música es movida, no como nosotros nos movemos, y nos da igual—. Cada vez que bailamos la acabo liando...

—Me encanta cuando la lías.

—Hoy parece que tienes prisa, no paras de mirar el móvil.

—Solo miraba qué hora era, porque mañana tengo entrenamiento a las ocho.

—¿Tan pronto?

—Sí, a lo mejor te has enterado de que hemos empatado los dos últimos partidos.

—Algo he escuchado. —Neill sube sus manos por mi espalda y me cuesta tragar. No sé cómo iniciar el tema. Una parte de mí quiere ser sincera, otra me dice que voy a hacer el ridículo.

—A ti te pasa algo. Es como si quisieras decirme algo. —Lo miro y me sonríe de medio lado—. Vamos, reconoce de una vez que no has dejado de pensar en mí durante estos días.

—¡Eres un creído! —Me separo, pero me atrae de nuevo, esta vez más cerca.

—No lo soy, solo estoy desesperado por saber si tengo alguna posibilidad.

—¿De que te deje adorar mi cuerpo? —Asiente sonriente. Mi corazón da un vuelco—. ¿De verdad me deseas, Neill?

Neill se pone serio y no deja de mirarme.

—¿Acaso no me creíste? —Alzo los hombros.

—En parte, y en parte tengo miedo de que esto lo estropee todo entre los dos. No quiero perderte como amigo cuando pase. Tal vez solo sea una noche...

—No sería una noche, quiero hacerlo lentamente. Disfrutarte —acerca su oído al mío—, saborearte y explorar contigo la ciencia de la compenetración más perfecta que he atisbado hasta ahora. No sé cuánto durará, pero yo no quiero ir rápido contigo. Contigo no. —Creo que he olvidado cómo se respira—. Y, pase lo que pase, estaré aquí como amigo, eso no va a cambiar.

—No tengo mucha experiencia y tú...

—Yo tengo mucha de la mala, con personas que solo querían de mí un cuerpo, un encuentro rápido para decir a todos que han estado con el capitán. No tengo experiencia con alguien a quien haya deseado tanto como a ti.

Lo miro a los ojos: es sincero. Y me está pidiendo que lo sea también.

—Mi madre me dijo que me preguntara si podría vivir sabiendo que me negué, si con los años me arrepentiría, y sé que sí. Porque hasta ahora no he deseado a nadie como te deseo a ti y quiero experimentar lo que es eso y olvidar lo que era estar con alguien a quien creía querer y me dejaba fría. No quiero conformarme más. Lo quiero todo... en la cama, digo.

Agacho la mirada porque siento que he dicho mucho y no quiero analizarlo.

—¿Nos vamos? —me dice cerca de mis labios.

—Pensé que ibas a besarme.

Sonríe.

—Voy a darte muchos besos, pero te quiero solo para mí.

—¿Va a ser un secreto? —le pregunto curiosa y temiendo que me quiera ocultar. Yo no me avergüenzo de estar con él, pero temo que él sí lo haga de mí.

—No, no hacemos nada malo. —Acerca sus labios y me besa. Es un beso corto para lo mucho que deseo perderme entre su cálida boca—. ¿Nos vamos?

—Vale.

Sonrío y vamos hacia donde están nuestros amigos.

—Me va a acompañar a casa —digo algo cortada.

—Ya, claro, te va a dejar en la puerta —dice Mateo—. Volveremos tarde. Usad protección.

—¡Mateo! —le recrimino. Se ríe y Daura me abraza.

—¡Nos vemos! —me dice esta última.

Salimos y nos alejamos de toda esta gente. Me abrigo y miro a Neill feliz cuando nuestras manos se entrelazan. Nos miramos como dos enamorados que acaban de confesarse amor eterno. Cosa que no es así, pero quien nos vea sé que pensará eso, no que somos dos personas adultas que han aceptado la pasión que sienten y van a darle rienda suelta.

Capítulo 15

Neill

Miro a Deb de reojo. Se da cuenta y me sonríe cómplice, feliz y con las mejillas sonrojadas.

La he echado terriblemente de menos. Y no porque la deseara; era algo más. Como amiga me faltaba ese apoyo que hasta ahora no había tenido en la universidad. Mi primer año de carrera fue un no parar. Iba de un lado a otro, con unas y con otras. Nuevos amigos que solo me querían por quien soy y no por lo que soy. Y entonces llega ella y me vuelvo adicto a ser yo para alguien, a no ser solo el capitán del equipo.

Ella ha puesto mi mundo patas arriba. Ha hecho que una cita sea especial y que un beso no sea solo el preludio de un encuentro rápido que siempre me deja frío. Siempre me he conformado. Siempre he creído que lo único que podía tener en la vida eran las migajas, pero con ella quiero más. Quiero explorar nuestra sexualidad y volver a experimentarlo todo entre sus brazos. Nunca me he sentido tan vivo como cuando la he besado. Y dure lo que dure, lo atesoraré. Como regalo.

Me ha costado darle su espacio y no llamarla, como ella deseaba, aunque siempre he estado cerca. He pasado alguna vez por los sitios que ella suele frecuentar con sus amigos en la universidad y la he visto desde la distancia. Tan solo un instante, para no delatarme, un momento, con la esperanza de que pronto se acabaría ese distanciamiento.

—¿Y qué tal estos días?

—Un agobio total de clases y trabajos y ya he empezado a prepararme para los exámenes. Estoy algo nerviosa.

—Te saldrán bien. Ya lo verás. —Asiente distraída.

—¿Y tú qué tal? No me tenías para pasarte los apuntes...

—¿La verdad? Jodido, y no por no tener tus buenos apuntes, que también, es porque el entrenador solo vive para que seamos los mejores en el campo y le da igual que saquemos un cinco pelado. Y yo no quiero solo un cinco. Quiero más.

—Podrás con todo, y en lo que pueda te ayudaré.

—Tú preocúpate de lo tuyo y yo lo haré de lo mío, que no quisiera que por mi culpa descuidaras tus estudios.

Seguimos andando.

—¿Crees que es un buen momento para esta aventura? —me pregunta temerosa de mi respuesta.

—Sí. —No digo nada más, pero la firmeza tras la afirmación la hace sonreír.

Estamos a punto de llegar cuando recuerda algo y se vuelve para contármelo.

—Mi madre recuperó todo el dinero. Se enfrentó a sus queridas animadoras por mí. —Sonríe feliz—. No me gusta recurrir a mis padres para sacarme de los líos, pero la verdad es que me gustó que ella diera la cara por mí.

—Te entiendo, a mí también me hubiera gustado.

—¿Que la diera por ti tu madre verdadera? —pregunta curiosa.

—No quiero hablar de ella.

—Vale, pero cuando quieras, me encantará escucharte. —Asiento.

Entramos en su residencia y vamos directos al ascensor que lleva a su piso. Es entonces cuando noto que Deb se pone más nerviosa al ser consciente de adónde vamos y qué vamos a hacer. No tiene ni idea de lo que tengo en mente y es normal, teniendo en cuenta mi reputación. Por eso la cojo de la mano y la acerco hacia mí. Busco sus labios y la beso, notando cómo los nervios dan paso a la pasión y cómo pasa de ser un cervatillo asustado a una leona que sabe lo que quiere y lo que desea; y me desea a mí, aunque, si soy sincero, me cuesta entenderlo.

—Solo voy a besarte. Toda la noche, hasta que te duelan los labios. —Le doy un pequeño mordisco en el labio inferior y tiro de él para después lamerlo.

—¿Solo besos?

—Sí, quiero degustarte con lentitud.

El ascensor se abre y salimos hacia su casa. Una vez dentro me mira. Sonrío y vamos a su cuarto. Ha cambiado desde la última vez que lo vi. Hay fotos en las paredes de sus amigas de antes, de sus amigos de ahora y de su familia. El cuarto ha cobrado vida y, aunque está ordenado, se nota que le costó elegir qué ponerse esta noche por la montaña de ropa que hay en la silla. La miro divertido.

—Me he probado cientos de cosas y acabé vestida

como una monja. Total, ni me he quitado la chaqueta —Se la quita ahora y la deja sobre la silla. Yo hago lo mismo con mi cazadora.

—Estás muy guapa.

—Lo sé, pero no era lo que me quería poner. No quería parecer «Deb en conquista desesperada de Neill». —Me río—. Quería que, si no había nada, mi ropa no te diera pistas de lo que buscaba, porque iba a mirar hacia otro lado para ser tu amiga. Se te veía muy bien con esa chica. Era mona —dice dejando traslucir los celos.

—Sí, era mona. —Pone morros y voy hacia ella y le acaricio el labio—. Pero no eras tú.

Sonríe, no puedo resistirme y atrapo su sonrisa entre mis labios. Me encanta besarla. Sentir como su boca se amolda a la mía y como su pequeño cuerpo parece hecho para encajar con el mío. Me encanta acariciarla. Pasar mis manos por su piel y notar como se eriza por mi contacto.

Nunca he estado con una mujer tan receptiva a mis caricias. Ninguna me hizo sentir que un solo roce de mis dedos la hacía especial. Ni ninguna consiguió que yo experimentara lo mismo, como ahora, cuando Debbie pasa sus manos por mi cuello y las enreda entre mi pelo. Me olvido de pensar y casi de respirar mientras la beso con la desesperación de un adolescente que acaba de tener su primer contacto con el sexo. Deb se choca con la cama y sonríe entre mis labios. Me aparto y tiro de su camiseta, y hago lo mismo con mi jersey.

—Pensé que solo íbamos a besarnos —dice pasando sus manos por mi pecho.

—Y eso vamos a hacer, pero quiero sentir tu piel cuando lo haga.

Noto como su respiración se acelera. Le gusta que

le diga qué voy a hacer. O qué deseo hacer con ella. Aunque sé que la asustaría si le dijera todas las cosas que tengo en mente explorar a su lado.

—Me gusta la idea —dice y, aunque duda, al final acaba por besarme en el pecho.

Cierro los ojos y me cuesta controlarme. La dejo explorar. Sus caricias no son rápidas, son lentas, como si quisiera memorizar cada centímetro de mi piel. La miro mientras me besa y, por unos instantes, me siento deseado y querido. Nunca he experimentado esto. Y sé que debo atesorarlo, porque tal vez estos momentos sean los únicos en los que sienta como sería que para una mujer yo lo fuera todo.

A veces toca conformarse.

Me besa en el hueco de mi cuello y noto como los pelos se me ponen de punta. La miro: es preciosa. Y no puedo aguantar más. Atrapo sus labios y adentro mi lengua en su boca mientras la dejo en la cama y me hago un hueco entre sus piernas. Noto su piel acariciar la mía. Como los contornos de su cuerpo se ajustan a los míos. Me encanta sentirla debajo de mí. Notar como mi dureza, que se muere por salir a jugar, se anida cerca del centro de sus piernas. Esta noche no, esta noche quiero aprender de nuevo el arte de besar.

—¿De verdad que solo quieres besos? —Asiento. Estamos en su cama, tras un largo rato de besos—. Pues la tienda de campaña de tus pantalones dice otra cosa.

Me entra la risa por su descaro. Se alza y se apoya en mi pecho.

—No me quejo —me dice acariciándome la barba incipiente—. Me encanta besarte.

—A mí también, y ahora será mejor que durmamos algo si quiero no ser un cero a la izquierda mañana, en el entrenamiento.

—¿Te quedas?

—¿Te importa?

—No, me gusta que lo hagas.

—Nunca he dormido con nadie —confieso.

—Ahora me dirás que te gustaba tu intimidad, que no querías que la invadieran...

—No, ahora te diré que nunca nadie ha querido dormir conmigo —le confieso.

—Es triste. Yo tampoco he dormido con ninguna persona que no sea de mi familia. Me pasa como a ti, ninguno de mis ex quería. Y es triste. Porque yo lo deseaba y nunca lo pedí.

—Yo tampoco. Me era más fácil pedir que se quitaran la ropa que reconocer que por una noche no quería dormir solo.

—Eso es lo que nos diferencia del resto de las experiencias que hemos tenido. Que ante todo somos amigos y no tememos decir lo que pensamos por si espantamos al otro —dice sabia, y es así.

—Sí.

—Buenas noches, Neill —dice tras taparnos.

—Buenas noches, y no ronques, odio los ronquidos —bromeo y ella se ríe.

—Pues ronco mucho. A veces he despertado a los vecinos.

—¡No, por Dios, qué pesadilla! —La acerco más a mí—. Haré el esfuerzo.

—Merecerá la pena —dice, y se acomoda entre mis brazos.

No le respondo, pero es porque no tengo palabras

para decirle que no cambiaría nada de lo vivido con ella ni de este momento por nada del mundo.

—Me voy, Deb.

—Yo voy a seguir durmiendo. —Me río y abre los ojos. Le robo un beso—. Me gusta despertar así.

Me sonríe con calidez.

—¿Vendrás al partido?

—No, pero te deseo suerte. —Se vuelve y da la conversación por acabada.

No le insisto; no me gusta hablar de mis padres y a ella no le gusta verme jugar al fútbol. Y tengo que aceptarlo.

Salgo al campo de entrenamiento. Tengo sueño, porque me he pasado media noche despierto al sentir a Deb junto a mí. Era raro notarla dormida a mi lado, como cuando vimos la peli y se durmió. La sentí tan vulnerable, tan apacible, que era como si confiara sin más en mí a ciegas, y me gustó mucho la sensación. No ha habido más que besos entre nosotros y siento como si todo lo vivido hasta ahora con otras mujeres no hubiera sido tan importante.

—Hola, Neill —me dice Oziel, que tiene cara de sueño, como la mitad del equipo—. Anoche te vi besarte con Deb.

—¿Y pasa algo? —pregunto por su tono serio.

—No, solo que ella no es como el resto. No le va el sexo por el sexo como a las otras.

—Todas las mujeres son especiales. Tal vez nosotros no hayamos sabido ver la belleza de las que se nos han acercado, pero siempre para alguien serán únicas.

—Se nota que eso que dices te lo ha dicho tu madre. —Se ríe y es cierto. Pero hasta ahora no lo había recordado.

He estado con muchas mujeres y, como yo, han disfrutado del sexo, y eso no las hace mejores ni peores que yo; somos iguales.

—No somos mejores que ellas por ser hombres. Hacemos lo que nos da la gana, como ellas.

—Vale, vale, no lo pagues conmigo, está claro que esta noche no has follado, si no, no tendrías ese gesto de amargado. —Lo miro molesto—. Lo siento, soy un poco bruto. Y yo también creo que todas las mujeres son únicas, por eso las adoro tanto. —Pone cara de pillo y luego la cambia por otra más seria—. Lo que quiero decir es que Deb es especial; es tu amiga y, si te enamoras de ella, lucha por ella. No huyas, es bonito estar con alguien que te quiere.

Noto tristeza en sus ojos azules y asiento. Se aleja. Oziel no es tan frío como quiere aparentar; tal vez, como yo, solo se conforma con lo que la vida le da.

El entrenamiento me cuesta más que otras veces. Estoy distraído y no creo que eso sea bueno para el partido de esta tarde. A la hora de la comida el entrenador nos hace comer juntos y así supervisa lo que tomamos. No quiere que la comida nos haga estar pesados esta tarde. No lo soporto y está haciendo que jugar al fútbol sea para mí una obligación. En mis compañeros tampoco veo la emoción del año pasado. No veo esas ganas de ganar por divertirse. La temporada pasada, el entrenador, como nos iba bien, no nos presionaba, pero en esta la fama y el dinero han sacado a relucir su verdadera personalidad.

A la hora del partido estoy tenso. Miro hacia las

gradas: Mateo y Daura han vuelto a venir, pero Deb no está y no creo que venga. Me encantaría que lo hiciera, pero nunca la obligaría.

—¡Vamos, Neill! ¡Cómetelos a todos! —me grita Lilit, que últimamente es excesivamente simpática conmigo.

Asiento y sigo a lo mío y, como ya temía, no tengo mi mejor partido. Ganamos por un gol que ellos se meten en propia puerta; es un triunfo que no ha sido nuestro y, por la cara del entrenador, no le gusta nada. Cuando entramos en los vestuarios nos tiene preparada una hora de charla.

Estoy deseando ducharme y largarme de aquí y, cuando por fin se calla, nos vamos todos a las duchas y nos vestimos en tiempo récord para largarnos de este lugar que el año pasado fue nuestro santuario. Nos está perdiendo y el entrenador ni siquiera es consciente. Muchas veces la gente se pregunta cómo un mismo equipo cambia el rumbo según el entrenador que lo lleve si son las mismas personas las que juegan, pero es que el entrenador es nuestro líder, nuestro guía, y si no nos guía bien puede acabar hundiendo a unas personas que en otras manos serían brillantes. El poder mental juega una gran baza para motivar a un equipo, y se lo está cargando.

Entro en el *pub* donde me ha dicho Deb que estaba con Mateo y Daura cuando la llamé. No tardo en verla inclinada sobre la mesa de billar. No puedo evitar admirar su redondeado trasero y, cuando tira metiendo dos bolas, estoy detrás de ella y la beso en el cuello.

—¿Quién me acosa? —dice queriendo parecer ofendida.

—Me duele que no me reconozcas.

—Es que tengo muchos admiradores, podría ser cualquiera de ellos —bromea coqueta.

—Tendré que refrescarte la memoria.

La beso sin importarme quién mire. Cuando me separo tiene los ojos cerrados y sonríe traviesa.

—Creo que eres uno de mis ex, besas igual.

—Tú sí sabes cómo rematar a un hombre.

Se ríe y me besa, esta vez con los ojos abiertos.

—Sabía que eras tú desde el principio. Si otro me toca así le meto el palo de billar por el culete. —Me río—. Y ahora déjame ganar a estos idiotas. —Mira a sus adversarios, que no pierden detalle de nosotros—. Dijeron que una mujer nunca sería capaz de jugar al billar mejor que un hombre y los reté.

—Machácalos. —Le guiño un ojo y voy hacia la barra donde están Oziel y Levi, que esta noche no tenían ganas de irse de fiesta con el resto del equipo y me preguntaron adónde iba yo.

—Tu chica les está dando una paliza —dice Levi. Es el único chico de cuatro hermanos que son y siempre anda protegiendo a las mujeres; para él son un tesoro de la vida.

—Es solo una amiga.

—Eso dice —apunta Oziel divertido. Lo ignoro.

Me pido un refresco y veo como Deb mete dos bolas y los mira desafiante.

—Les está haciendo tragarse sus palabras.

—Por experiencia te digo que pueden ser mejores incluso —dice Levi.

—Creo que se están dando cuenta —respondo con admiración cuando a Deb le queda solo la negra por meter. Falla, pero va hacia donde están Daura y Mateo relajada.

Le toca tirar de nuevo y noto cómo examina la jugada. Analiza todos los ángulos y, cuando lo tiene, se ríe, y por su sonrisa sé que esta partida es suya. Se agacha para tirar y antes de hacerlo me mira como quien sabe que tiene la gloria en sus manos, y así es. Golpea la bola blanca, esta rebota y da a la negra, haciendo que entre en el agujero que le da la victoria.

—¡Has hecho trampas! —grita su adversario enfadado cuando Deb lo celebra con Daura y Mateo.

—Lo que he hecho ha sido dejaros meter alguna. Mi padre me enseñó desde pequeña a jugar. Tengo una mesa de billar en mi garaje. Eso os pasa por ir de chulos.

—La revancha, y esta vez por parejas.

—Creo que me toca a mí jugar —dice Levi. De los tres es el mejor—. Vale, aceptamos —añade yendo hacia los tacos—. Ella y yo contra vosotros. Elige bien a tu compañero, no quiero avergonzarte demasiado.

Deb se ríe y choca su puño con Levi.

—Los vamos a machacar —le dice feliz.

Oziel y yo cogemos nuestros refrescos de la barra y vamos a la mesa alta donde están Mateo y Daura.

Empiezan los rivales y meten tres seguidas. Miran a Deb y Levi con aires de superioridad y estos solo sonríen. Levi deja que Deb tire primero y le dice que no tenga piedad; y ella no la tiene, mete cuatro bolas.

—Me encanta tu chica —dice el pesado de Oziel.

—Deb es única —responde Mateo—. Y mejor no la retéis a los dardos, yo lo hice y le acabé pagando la cena y las bebidas.

Deb se acerca a mí y le paso la mano por la cintura. Coge mi refresco y da un trago largo.

—Son tontos. Siempre dicen que es mejor una retirada a tiempo —dice cuando Levi termina de rematar la jugada y solo deja la negra—. Había visto jugar a Levi alguna vez aquí y sabía que era bueno, y ellos no es la primera vez que están aquí, así que también lo sabían.

—Hay gente que no ve la verdad, aunque la tenga delante de sus ojos.

—Así hay muchos —dice Oziel, y Mateo le choca la mano.

Deb se ríe, aunque no sabe por qué lo dicen estos dos, o eso creo. Le toca a ella y, una vez más, demuestra su maestría metiendo la negra donde le corresponde. Eufórica, abraza a Levi y este hace lo mismo. No soy celoso, o eso creo... Tras su triunfo se acerca y se tira a mis brazos para besarme feliz.

—¿Jugamos otra? Ellos se han dado por vencidos —dice al ver que se van.

—No soy tonto, paso de jugar contra vosotros dos —le digo divertido.

—A mí sí me gustaría jugar contra ti —le dice Levi—. Eres una digna rival.

—Genial.

Acaban ganando una partida cada uno y lo dejan en tablas. El *pub* se ha empezado a llenar y decidimos irnos a bailar a una discoteca cerca de aquí en la que ponen muy buena música. Deb se cuelga de mi brazo antes de llegar. Bosteza.

—Tienes sueño —doy voz a lo evidente.

—Sí, pero lo estoy pasando muy bien esta noche.

Yo también. Me he olvidado del partido, de la charla y de todo excepto de disfrutar con mis amigos y con ella. Cada vez evito más las fiestas de la fraternidad. Ya no veo en ellas el atractivo del primer año. Algo está cambiando en mí. Y me pregunto si ese algo es ella.

Capítulo 16

Debbie

Llevo un rato bailando con Mateo y Daura en la pista de baile. Estoy sudando, cansada, y por alguna razón, no puedo parar de moverme. Neill está con sus compañeros de equipo no muy lejos. Ha habido un momento en que no dejaba de mirarme, me sentía devorada por su mirada y eso me hacía sentir muy femenina. Hasta que han llegado más integrantes del equipo con las animadoras y su mirada ha cambiado; ahora las mira a ellas mientras le hablan. O eso creo, pues hace rato que ni lo miro. ¿Y qué esperaba? Es lo que hay, no somos más que amigos. Y esto es lo mismo que pasaba antes.

«O casi lo mismo», pienso cuando se pone detrás de mí y sus manos acarician mi cintura debajo de la camiseta.

—Estoy sudando —le digo cuando las adentra más, al tiempo que nos movemos con la música.

—Lo que me hace desear verte sudada... y sin ropa.

—Tonto. —Me da la vuelta y nuestros ojos se encuentran en esta penumbra—. Se te veía muy bien acompañado.

—¿Celosa?

—No sueñes. No soy celosa, y menos con un amigo. —Sé que espero que diga algo y que no va a decir nada, ni debe; por eso, antes de que lo haga, me alzo y lo beso.

El beso se hace cada vez más intenso y doy gracias a la música, porque así nadie escucha mis gemidos. La culpa la tiene Neill, pues, cuando me muerde el labio antes de acariciarme con su lengua, hace que sin poder evitarlo me salgan esos ruiditos. Lo sabe, y por eso al mirarle sonríe. Anoche lo hizo muchas veces. Y cada vez me gusta más.

—Eh, chicos. —Me separo de Neill y veo a Mateo sonriente—. Nosotros nos vamos.

Neill se aparta y mira su reloj.

—Sí, es tarde, es mejor irnos.

Salimos de la discoteca tras coger nuestras cosas y espero que Neill diga que se viene conmigo, pero al ver que les dice a sus amigos que lo esperen, creo que mi sonrisa se pierde de golpe.

—Hoy es mejor que descanses y no creo que puedas hacerlo a mi lado. —Me besa tras acariciarme.

—En verdad me da igual que vengas —miento y, por su sonrisa, lo nota—. Que pases buena noche.

—Tú también. —Me besa lentamente y lo cojo de la cazadora—. Nos vemos pronto.

Ahora no parece tan seguro de irse, pero se va. Me doy la vuelta para irme con mis amigos. No tardan en decir lo que piensan, como ya esperaba.

—Me parece muy raro que alguien que se acostaba

con unas y con otras de repente te trate como si fueras monja, o virgen —dice Mateo.

—Eso es que la respeta.

—Ya, claro, estaría genial si el pacto que hay entre ellos fuera el de ir enamorándose poco a poco. Pero no es el caso. O se arrepiente, o te quiere conquistar. Porque otra explicación no me entra en la cabeza.

Lo pienso y tiene razón. No me está conquistando. No somos novios. Solo hemos aceptado ver adónde nos lleva la pasión, y ahora parece que quiere ir despacio, y no me importa. Pero temo que sea porque en el fondo se arrepiente.

Neill

—¿Se puede saber qué haces con nosotros y no con esa chica que estaba pidiendo a gritos que te fueras con ella? —me dice el bruto de Oziel.

—Tengo sueño.

—Ya, claro, lo que tienes es miedo de que descubra que la tienes diminuta. —Levi se ríe con su gracia.

—Ya quisieras tú que la tuviera pequeña para que la tuya no pareciera tan ridículamente enana. —Lo pico y hace efecto—. No quiero ir rápido.

—Ya, tío, pero no es tu novia. No la estás conquistando... ¿O sí?

—No, para nada. Solo somos amigos —le respondo a Oziel—. Y ahora déjame en paz y deja de hacer de maruja.

—Solo digo que, si quieres enamorarla, vas por el buen camino —apunta Oziel—; pero si solo hay sexo entre los dos, vas por la dirección errónea. Al final se enamorará de ti como Lilit y, oye, tal vez sea lo que quieres.

—Tú no sabes nada.

Y lo cierto es que yo tampoco. No deseo otra cosa que estar a su lado. Que enseñarle las diferentes maneras de hacer el amor y, sin embargo, huyo de ella porque temo que todo acabe pronto, y no quiero. Me asusta que esta magia se vaya antes de que la haya disfrutado.

Debbie

Última clase del lunes acabada. Recojo mis cosas mientras mis compañeros salen en tropel por la puerta. Me ha gustado mucho cómo la ha dado Conor; se me pasan las horas volando escuchándola hablar de historia. No me extraña que Ginebra se enamorara perdidamente de él. No solo es atractivo, también es muy inteligente, y a veces una persona inteligente es mucho más interesante y puede conseguir más suspiros que una solamente guapa.

Salgo de clase y siento que alguien me mira. Alzo la vista y veo a Neill apoyado en la pared de enfrente observándome. Con esa sonrisa suya que me fascina y me vuelve loca. Y que me encanta besar una y otra vez. Voy a su lado recordando que el sábado no se vino conmigo y que ayer domingo, por los entrenamientos, no nos vimos. Él debe de notar la inseguridad en mi mirada, porque me coge la cara entre las manos y me besa lentamente, dejándome con ganas de más cuando se separa.

—¿Te apetece que te invite a comer?

—Me apetece. Pero tiene que ser en un lugar con

mucha gente. No vaya a ser que salte sobre ti y te asuste, dado que me evitas...

—Qué graciosa. Y no te evito. Te deseo mucho.

—De boquilla. Pero ya sabes lo que dicen: por la boca muere el pez.

—Yo que tú no me tentaba, o no podrás sentarte en una semana.

—¡Neill! —Le doy en el brazo sin hacerle daño y se ríe—. Eres un bruto neandertal.

Me besa y silencia mis gritos.

—Es broma, y ahora deja que te invite a comer y ya sucederá.

—Me haces parecer una salida por decirte que te deseo —le digo sin moverme del sitio.

Neill se pone ante mí y me alza la cara.

—Me encanta que me desees, pero nunca he ido lento con una mujer y contigo quiero hacerlo, porque quiero que esto dure. Sea lo que sea, antes de que solo seamos los amigos de antes, quiero atesorarlo. ¿Lo entiendes? —Me mira de tal forma que, por un momento, veo a ese niño que perdió a sus padres.

Y lo entiendo, porque yo tampoco quiero que esto se acabe.

—En verdad me gusta que sea así. —Sonríe y empieza a andar hacia su coche.

—Eso no es cierto, te mueres por catar mi cuerpo —bromea, siendo el Neill de siempre.

—No te flipes. Solo me atraes, pero como tú hay muchos. Eres uno más en mi lista —le sigo la corriente en tono de broma. Como antes, sin tensiones, como dos buenos amigos que saben separar el sexo de la amistad y que no se cortan a la hora de ser uno mismo al lado del otro.

—Me ofendes... Yo que solo he estado con una o dos mujeres... ¿No te das cuenta de que soy casi virgen?

Me río, me lloran los ojos y me lanzo sobre él para abrazarlo con fuerza. No quiero que esto cambie nunca. No quiero perderlo.

—Ha sido la mejor hamburguesa que me he comido nunca. Pero ahora no puedo moverme —le digo tirada en el asiento del copiloto.

—Ya te dije que eran muy buenas. Las descubrí el año pasado y de vez en cuando vengo con los del equipo.

—Pues tuviste muy buen ojo. —Sonríe mientras conduce hacia el centro comercial. Quiero ir a la librería de allí a mirar libros.

—¿Qué tal lleva tu madre que no estés con las animadoras? —me pregunta.

—Bien, eso lo lleva bien, ahora lo que está es muy pesada con nosotros. —Me mira atento mientras el semáforo está en rojo—. ¿Tú ves normal que una mujer que te mete dos cajas de condones en la maleta de repente te diga los peligros que puedes correr y parezca que le da miedo que hagas lo que te dijo que hicieras?

El semáforo se pone en verde y Neill sigue la marcha.

—Yo creo que tu madre en realidad no quería que te desfogaras con unos y con otros. Pero lo entendería si lo hicieras, y quería decirte con ese gesto, yendo de moderna, que, si te pasaba algo, hablaras con ella. No le gusta, pero no quiere que estés lejos de ella si algo sale mal o si necesitas hablar de ciertos temas.

—Supongo que es así.

—¿Tu madre era joven cuando te tuvo?

—Veinte años. Se fue tras los pasos de mi padre y un mes después se quedó embarazada, y todo cambió. Yo nací con ocho meses; cuando se quiso dar cuenta, ya estaba en su vida.

—Lo dices como si fuera lo peor. Ella era feliz con tu padre y contigo.

—Sí, pero mi madre tenía sueños. Y los dejó, y no sería la primera persona que un día se levanta y se da cuenta de que su vida ha pasado sin haber hecho nada relevante y entonces estalla.

Me recorre un escalofrío.

—No lo sería, pero de momento eso no ha pasado. Lo mejor de soñar es que a veces la vida te sorprende y te muestra cosas que ni habías imaginado, y son mucho mejores —me dice filósofo, y, aunque una parte de mí quiere creerlo, otra siente pena por mi madre. Por esa mujer de treinta y nueve años que vive la vida a través de lo que hacemos los demás. ¿De verdad puede ser feliz así?

Paramos en el centro comercial y nos pedimos unos cafés para llevar. Entramos en la librería y voy hacia la sección de novelas románticas. Me apasionan. Veo las románticas con erotismo y cojo una al azar. La hojeo y me sonrojo por lo que leo; en ese momento siento a Neill leer detrás de mí la escena. Mis colores se acentúan. Mi respiración se acelera y el muy cabrito me coge de la cintura y me acaricia debajo de la camiseta. Se acerca a mi oído y, antes de que hable, ya noto como su aliento hace estragos en mi piel.

—Me encantará probarte.

—Tonto. —Se ríe y me besa en la mejilla antes de alejarse.

Dejo el libro, porque no me ha interesado mucho la sinopsis, y busco otro. Al final acabo con dos, uno de romántica contemporánea y otro con erótica. Tras pagar, salimos de la librería y nos topamos con un montón de personas que corren hacia el fondo del centro comercial. Al mirar hacia allí vemos una gran aglomeración de gente y una tienda con las luces apagadas.

—Vaya, parece que mi cuñada va a inaugurar una nueva tienda. ¿Te apetece conocerla junto a mi hermano y mi sobrina? Seguro que están cerca.

—Claro. Tu hermano es tan sexi que quién rechazaría conocerlo... —Empiezo a andar, pero Neill me detiene.

—Mejor nos vamos. —Tira de mí para llevarme hacia el otro lado con una sonrisa. Me río y lo beso.

—Tú eres mucho más sexi que él, pero que no se te suba mucho a la cabeza.

Me besa y parecemos dos enamorados que buscan cualquier excusa para tocarse. Sé que nadie nos verá como dos amigos, y más si ponen su mano en mi corazón y sienten cómo late acelerado. O si ven la cara de tonta que se me queda cuando nos separamos. Nada de eso indica que seamos amigos. Pero es lo que somos. Lo único que somos. Y que me pierda en sus bellos ojos marrones o que su sonrisa me derrita, no quiere decir nada...

El guardaespaldas de Kevin y Allie nos deja pasar por una puerta oculta que da a la tienda aún sin inaugurar. Entramos en ella y buscamos a su hermano y su cuñada. Nos llevan a un despacho y, al abrir la puerta, allí están los tres, junto al tío de Allie, que está ultimando los detalles de su modelo estrella. Me quedo sin palabras. Allie es aún más increíble en persona. Nos sonríe y veo a una pequeña de dos años que se baja de los brazos de su padre y corre hacia Neill. Se abrazan con fuerza. Se nota lo mucho que se quieren estos dos.

—Ella es Debbie —me presenta Neill, y sigue con su sobrina.

—Esa soy yo.

Se me presentan como si no supiera sus nombres y siguen con lo que estaban haciendo.

—¿Hay mucha gente? —pregunta Allie.

—Muchísima —respondo yo—. Yo no podría estar en tu lugar. Me gusta más pasar desapercibida.

—Te acostumbras. Y ahora lo hago menos.

—Lista —dice su tío—. Estás preciosa. —Le da un cariñoso beso en la mejilla y se va.

—¿Qué tal? —pregunta Allie dando una vuelta.

—Sabes que estás impresionante —le responde Kevin.

—Ya, bueno, pero a nadie le amarga un dulce, y a los hombres os cuesta un montón decirnos lo bonitas que nos veis. ¿A que sí, Debbie?

—Sí, yo he recibido pocos piropos.

—Neill es un bruto —dice Allie.

—Lo es, pero solo es mi amigo —apunto.

—Ah, bueno, pues los amigos también deben decirte lo bonita que estás.

—El problema es que vosotras no comprendéis que os vemos preciosas hasta recién levantadas y por eso no encontramos la diferencia de cuando os pasáis horas ante el espejo —apunta su marido, y Allie le sonríe enamorada.

Sé que llevan muchos años juntos y en sus ojos sigue brillando el amor, como si acabaran de empezar. Viéndolos así, siento envidia. Y me recuerda que esto lo he visto desde niña con mis padres. Ellos se miran de la misma forma.

—Tenemos que abrir —dice el tío de Allie, y esta se despide de nosotros y se va con su tío.

—Yo prefiero verlo desde lejos —dice Kevin.

Salimos y vamos con la pequeña, que tiene agarrado con fuerza a su tío, a una zona más alejada. La tienda se abre y la locura empieza. Cientos de personas quieren una firma y una foto de Allie y, cuando lo logran, van a ver la ropa. Yo observo las prendas que hay a nuestro alrededor. Tengo varias cosas de Allie en mi armario; seguro que a mi madre le dará algo cuando sepa con quién he estado. Por eso hago una foto de Allie desde lejos y la mando al grupo; mi madre no tarda en responder.

> Mamá: Qué envidia, hija, me podrías haber llevado, estoy aquí sola aburrida en casa.

Y eso es cierto, mi madre pasa mucho tiempo sola en casa. Siento lástima por ella.

> Deb: Ha sido algo imprevisto. ¿No está Andrew contigo?
>
> Andrew: Estoy en mi cuarto haciendo deberes y mamá está con las vecinas en el salón. Las risas que escucho no creo que sean de aburrimiento. Lo dice para que te sientas mal por no llevarla.
>
> Mamá: Es que me hace ilusión conocer a Allie.
>
> Deb: Tal vez otro día. Pasadlo bien.
>
> Mamá: Y tú, hija. Y llámame cuando puedas, te echo de menos, osita.

No le respondo y guardo el móvil. Noto que alguien me tira del pelo y al mirar a mi derecha veo a Petra, que me sonríe en brazos de Neill. Es tan dulce...

—Hola, preciosa. —Pone sus manos regordetas en mi cara y junta su frente con la mía. Sus ojos son grandes, además de bonitos como los de Kevin y tan sonrientes como los de Neill.

—Le has gustado —dice Neill cuando la pequeña se vuelve hacia él y me mira refugiada entre sus brazos.

—Les encanto a los niños —digo sobrada.

Una joven grita que Kevin está aquí y en un momento vemos como cientos de seguidores nos rodean. Kevin mira a su hermano y este, tras cogerme de la mano, se aleja de este lío con la pequeña para que nadie le haga daño en su deseo descontrolado de conseguir un *selfie* con Kevin.

Entramos en el despacho de su tío y nos sentamos con la pequeña en medio, que pone sus manos en nuestras piernas contenta por tenernos para ella sola.

—No podría soportar vivir así, y sé lo que es esto por mi padre. Yo me he sentido como Petra cuando era pequeña —le confieso, y los recuerdos me asfixian—. Mi madre cuidaba de mí y dejaba a mi padre solo para que no me lastimaran. Íbamos a cualquier sitio y nos veíamos asediados por la gente que quería una foto o tocar a su jugador favorito.

Se me acelera la respiración por unos recuerdos que nunca quiero sacar a la luz. Neill lo nota, e incluso Petra se alza y me tira de la mejilla.

—No pasa nada —les digo, y sonrío.

—Sí pasa, pero ya me lo contarás.

—¿Como tú me cuentas todo? —Neill se tensa—. Todos tenemos nuestros secretos. Este es mío.

Asiente y Petra nos mira a uno y a otro; se baja del sofá y va a donde sus padres han dejado los juguetes. Nos llama con su manita y me sorprende que alguien tan pequeño sea capaz de empatizar con la tensión de dos adultos y quiera que juguemos con ella para olvidar. Y eso hacemos. Acabamos jugando con sus muñecas y me río de la voz que pone Neill haciendo de chica. Es horrible.

Kevin y Allie tardan un poco en venir. Han tenido que cerrar la tienda para eso. Nos invitan a cenar, pero decimos que es tarde.

—Espero que otro día vengáis a casa —dice Allie abrazándome—. Encantada de conocerte, Debbie.

—Igualmente —le respondo.

Nos despedimos y salimos por la puerta de antes al centro comercial. No hemos dado ni dos pasos cuando un grupo de chicas de nuestra edad llama a Neill.

—¡Eres Neill!

—Sí, ese soy yo, el hermano de Kevin...

—Y el mejor capitán. Ganaste al equipo de mi padre. Eres grandioso —le dice la chica, y las amigas la secundan.

Noto como se ponen cerca de Neill para alejarlo de mí y por un segundo me siento como mi madre cuando me decía que esperara, que papá ya vendría. Ella siempre miraba desde lejos la vida de su marido. Ella no era la importante.

Me pierdo en los recuerdos.

—Chicas, gracias, pero tenemos que irnos —dice Neill, que al mirarme se ha dado cuenta de que no estoy bien.

Viene hacia mí y me coge de la mano con fuerza. Caminamos hacia su coche.

—Dime qué te pasa, es la segunda vez esta tarde que te veo con la mirada perdida.

—No lo voy a hacer. —Se detiene y, al mirarlo, parece tenso. Sabe que yo también le he preguntado muchas veces qué le sucedía y no me ha respondido.

—¿Qué quieres que te diga? ¿Que no soporto saber que la mujer que me dio la vida trató de matar a mi cuñada? ¿Que cuando veo a niños felices con sus padres me pregunto por qué a mí no me tocó una familia así? ¿Que cuando me miro al espejo y veo esta cicatriz —se toca la ceja partida— recuerdo cómo el desgraciado de mi padre me golpeó y mi madre no hizo nada? ¿Que estoy jodido porque no consigo olvidar lo que esos seres despreciables me hicieron y que envidio a Kevin porque ha reconducido su vida sin que el hecho de que nuestros padres estén en la cárcel sea una carga demasiado pesada de soportar?

Por primera vez veo lo tocado que está Neill, lejos de sus sonrisas, de sus miradas cómplices. Veo a un niño perdido que quería a su madre, que tal vez aún la quiera, y que no entiende por qué esta no lo quiso. Lo abrazo con fuerza. Y lloro sobre su camiseta. Neill me acaricia la cabeza, siendo él quien me consuela.

—Estoy bien.

—No lo estás. Estás herido. Y mi historia es una mierda comparada con esa. Soy una egoísta. No debí haberte forzado tanto. —Me alza la cara y me limpia las lágrimas.

—Cada uno lidia con sus historias, ¿recuerdas? No te sientas mal porque las tuyas te causen daño, tú me lo dijiste. Cuéntamelo. No me dejes con esta angustia de no saber qué te amarga.

—La fama, el ver a mi madre siempre en un segundo plano. Verla esperando que mi padre dejara de entrenar, día tras día, conformándose con unos besos antes de que cayera agotado en la cama. Conformándose con las migajas, sonriendo. ¿Cómo podía ser feliz con tan poco? Mi infancia fue la de la hija de un famoso futbolista. Salir por la calle con mi padre era como lo que has vivido ahora. No soportaba que me separaran de mi padre. Y tenía que ver la tristeza en los ojos de mi madre porque no podía estar con su marido. Y, sin embargo, cuando él nos buscaba, ella lo besaba feliz. ¡¡No podía ser feliz!!

—Lo era, Deb, y tal vez tú no la entiendes porque nunca has amado a alguien así. He visto a tus padres, se siguen queriendo. Eso solo fue una etapa. Una que los unió más.

—Creo que, entre otras cosas, mi padre se alejó de aquello por mí.

—¿Por qué?

—Tenía cinco años, mi hermano era más pequeño que yo y mi madre lo tenía en brazos. Me llevaba de la mano cuando nos acosó una masa de gente y de repente no estaba con ellos. Me perdí entre esa multitud... y lo siguiente que recuerdo es que me empujaron y me golpeé la cabeza con el bordillo. Mi padre dejó el deporte poco después. Fue mi culpa.

—No lo fue. Tu padre parece un hombre feliz. Él tomó una decisión y, si esta fue luchar por su familia, le honra. Porque la fama es efímera, pero la familia es para siempre. Ojalá mis padres hubieran luchado así por la familia.

—Eso me hace sentir peor. —Sonríe y me besa.

—Tal vez hoy no entiendas los motivos de tus padres, o no entiendas a tu madre. Pero un día lo harás. Y tal vez entonces seas libre. Tienes tanto miedo de cometer sus errores que vives encorsetada. Y también veo en tus ojos el miedo a perderlos.

—Eso no es así. —Lo niego, pero ha estado muy cerca de la verdad.

—Lo es y lo sabes. Que no te dé miedo vivir tu vida.

—Si lo hiciera, tal vez me enamorara perdidamente de ti —digo de broma poniendo cara de asco.

—¡Dios, y eso sería horrible! —me río.

—No quiero acabar como Lilit, no soy tonta. Somos amigos.

—Cosa que nunca lo fui con ella.

—¿Y eso dónde nos deja?

—Aquí —dice con simpleza—. En un «nosotros» que solo tú y yo comprendemos.

Lo miro a los ojos y no sé discernir la verdad de la mentira. Y tampoco quiero hacerlo; me da miedo lo que me pueda encontrar. Tal vez sea cierto, y vivo mi vida temiendo constantemente no acabar perdida en mi propio mundo.

Mi mayor miedo es que un día mi madre se dé cuenta de que por nosotros ha desperdiciado su vida y la perdamos. No sería la primera mujer que con el paso de los años dice «¡Basta!» y se marcha a vivir su vida. Y temo que explote.

Capítulo 17

Neill

Llegamos a casa de Deb y aparco en doble fila. No hemos dicho nada en todo el viaje. En mi cabeza sigue rondando lo que ella me confesó, lo que yo le dije y cómo me dijo en broma que, si no pensara tanto las cosas, se enamoraría de mí.

No puedo olvidar cómo mi corazón latió como un loco y que la idea no me disgustó. Pero lo reprimí, porque para ella eso era un futuro horrible. Sería seguir los pasos de su madre, y así lo entendí. Por eso prefiero no analizar mis sentimientos. Solo vivir lo que ahora somos.

—Bueno, pues hasta mañana, y no estudies mucho —me dice mirándome con una sonrisa. El rímel se le ha corrido y, sin embargo, la encuentro preciosa, perfecta. Comparto lo que ha dicho Kevin de que no advertimos la diferencia cuando están maquilladas porque siempre las encontramos igual de hermosas.

No sé qué me pasa, pero sé que no quiero dejarla ir

aún. Por eso la cojo entre mis brazos y la beso, como deseo hacer cada instante que la tengo cerca.

El beso no tiene nada de inocente y la pasión se desata entre los dos. Deb se ha puesto encima de mí y yo he echado el asiento del conductor hacia atrás. Noto como sus curvas encajan con las mías y sé que estoy loco de deseo. Ahora mismo solo pienso en recorrer cada centímetro de su piel desnuda con mis manos y mi lengua. Y estamos en la calle. Debería detenerme. Pero no puedo. No soy capaz de separar mis labios de los suyos y menos cuando su lengua juega con la mía y ella emite esos gemidos que tan caliente me ponen.

La cosa se desata entre los dos y Deb trata de quitarme la camiseta. Su espalda presiona el claxon del volante y se sobresalta al escuchar el ruido. Varias personas que pasan por aquí nos miran. Algunos divertidos, otros de manera reprobatoria. Deb vuelve a su sitio cortada.

—Creo que esto no es hacer las cosas lentamente —dice con una sonrisilla—. Nos vemos mañana.

—Hasta mañana. —Antes de salir me da un beso espontáneo que casi me hace retenerla.

La miro mientras se aleja y pienso en lo que estoy haciendo, sabiendo que, sea lo que sea, no puedo parar.

Hoy he tenido un día horrible, estoy agobiado, pero necesito correr y despejarme al lado de Deb y de sus dos amigos, a los que veo salir y venir hacia mí. Deb no va con ellos.

—No va a venir —me dice Daura—. Está con su amiga del mes.

—¿Su amiga del mes? ¿Ha venido una amiga? —le pregunto sin comprender. Mateo se mea de risa.

—Su amiga del mes es la señora roja —dice Daura, como si esto lo explicara mejor, y Mateo incrementa sus carcajadas.

—Es un tío, no sabe qué es la amiga del mes ni la señora roja. Le ha venido la regla y está en la cama hecha una mierda; se ha tomado una pastilla y se ha quedado dormida. Iba a venir, pero no la hemos despertado. Es mejor que descanse.

—Sí, ahora ya sé para otra vez qué nombres usáis para describir algo tan natural.

—Ya, pues aquí la amiga, cuando alguna vez me ha mandado a por compresas, me ha dicho «Cómprame croquetas con jamón», que es su forma de llamar a las compresas con alas. —Daura le da de broma y él se ríe.

—Tú no te burles, que no te desangras una vez al mes.

—Por suerte. Odio la sangre.

Saco el móvil y pienso en escribir a Deb, pero prefiero no despertarla. Nos vamos a correr tras estirar y los dejo atrás varias veces. Ellos van a su ritmo, aunque cada vez tienen mejor forma. Al volver a su casa pasamos por el supermercado y entro a comprarle algo de chocolate a Deb.

—Dádselo de mi parte. Dicen que el chocolate ayuda, ¿no? —Mateo mira a Daura y, sonriente, asiente.

—Se lo daremos. Hasta mañana, Neill —dice Daura encantada con el detalle. Yo no lo veo para tanto.

Debbie

Cojo un poco de chocolate del que me hizo llegar ayer Neill mientras estudio en la biblioteca. Me encantó el gesto. Cuando me desperté esta mañana lo tenía en mi mesilla con una nota de Daura que decía que Neill me lo mandaba para que mejorara. Me había quedado dormida sin darme cuenta. Le he escrito un «gracias» y ha respondido que es una tontería de detalle.

Tomo notas y se me pasa la hora de la comida. Son las seis de la tarde cuando salgo de la biblioteca muerta de hambre y me compro algo dulce en una máquina. Llego a casa y me pongo ropa cómoda antes de dejarme caer en el sofá. Al poco de hacerlo entra Mateo, que parece más feliz que nunca.

—¿Y esa cara? —le pregunto.

—Porque un amigo mío, al que solo veía en verano, se va a trasladar a esta universidad.

—¿Y te gusta?

—No, para nada —se pone rojo y aparta la mirada para que no pueda indagar—, pero es buen amigo y hace años que nos vemos poco; me hace ilusión tenerlo aquí, es muy buen chico.

—Tiene que serlo, si es tu amigo. —Sonríe feliz.

—Se va a quedar en mi cuarto mientras encuentra algo.

—Si quieres yo me busco otra cosa...

—¡No digas tonterías! Esta es tu casa, que se busque él la vida.

Me relaja que piense así; por un momento he sentido el miedo de tener que salir de aquí y buscar otra vez algún sitio donde vivir. Tras ver un poco la tele para desconectar, me voy a mi cuarto a seguir con los trabajos. He escrito a Neill para ir a correr, pero me ha dicho que hoy mejor no. Me ha molestado un poco..., tenía ganas de verlo.

Tomo notas mientras escucho música con mis cascos rosas. Así me evado de todo. Estoy tan en mi mundo que, hasta que Neill no me los quita, no me doy cuenta de que está a mi lado. Lo miro sorprendida cuando se sienta en mi cama y acerca mi silla hacia él. Me besa y me derrito; mi enfado se evapora. Ha venido.

—Pensé que no querías quedar.

—No quería ir a correr, porque así descansas y mañana será otro día. Y, por cierto, Mateo y Daura se han ido a cenar fuera.

—Podíamos haber ido con ellos, hoy estoy mejor, no me estoy desangrando ni nada por el estilo.

—Lo sé. Pero me gusta cuidar de ti. —Y a mí me encanta que lo haga—. Y te quería solo para mí.

Tira de mí para besarme. Acabo tumbada sobre él en la cama. Sus manos están por todo mi cuerpo. Al igual que las mías. No puedo dejar de tocarlo. Me encanta todo de él.

—Qué lástima que hoy no podamos hacer nada —dice con los ojos enfebrecidos.

—Qué casualidad, hoy justo tienes ganas... —Se ríe y se pone las manos tras la cabeza. Me siento a horcajadas sobre él y dudo si decirle lo que deseo. Luego me veo a mí misma reprimiéndome en mis otras relaciones y me lanzo—. Me gustaría hacerte algo.

Neill me mira curioso y noto como se le acelera la respiración cuando tiro de su camiseta hacia arriba hasta quitársela del todo. Paso mis manos por su pecho mientras me muevo sobre él. Noto como su dureza crece entre mis muslos e intensifico el contoneo hasta que me para.

—Deb, ¿qué quieres?

—Quiero... —Me sonrojo y noto como me arde la cara, pero lo miro a los ojos y le digo lo que deseo. No hago nada malo por dar voz a mis deseos—. Deseo probarte... entero.

—No quiero que hagas nunca nada que no quieras... No quiero que mi experiencia te haga ir rápido o hacer cosas que no deseas. Nunca...

—No es por eso. Es porque quiero. Pero si tú no quieres...

—Soy todo tuyo, Deb, puedes hacer conmigo lo que quieras.

—Eso suena muy bien.

Neill me mira mientras yo decido qué hacer. Nunca he hecho esto y sé que leer sobre ello no es lo mismo. Debe notar mi inseguridad, pues me acerca a él y me besa para que sus besos me calmen. Y lo hacen. Sabe obrar magia con sus labios. El calor me penetra y mi curiosidad por experimentar esto con él aumenta.

Bajo mis labios por su cuello. Lo beso, lo chupo y lo muerdo cuando noto como la piel se le pone de gallina. Sonrío contra su piel. Acaricio su pecho. Es duro, pero bajo mis dedos parece transformarse y ser más cálido que otra cosa. Su pecho sube y baja con mis caricias y, cuando llego al cierre de su pantalón, me detiene.

—No hagas nada que no quieras, solo lo que desees.

—Te deseo a ti —le digo con firmeza, y le abro de un tirón los vaqueros.

Neill me ayuda a quitarle la ropa y lo tengo desnudo ante mí. Ya lo había visto. Su cuerpo es puro músculo, ni un gramo de grasa. Es el cuerpo de un adonis y está muy bien proporcionado.

Cojo su dureza entre mis manos y noto como crece. Lo miro sorprendida y se ríe. Le tiro un cojín de la cama a la cara. Lo coge y se lo pone bajo la cabeza.

Lleva su mano a la mía y me guía; el momento me parece muy tierno e íntimo entre los dos. Como si estuviéramos conectados. Me gusta que me diga cómo le gusta, y más cuando me deja sola. Cuando se deja llevar y soy yo la que lleva la voz cantante.

Me fijo en sus respiraciones, en cómo se acelera y cómo echa la cabeza hacia atrás cuando intensifico las caricias. Cuando tiene los ojos cerrados, curiosa, me voy hacia delante y le doy un dulce beso en su miembro. Neill maldice y entonces soy yo la que se ríe.

—¿Me detengo?

—No, claro que no, pero no sé si vas a acabar por matarme.

Sigo con mis caricias y mimos. Es mucho más suave de lo que esperaba y no me imaginaba que fuera así. Me gusta. Y con mis manos y mi boca hago que este hombre de más de metro ochenta se convierta en gelatina entre mis manos. Cuando se corre, profiere palabras malsonantes en tantos idiomas que lo miro sorprendida. Y más cuando, tras terminar, me coge y me alza para abrazarme fuerte. Su lado cariñoso me parece mucho más intenso que lo que acabamos de compartir. Me refugio en su pecho y dejo que su calor me traspase.

—¿Te ha gustado? —me pregunta tras un rato.

—Esa pregunta te la debería hacer yo a ti —le digo algo cortada, ahora que el momento ha pasado.

—No, yo quiero que tú disfrutes. Yo lo hago si tú lo haces..., y respóndeme, Deb. —Veo miedo en sus ojos y sé que teme que haya ido muy rápido y que me arrepienta.

—Me ha gustado, mucho. —Me besa con ternura—. ¿Te quedas a dormir?

—Sí, pero será mejor que preparemos algo de cenar, que me muero de hambre.

Asiento y le dejo intimidad para ir al servicio y asearse. Me quedo pensando en lo sucedido. Me siento rara, pero también feliz; con Neill no tengo miedo de equivocarme, es como si con él pudiera ser yo misma. Como si los errores solo fueran parte de nuestra relación, no el fin de esta. A su lado descubro partes ocultas de mi personalidad que están ahí, pero que hasta ahora nadie ha sabido sacar a la luz. Y aunque me asusta todo esto, también estoy deseando ver adónde nos lleva este viaje.

Capítulo 18

Debbie

Entramos en la fiesta de la fraternidad de Neill. Ayer jueves nos invitó a los tres mientras corríamos y Mateo y Daura dijeron que sí en seguida. Al final asentí. Una parte de mí quiere ver cómo es Neill ahora, si es como antes de..., bueno, de ser amigos con derecho a roce. Todo va a seguir igual, pero quiero verlo, para saber a qué me tengo que atener.

Desde el otro día nos hemos llamado con más frecuencia. Neill está más pendiente de mí que antes y creo que es porque teme que, tras lo vivido, me pierda. Es raro, pero es lo que siento. Como si temiera que, tras experimentar con él, todo fuera diferente entre los dos. No entiendo su miedo. Estamos mejor que antes.

No tardo en ver a Oziel, que al vernos nos saluda y nos dice que nos sirvamos lo que queramos; me dice que Neill vendrá ahora, que ha salido a comprar cerveza con Levi. Vamos hacia la cocina y nos servimos algo de beber en los vasos de plástico rojos. La música está muy alta y la gente llena todas las habitaciones. Sobre todo el salón, adonde nos dirigimos ya con la bebida. Hay una mesa y, sobre ella, varias animadoras demostrando su talento para el baile, y la verdad es que bailan bien, las cosas como son. Una de ellas lleva falda y no parece importarle que los de abajo le hagan un vídeo mientras les enseña todo. Al revés. Les manda un beso.

Nos vamos hacia la parte más alejada y bailamos a nuestro rollo. Mateo hace al final que nos olvidemos de lo que nos rodea. Ha pasado una hora cuando da voz a lo que yo ya estoy pensando.

—¿No crees que Neill tarda mucho? Seguramente ya haya venido.

—Es posible. Voy a ver.

Asiente y les digo que ahora vengo. No sé qué me voy a encontrar. Ni si cuando lo vea tonteando con otra, como temo, pondré mi mejor sonrisa y como amiga le diré «Hola, Neill», como si no me molestara. No sé qué haré. Me da miedo lo que pueda ver, pero ya debe de estar aquí desde hace rato.

Lo encuentro en la sala de billar echando una partida. Parece tranquilo, feliz y, sí, hay mujeres, pero, aparte de devorarlo con la mirada, él no está tonteando con ellas. No es lo que esperaba encontrar, aunque me duele igual, porque no ha venido a buscarnos y sabía que estábamos aquí, pues le había enviado un mensaje. Me marcho en busca de mis amigos para disfrutar de la noche como él, pero la mala suerte hace que me choque con Lilit.

—Lo vuestro está destinado a fracasar.

—No te importa —le digo ya harta.

—Te pasará como a mí, te enamorarás de él y te darás cuenta de que Neill no quiere amar a nadie.

—Tú aún no te has dado cuenta de eso —le digo sonriente, pero en el fondo sé que no va desencaminada—. Yo no quiero nada de Neill, solo somos amigos. Si quisiera tener novio, nunca me liaría con alguien que perteneciera al equipo de fútbol.

Lilit sonríe y por su sonrisa sé que Neill está detrás de mí. Noto su mano en mi cintura y su aliento en mi oreja.

—Dilo más alto, que los del segundo piso no te han escuchado —lo dice en tono de broma y no puedo saber si le ha molestado.

Parece que no, que le da igual, y mejor así.

—Lo sabe, somos amigos. —Lilit pierde la sonrisa, porque ha visto que no puede hacernos daño.

Lilit se marcha y me vuelvo a mirar a Neill. En sus ojos solo veo la sonrisa que siempre reside en su mirada. No sé si le ha enfadado que haya sido tan brusca, y en parte lo prefiero.

—Solo venía a ver cómo ibas, pero ya veo que estás genial, así que me voy con mis amigos a bailar.

—Te he visto bailar con ellos y vi que lo pasabais bien, por eso no quise entrometerme. Disfruta, ¿vale?

—Tú también.

No hay beso de despedida ni me pide que me quede. Solo me deja ir mientras se va con sus amigos a seguir con la partida. Me recrimino por esperar más de él, pero es lo que hay. Es lo que somos y estamos genial así.

Neill

—Te deberías haber ido con ella —me dice Levi.

—Está con sus amigos.

—Por mucho que hagas, esto no evitará que te enamores de ella.

—No me preocupa eso, y ahora juguemos.

Asiente y deja de darme la vara. La gente piensa que los tíos pasamos de todo, y en realidad somos igual de cotillas que las mujeres. Tal vez no demos tantas vueltas a las cosas, pero se las damos.

Cuando llegué fui a buscarla y la vi a lo lejos bailando con sus amigos, sonriente y feliz. También me fijé en como llamaba la atención de los tíos que la rodeaban. Como, quizá por primera vez, la veían como yo siempre la había visto, preciosa.

Yo nunca he necesitado que se maquillara o que llevara un vestido que resaltara sus curvas para ver su belleza. Ellos, sí. Sentí deseos de ir a su lado, de besarla. De eclipsar lo que nos rodea, de hacerle olvidar al resto, y me sentí como si fuéramos algo más que amigos. Me asusté y me fui hacia donde estaban mis amigos jugando. Así estamos bien, no hay más.

Y desear es de idiotas, porque cuando te das cuenta de que los sueños no se cumplen, entonces te pasas toda la vida esperando algo que nunca va a llegar.

Jamás le he dicho a nadie que, aunque mi madre se marchara de esa forma, hasta que secuestraron a Allie yo esperaba que regresara. Que un día se despertara y cambiara. Que buscara a sus hijos. Al verla en la cárcel, comprendí que ese sueño nunca podría ser. Y tuve que aprender a conformarme en vez de soñar.

La noche pasa y llega un momento en el que no puedo seguir lejos de ella. La encuentro en el jardín junto con sus amigos. Se han sentado en unos sofás que hay a un lado. Voy hacia ellos y me siento junto a Deb. Me mira y sonríe; no hace falta decir más, no hay reproches, al menos por su parte, pero yo sí, por tonto, por pasarme toda la noche sin hacer lo que quería.

—¿Sabes que Deb ha ligado? —me dice Mateo pasándome el bote de chuches que han cogido. Tomo varias.

—No me extraña, es normal. —Deb me mira y me quita una chuchería.

—Estaba muy bueno, la verdad —dice como si nada, y siento que algo se retuerce en mi interior.

—¿Y por qué le has dicho que no? —pregunto sin darle importancia, aunque por dentro espero que me diga «Por ti».

—Estaba borracho. Si me enrollo con alguien prefiero que me recuerde —dice de manera casual. Mateo y Daura no pierden detalle de nuestras reacciones.

Creo que no entienden nada. Yo tampoco, aunque es fácil: somos amigos y llevamos vidas separadas.

—¡Neill, te espera una sorpresa! —me dice uno del equipo, y hace gestos con las manos como indicando las curvas de una mujer.

Miro a Deb, que sonríe, y es por esa sonrisa que me levanto.

—Me voy. ¿Nos vemos luego?

—No, nos vamos ya. Yo, por lo menos, estoy agotada —dice Deb—. Nos vemos, machote. —Me guiña un ojo y se marcha.

Y de nuevo espero algo que no llega. Me molesta saber que deseaba que ella sintiera celos por ver cómo me iba con otra mujer. Voy a donde está la chica, pero le digo que me voy a dormir y que lo voy a hacer solo. Esta noche no tengo ganas de ver a nadie más.

—Que conste que no me importa que hayas venido a vernos, pero te noto rara, hija.

Miro a mi madre. Estamos las dos haciendo galletas un sábado por la tarde. Mi padre y mi hermano han salido a ver el partido del equipo universitario local y yo me he quedado con mi madre para hacer cosas de chicas, como dijo ella toda emocionada. Me he dejado llevar.

Anoche no pude dormir en toda la noche; no dejaba de ver a Neill con esa misteriosa chica. Quería una dosis de realidad, pero vivirla ha sido peor de lo que esperaba. Una parte de mí quiere decirle que solo somos amigos. Otra quiere besarlo hasta que no recuerde ni su nombre.

Aún no he tenido suficiente de él y duele ser una más. Duele mucho. Y no porque me guste, nada de eso. Es solo por orgullo propio y nada más; por eso esta mañana cogí el autobús y me vine a mi casa a pasar el fin de semana. Para no caer en la tentación de ir a verlo.

—Estoy bien.

—¿Es por Neill? —Noto inseguridad en los ojos de mi madre. Tal vez tema que no le responda o que lo haga y se dé cuenta de que ya no soy una niña.

—Solo somos amigos —le digo, y parece que se relaja un poco—. No te voy a hacer abuela tan pronto, tranquila.

—Qué graciosa mi niña. —Meto la mano en la masa de las galletas y remuevo—. Si te pasa algo, sabes que puedes contármelo, ¿verdad?

Veo ansiedad en los ojos de mi madre, deseos de que se lo cuente, y asiento.

—Estoy bien, solo saturada de tantos trabajos y de estudiar. En nada llegarán los exámenes y tengo miedo de suspender.

—Seguro que te saldrán muy bien, osita mía.

—¡Mamá! —Se ríe y me saca una sonrisa.

La casa ya huele a vainilla y chocolate. Estamos en el salón viendo una peli mientras se hacen las galletas. Y por primera vez me atrevo a preguntarle algo que siempre he querido saber.

—Mamá..., ¿papá dejó el deporte por mí, por lo que me pasó?

Mi madre deja de ver la tele y me mira fijamente.

—No, lo que te pasó fue un detonante. Pero él ya no era feliz jugando. Y cuando algo no te hace feliz, lo mejor es dejar de hacerlo o acabará por amargarte.

—Ya, pero tú haces muchas cosas que no te hacen feliz. —Se ríe—. Y mucha gente trabaja en cosas que no le gustan.

—Ya lo sé, hija, pero la gente que trabaja por amor al arte, o lo hace con el corazón o será un fracaso absoluto. Y tu padre ya no ponía el corazón en cada jugada. Tu padre ya no era feliz, y cuando le salió la oportunidad de quedarse con la empresa de su padre, le dio muchas vueltas, pero se veía más ahí que en un campo de fútbol.

—Y tú lo apoyaste.

—Como él hace siempre conmigo, somos un equipo. —El horno suena y mi madre se levanta tirando de mí para ir a por las galletas.

Las sacamos y, aún calientes, nos las llevamos al salón. Cuando se endurecen, nos las comemos mientras vemos la peli en silencio. Está acabando cuando me suena el móvil, que está sobre la mesa. Veo que es Neill y no lo cojo.

—¿Os pasa algo?

—No, todo bien. Es muy buen amigo.

—Hija, a mí no tienes que engañarme. Ese chico te gusta.

—Me gusta como amigo.

—Pues si es solo un amigo, no sé por qué no le coges el teléfono. —Miro a mi madre y, para dejarle claro que no pasa nada, lo cojo.

—Hola, Neill —respondo con una gran sonrisa en la cara y miro a mi madre como diciendo: «¿Ves cómo todo va genial?».

—Voy a la cocina para empezar a hacer la cena. —Mi madre se marcha, dejándome sola.

—¿Qué tal estás? —me pregunta Neill—. Aunque ya veo que muy bien.

—Sí, comiendo galletas.

—Blanca hace unas galletas deliciosas.

—Seguro que no como estas. Mañana te llevo para que las pruebes. —Nos quedamos en silencio, y es un silencio incómodo. Yo no dejo de verlo con su sorpresa y él..., él no sé qué piensa.

—Deb... Pásalo bien, ¿vale? —Siento que iba a decirme algo más, pero calla; por eso, yo también.

—Sí, lo haré.

—¿Cuándo regresas?

—Mañana por la tarde, volveré en el autobús. —De repente recuerdo algo—. ¿Y tu partido?

—Bien, hemos ganado, pero solo por uno. No es suficiente, ya lo sabes.

Recuerdo las palabras de mi madre, de que cuando algo deja de hacerte feliz y es tu pasión es mejor dejarlo.

—¿Te hace feliz jugar al fútbol?

—Sí, lo que odio es a mi entrenador. Pero como todos en el equipo.

—Pues a ver si lo cambian, hacedle boicot. —Se ríe.

—Ojalá pudiéramos, porque se está cargando el equipo. Y lo peor es que no asume su culpa.

—Hay gente que no ve la verdad, aunque la tenga delante y prefiere culpar a otros de sus propios fracasos.

—Sí.

Seguimos hablando de las clases y del partido. Como si nada más nos inquietara. Me río cuando me cuenta que esta mañana se han despertado y Oziel estaba durmiendo bajo la ducha con el grifo abierto; estaba tan borracho que ni se enteraba. Han tenido que darle varios cafés para que se espabilara, y ni siquiera recordaba cómo había llegado allí. Me río por cómo lo cuenta, no porque me haga gracia que se pasara tanto bebiendo.

Se nos pasa el tiempo hablando. Lo necesitaba. Llegan mi padre y mi hermano, y mi madre dice que la cena estará lista dentro de poco; es entonces cuando me doy cuenta de que llevamos más de una hora enganchados al móvil.

—Voy a cenar. Nos vemos pronto. Sé bueno.

—Siempre lo soy. Ya me conoces. —Ese es el problema, que lo conozco y no quiero ver esa parte de él—. Hasta mañana, Deb.

—Hasta mañana, Neill.

Bajo del autobús y la lluvia que ha empezado a caer desde la mitad del viaje me cala. Alzo la vista y me encuentro con Neill a pocos pasos, mojándose a mi lado. Se acerca y me coge la mochila, para después besarme bajo la lluvia.

—Nos estamos mojando —digo entre sus labios.

—¿De verdad? No me he dado ni cuenta. —Vamos hacia una zona resguardada.

—Tú, como juegas bajo la lluvia, ya ni te enteras.

—Sí me entero, y es por cómo llovía que vine a por ti.

—No sabías cuándo venía.

—Ya.

—¿Llevas toda la tarde aquí?

—Es posible —me dice quitándole importancia. Son las ocho de la tarde; si lleva toda la tarde debe de estar helado.

—He estado dentro del coche y he salido cada vez que venía un autobús desde tu ciudad. No ha sido tan horrible.

—¿Y por qué no me preguntaste?

—¿Y perderme tu cara de sorpresa? No lo cambiaba por nada.

Vamos hacia su coche y conduce hacia mi casa. No puedo dejar de sonreír; su detalle me ha llegado al corazón. Me ha encantado que estuviera allí esperándome y la sorpresa de no saber que iría.

Aparcamos cerca de mi casa y salimos del coche corriendo para no mojarnos. Pero eso no impide que cuando entremos en el ascensor estemos ambos calados por la lluvia. Levanto mi mano y paso los dedos por su pelo negro, haciendo que varias gotas de lluvia caigan en mi palma. Se me corta la respiración por lo guapo que lo veo. Me alzo y lo beso, y por desgracia el ascensor se abre y tenemos que salir sin que haya podido disfrutar del beso.

Entramos en casa. No hay nadie. Estamos solos.

Miro a Neill, que se está quitando la cazadora tras dejar en el suelo mi mochila y la suya, que espero que la haya traído porque va a pasar la noche conmigo. Me desprendo de la ropa mojada. Al entrar en mi cuarto me quito el jersey y Neill me sigue. Y, como si un imán tirara de nosotros, se acorta la distancia que nos separa y seguimos el beso donde lo habíamos dejado en el ascensor.

Su lengua se enreda con la mía mientras me levanta con facilidad y mis piernas se enredan en su cintura. Sus manos acarician mis contornos y las lleva por debajo de mi sujetador. Mete un dedo dentro y acaricia mi cremosa piel. Noto como los pechos se me endurecen y se me hacen más pesados. Intensifico el beso; necesito más de él.

Me apoya sobre la mesa del escritorio tras apartar las cosas sin dejar de besarme. Adentra del todo su mano en mi pecho y coge el endurecido pezón entre sus dedos. Gimo contra sus labios y me muevo notando como su dureza golpea donde reside ahora mismo todo mi calor.

Tira de mi sujetador y me lo desabrocha con facilidad. Me tenso, porque recuerdo a las que han estado entre sus brazos. Neill nota mi cambio y se olvida del sujetador; me besa con ternura, acariciando mis mejillas. Su beso me llega al alma y mi mente arrincona otra vez a todas aquellas mujeres que pasaron por sus manos; hoy solo estamos él y yo.

Neill lleva de nuevo las manos hacia mi sujetador ya

abierto y me lo quita. Se aparta para mirarme. Y aunque no es la primera vez que me ve así, en su mirada es como si de verdad lo fuera. Noto como mi pecho sube y baja con intensidad ante su manera de observarme. Como sus ojos me queman ahí donde se posan. Y cuando añade sus manos al escrutinio, me muero de placer.

Me acaricia, me estruja los pezones con precisión. Me contoneo y quiero más. Y parece que lo sabe, porque baja su morena cabeza y atrapa uno de ellos con sus labios. Me lo chupa, lo muerde levemente. Me enloquece y estoy tan perdida con sus caricias que, cuando lleva sus manos hacia el cierre de mis pantalones y me los quita de golpe, me sobresalto.

—Confía en mí —me dice con esa mirada ardiente que me vuelve loca. Asiento. Ahora mismo sería capaz de cualquier cosa que me pidiera.

Me quita los pantalones y, tímida, trato de taparme, pero no me deja. Es más, pone sus manos en mis rodillas y las abre para no perder detalle de ninguno de mis secretos ocultos. Me mira y sonríe antes de arrodillarse ante mí.

—¿Neill?

—Hoy me toca a mí disfrutar del postre.

Me sonrojo cuando sé qué va a hacer y cuando su aliento acaricia esa zona tan sensible de mi anatomía. Noto como los pelos se me ponen de punta y llevo mis manos a los bordes del escritorio, como si necesitara sujeción. Nunca nadie ha hecho esto por mí y estoy tensa y ansiosa ante lo desconocido.

Neill me besa el interior del muslo al tiempo que lleva con sutileza sus dedos hasta mis húmedos pliegues y los acaricia. El placer es tan intenso que grito y se ríe. Le regaño y me besa cerca de donde me muero por recibir sus atenciones.

Sus dedos siguen el recorrido por mi sexo y, cuando llegan al centro, de una firme estocada se adentran, haciéndome saltar de mi asiento. No tengo tiempo de asimilar su intrusión en mi interior, pues su juguetona lengua acaricia mi clítoris y estoy perdida.

Me lame con la lengua al ritmo de sus dedos, que entran y salen de mi interior. Noto como si todo mi ser se condensara en ese punto; estoy a punto de estallar en mil pedazos y él debe de notarlo, porque intensifica los lamidos y el bombeo de sus dedos en mi interior. Siento que muero y noto que lo hago cuando estallo en mil pedazos como no recuerdo haberlo hecho nunca. Los dedos se me encogen y el placer me recorre por completo.

Es tan intenso y tan nuevo para mí que me río. Me entra la risa. Neill se levanta y me mira dudoso.

—Ha sido increíble —le digo.

—Se nota por tu risa.

—Es que no sé por qué me río. Nunca... nunca he experimentado esto; y yo que creía que con mis ex había llegado... —Me entra más risa y Neill se aleja; lo cojo del vaquero y lo acerco a mí. Lo abrazo con fuerza y me devuelve el abrazo—. Gracias por mimarme de esta manera.

—Ha sido un placer. Algo que deseaba desde hace tiempo.

—Ya..., por eso el viernes estuviste con otra...

—No estuve con ella, Deb —me confiesa, y noto como me siento más ligera—. Y ahora será mejor que vaya al baño. Verte ha hecho que no pudiera evitar seguirte.

—¡Pero si no te he tocado!

—Eso es que eres mágica. —Me río y lo sigo al baño.

Nos quitamos la ropa y nos metemos juntos en la ducha. Y aunque ambos estamos saciados, no podemos dejar de besarnos. De tocarnos y de sentirnos el uno al lado del otro.

Y a todo esto lo llamamos pasión descontrolada, porque llamarlo amor sería de locos...

Capítulo 19

NEILL

En mi mochila llevaba un chándal y ropa limpia para mañana, pues mi idea era quedarme a dormir con Deb. Lo otro estaba en mi mente, pero no sabía si pasaría. Al final todo ha sido mejor de lo esperado. Para mí las relaciones sexuales hasta ahora habían sido más bien rápidas. No me he tomado, ni se han tomado el tiempo necesario para los preliminares. No le voy a decir a Deb lo nuevo que es esto para mí; tengo miedo de que, al saber lo intenso que me resulta, se agobie y corra en la dirección contraria.

Ahora estamos en la cocina considerando qué hacemos para cenar, pero no hay mucho. Estamos pensando si pedir algo cuando se abre la puerta de la casa. Miramos hacia ella y veo a Mateo y a Daura entrar con un chico rubio alto que se queda de piedra mirando a Deb. Me vuelvo y veo que a ella le pasa lo mismo. No reacciona, hasta que él deja las maletas que lleva en el suelo y, tras llamarla por su nombre, la abraza como si fueran amigos de toda la vida.

Deb reacciona y lo abraza también; sin duda conoce a esa persona.

—¿Qué haces aquí, Ginés?

—Han trasladado a mis padres, otra vez cerca de la universidad, y me he venido a estudiar aquí; prefiero vivir por mi cuenta, pero tenerlos cerca.

—Cuánto tiempo... —dice Deb.

—Tres años. Has cambiado mucho, ahora estás más bonita que antes.

—Tú también estás mejor; ahora me sacas dos cabezas, antes era yo la alta. —Ginés se ríe y me mira atento.

—Hola, soy Ginés.

—Neill. —Me estrecha la mano y sé que espera que le digamos quién soy para Deb, lo veo en sus ojos verdes.

—Soy un amigo —le digo, y por primera vez la palabra «amigo» se me hace amarga.

—Íbamos a pedir unas pizzas. No hay nada en la nevera.

—Nos hemos dado cuenta —dice Deb.

—Si pedimos pizzas, una debe llevar *pepperoni*, nos encantaba —dice Ginés, y Deb asiente sonriente, perdida en sus recuerdos.

—¿Y de qué os conocéis? —pregunta Daura mientras Mateo llama para pedir algunas pizzas variadas.

—Fuimos amigos de colegio e instituto —dice Ginés—. Luego salimos juntos. La cagamos por nuestra inmadurez y me trasladaron poco después. Perdimos el contacto.

Deb asiente, conforme con las explicaciones del que ahora sé que es su exnovio. Qué bien, esto mejora por segundos.

Traen las pizzas y, aunque Ginés y Deb rompieron, se nota que se llevan bien y que fue una ruptura amistosa. Se han puesto al día de todo lo que han hecho en estos años. Yo he mirado el móvil mientras tanto y ahora estoy recogiendo mis cosas en el cuarto de Deb.

—¿Te vas? —me pregunta cerrando la puerta tras ella.

—Mañana tengo entrenamiento temprano, me lo acaban de decir, y quiero estar descansado. —No es del todo mentira, pero ya lo sabía desde antes y no me importaba. Ahora quiero salir de aquí, necesito alejarme.

—Ah. —Se sienta en la cama y mira cómo recojo—. Qué raro lo de Ginés. No esperaba volver a verlo. Ha cambiado.

Por su cara sé que es a mejor.

—Me alegro. Quién sabe, lo mismo la vida os da otra oportunidad. Además, estudia tu carrera.

—No lo creo. Pero nunca se sabe, ¿no?

—No, nunca.

Termino de recoger y, tras despedirme, voy hacia la puerta de su cuarto. Me detiene cogiéndome la mano. Entrelaza sus dedos con los míos y tira de mí hacia ella.

—Quédate. Prometo que no me moveré. —Me vuelvo y veo brillar en sus ojos verdes las ganas que tiene, así como el miedo a que me vaya. No sé qué la asusta. Pero sí sé qué me asusta a mí. Enamorarme de ella perdidamente y ver como se marcha de mi vida otra mujer a la que he querido.

—Prefiero irme.

Nota que algo no va bien y me abraza. No entiende qué me pasa; yo, la verdad, tampoco. Quiero huir de ella cuando realmente lo que más deseo es no soltarla nunca. No tiene mucho sentido. Pero acabo por despedirme de los demás para irme a mi cuarto, donde me esperan la soledad y un sinfín de fantasmas.

Como ya sospechaba, he tenido pesadillas durante toda la noche. En mi mente, el golpe con el que mi padre me partió la ceja es mucho más exagerado. No recuerdo si me dolió, pero sí que el ver a mi madre no haciendo nada sí lo hizo. No me gusta recordarlos, no me gusta; me hace sentir tonto por esperar que volvieran y que hubieran cambiado. Al menos, ella.

Odio recordar lo débil que fui por no aceptar la realidad.

La semana pasa rápido y es muy frenética porque se acaban las clases y nos vamos a casa para las vacaciones de Navidad; se ve a la gente correr de un lado a otro para acabar trabajos, sabiendo que a la vuelta empiezan los temidos exámenes. Deb también va igual de agobiada. Ella no ha hecho por quedar y yo tampoco. Y su ex se ha instalado en su casa, en el cuarto de Mateo, parece que de forma permanente. Cosa que me da igual. Así están las cosas y tal vez sea lo mejor. Somos amigos, que se desean, sí, pero nada más.

—Esta noche, la gran fiesta. Estoy deseando irme a casa y perder de vista al entrenador dos semanas —me dice Oziel dejándose caer a mi lado en el sofá de la fraternidad.

—Yo también tengo ganas de perderlo de vista. Con suerte, tras las Navidades igual se le dulcifica el carácter —le digo.

—Ya os digo yo que no —apunta Levi trayendo

unas cervezas—. Ese hombre será cabrón toda su vida. Y la idea de perder para que lo echen me atraería si más de uno no se jugara que lo expulsen de la carrera.

Por eso no lo hemos hecho. Si vamos mal en los partidos, muchos tendrían problemas para mantener sus estudios. No es el caso de Oziel y de Levi; ellos, al igual que yo, se toman en serio lo de sacar buenas notas. Por eso se nos nota tan agobiados ante los exámenes del primer cuatrimestre.

Nos tomamos unas cervezas relajados hasta que llega la hora de prepararse para la fiesta. Miro el móvil tras ponerme la camisa blanca y veo que tengo varios mensajes de Deb; ha debido de escribirme mientras me duchaba.

Hola?...

Estamos muy lejos!!! No me gusta.

Estos mensajes son idiotas...

Pero no me quiero ir sin que sepas que te echaré de menos. Pásalo bien. Nos vemos a la vuelta.

Maldigo y recojo mis cosas y mi cazadora para ir a buscarla. La fiesta ha dejado de atraerme. Solo pienso en decirle a la cara que «yo también» y dejar de huir de ella ahora que vamos a estar tanto tiempo separados.

Abro la puerta de mi cuarto y veo a Deb con la mano alzada, a punto de llamar.

—No respondías y hemos venido a la fiesta...

No la dejo acabar. La beso y la hago entrar en mi cuarto cerrando la puerta con su espalda. Echo el pestillo y la beso más intensamente, sabiendo que esto no va a mejorar las cosas. Tal vez la pierda, pero la necesito como nunca nada antes.

Tira de mi ropa y yo de la suya. Dejamos un reguero de ropa hasta la cama. Cuando la dejo sobre ella, nada cubre su desnudez. Es preciosa. Es perfecta y me encanta perderme en sus ojos, en su forma de mirarme. Por unos segundos siento que todo está bien, que no tengo que conformarme nunca más.

Voy hacia la mesilla de noche y cojo un preservativo, que dejo a su lado antes de besarla, esta vez con más lentitud, mientras acomodo mi cuerpo desnudo al suyo. Sus piernas se enredan con las mías al tiempo que nos besamos. Sus manos acarician mi espalda y me arañan cuando nota la presión que ejerce mi endurecido miembro en su húmedo sexo. El deseo nos ciega. La pasión nos hace ir rápido y el miedo hace que no quiera que este instante acabe jamás. Pero en vez de alargar, por temor a que la cordura aparezca, lo precipito todo.

La miro a los ojos mientras me pongo el preservativo. Una vez colocado, sin dejar de mirarla, me adentro en ella poco a poco, acoplándome a su estrecha calidez, muriendo lentamente de placer.

Cierro los ojos cuando me adentro del todo. La sensación es tan buena que dudo que logre aguantar mucho. Acaricio su mejilla, me besa. El gesto parece más de dos enamorados, no de dos amigos que solo se desean, y por una vez quiero creer que eso es posible. La observo sintiendo que no miro a mi amiga, que para mí ella es mucho más.

Me muevo y el placer aumenta. Su cuerpo parece haber sido creado para el mío. Nunca he notado esta conexión con nadie y temo que nunca la tendré si nos alejamos. Que me pasaré la vida buscando esto mismo en otros brazos y, una vez más, conformándome.

Me muevo con más intensidad. Deb sigue mis movimientos cada vez más intensos. Entro y salgo de ella. Su cuerpo me succiona, lo quiere todo de mí y yo de ella. Cuando la noto cerca, intensifico mis embestidas y noto como explota, ejerciendo presión sobre mi dureza y consiguiendo que yo lo haga también.

Me dejo caer y me vuelvo para no chafarla. La abrazo, solo eso, y mientras la pasión se disipa, el miedo por lo sucedido y las consecuencias que puede acarrear me asfixian. Por eso la sujeto más fuerte, en una silenciosa súplica que, sin decir nada, le pide que no se vaya jamás de mi lado.

Debbie

—¿Qué hemos hecho? —pregunto, y Neill se ríe.

—Si te lo tengo que explicar, es que lo hemos hecho muy mal. —Me apoyo en su pecho.

—No me refiero a eso... Es solo que... ¿Por qué te he notado lejos y cerca a la vez? ¿Qué te pasa?

—Nada. Te deseaba, ya te lo dije. —Se cierra en banda, aunque me sonríe, me acaricia la mejilla y me pasa el pelo tras la oreja. Y algo en mi interior se expande por mi pecho. Algo que me aterraba.

—No esperaba esta despedida, pero ha estado bien.

—¿Solo bien? Tú sí que sabes cómo joder a un hombre... —Me río y me relajo.

—Ya sabes que ha estado muy bien. —Miro la cama donde han estado otras. Es mejor no olvidarlo. Esto no ha sido un acto romántico. Yo no quiero que sea otra cosa.

La música de la fiesta ya se cuela por las paredes desde hace rato. Nos miramos. Solo eso. Y siento que, una vez más, callamos mil palabras porque no sabemos cómo decirlas. Yo, por lo menos, no sé cómo me siento. Estoy feliz, pero algo me hace salir de sus brazos y huir de la cama como una cobarde. Me deja ir; ya lo sabía, solo ha sido sexo. Algo que nunca he hecho solo por placer.

Me visto en silencio. Él hace lo mismo. La distancia se hace más profunda entre los dos y la disfrazamos con sonrisas por miedo a hablar y perder la amistad del otro. Me meto en el aseo y, sola, me miro al espejo. Mis ojos brillan y no puedo dejar de recordar lo que sentí cuando estuve entre sus brazos. Ha sido increíble, mágico, y me asusta.

Me arreglo y, cuando salgo, Neill está de espaldas, ya completamente vestido. Mira por la ventana como va llegando la gente. Necesito abrazarlo, que me diga que todo estará bien, que nada va a cambiar. No lo hago, solo sonrío, y él también.

—Esto sí es una buena despedida, ¿no? —digo con un tono de broma que oculta tantas cosas.

—La mejor. —Me da un tierno e inocente beso en la nariz y camina hacia el baño. Le digo que nos vemos abajo y me marcho.

Voy a la planta baja y me topo con Daura, que algo ve en mi cara, pues tira de mí hacia los baños y nos metemos en ellos. Me miro al espejo, pero no veo nada que delate lo que ha pasado.

—No tienes en la cara un cartel que diga que te has tirado a Neill, pero somos amigas y nos vamos conociendo.

—Dicho así suena horrible.

—Me alegro por vosotros, pero tu cara es de pánico. ¿Ha pasado algo malo? Mira que le pienso dar una zurra si te ha hecho daño.

—No, ha sido perfecto, y eso es lo que me asusta. ¿A que soy rara?

—No, solo estás asustada. Y por mucho que yo te diga o te diga la gente, tú eres la única que sabe qué paso debes dar ahora.

—Solo somos amigos. No he hecho nada en su cuarto que no haya hecho con a saber cuántas. Solo soy una más.

—¿Y si no fuera así? —Noto que la opresión en el pecho me asfixia.

—No estoy preparada para responder a eso. No quiero enamorarme. No de alguien que me hará acabar como mi madre o las que son como ella. ¿Lo entiendes?

—No, y creo que tú nunca has entendido de verdad a tu madre. Pero tú misma. Ahora vamos a bailar. Que mañana cada uno se va a su casa y os voy a echar de menos.

—Yo también a vosotros.

Salimos del baño y veo a Neill a lo lejos con sus amigos. Se ha cambiado el jersey, lleva uno negro. Me ve y me guiña un ojo, como si nada, como si todo estuviera genial. Hago lo mismo y sonrío como si fuera la más feliz de la Tierra. Intento no mirarlo mucho, no recordar lo que sentí cuando se movía dentro de mí, pero por el sonrojo que me cubre la cara cuando me vuelvo, sé que no he tenido éxito.

Llegamos donde están nuestros amigos y Ginés me tiende una copa que acaba de coger.

—Gracias. —Me sonríe.

Es raro que aparezca tu ex en tu vida, con quien supiste lo que era tener novio y hacer el amor..., o intentarlo, y descubrir que no le reprochas nada porque simplemente no te quisiera ni tú a él. Somos amigos. No hay nada más. Ya lo éramos antes y ahora, años después, tras nuestra ruptura hemos vuelto a serlo. Busco a Neill y lo veo no muy lejos, riéndose cerca de donde bailan unas jóvenes. Me mira y esta vez no sonríe. Tal vez un día seamos amigos como Ginés y yo, sin más.

¿Es lo que quiero?

No lo sé. Ahora quisiera que se acercara, o hacerlo yo. Pero no lo hago. Lo que hace que, tras lo sucedido, el frío se anide en mí. Ahora entiendo por qué no me gustan las relaciones pasionales sin más. Si ya de por sí te deja frío estar con alguien que crees que te quiere y solo te da un corto abrazo, esperar ese abrazo de alguien que no tiene por qué dártelo duele más. No sé ir de moderna. Por mucho que me haya gustado, no sé si merece la pena el precio. No cuando todo el calor que se apoderó de mí antes ahora se ha transformado en un gélido hielo y una ansiedad que me asfixia.

Capítulo 20

Debbie

Regreso a mi casa de la universidad. No ha venido nadie aún. Es sábado y me dijeron que venían hoy. No creo que tarden. Deshago mi maleta. Toda la ropa limpia y planchada por mi madre. Me ha metido una bolsa de *tuppers*. No ha dejado de abrazarme hasta hace un rato, cuando ella y mi padre me dejaron en la puerta. Querían subir, pero les dije que prefería no hacer más el ridículo. En realidad, solo lo dije para que no se me saltaran las lágrimas por separarnos.

Ya los echo de menos. Estos días han sido raros; a veces no los soportaba y otras me gustaba perderme en la normalidad de estar de vuelta en casa. Y lo peor era que, cuando no era así, tenía la sensación de que ya nada será lo mismo. Que tras la universidad la vida me llevará para otro lado. Que la vida en casa de mis padres, como era antes, ha pasado y casi no me he dado cuenta. Estas fiestas me han tenido muy nostálgica, y eso que no he parado de estudiar.

He hablado con Neill algo, poco, teniendo en cuenta que antes hablábamos a menudo y que nos acostamos la última vez que nos vimos. Y lo he echado mucho de menos. No sé qué siento, pero sí sé que me importa. Y que no quiero estar lejos de él. El problema es que no sé cómo decírselo. Temo su respuesta.

Me tiro en la cama y observo la ventana. No sé el tiempo que ha pasado cuando la puerta se abre y escucho una carrera. Antes de que me levante de la cama, Daura se tira sobre mí y me abraza. Mateo la sigue de cerca y acabamos abrazados los tres en mi cama. Los he echado de menos y lo raro es que ahora me siento más cerca de ellos que de mis amigas de toda la vida. Y me hace sentir mal; por eso hemos salido de fiesta estos días y he tratado de que todo siguiera como antes entre nosotras. El problema es que algo ha cambiado en el grupo y cada vez que nos vemos es más evidente.

—Vamos, tenemos que irnos —dice Daura tirando de mí.

—¿Adónde?

—A la fiesta de Reyes que organizan los chicos de Educación Física en su pabellón —me responde—. La del año pasado dicen que fue épica.

—No me apetece...

—Si no vas tú, nosotros tampoco, y mira que nos morimos por ir... —dice Mateo, y los dos ponen ojitos.

—Sois unos chantajistas. Vale, vamos. No sé cómo os soporto.

Salen de mi cuarto para cambiarse. Yo me decanto por un pantalón negro y una camiseta de cuello de barco blanca con unos parches decorativos muy monos a un lado. Los ha pegado mi madre, y la verdad es que quedan bien.

Una vez listos, vamos caminando a la Facultad de Educación Física, que no pilla muy lejos. Estoy nerviosa, lo admito, y es por la posibilidad de ver a Neill. Ya está de vuelta desde ayer, me escribió para decírmelo y para saber cuándo regresaba yo. No sé qué le diré... Bueno, sí, «Hola, ¿qué tal?» y punto. Y olvidaré que desde que nos acostamos me siento rara. No sé pasar del tema o seguir con mi vida sin más. No sé cómo lo hacen los demás. Al menos ahora ya sé que el sexo por el sexo no es lo mío. Soy más de relaciones. Pero no con Neill, claro.

Llegamos a la fiesta. Hay mucha gente. Más de la que me esperaba; no me extraña que fuese épica. Creo que la gente está tan jodida por el hecho de que empiezan los exámenes que necesita una última juerga antes de que los estudios nos absorban por completo.

Nos compramos algo de beber, porque aquí hay que pagar por lo que consumes, y buscamos un sito donde bailar. Ginés viene mañana, eso me ha dicho Mateo, que parece saber mucho de mi ex. Encontramos un hueco cerca de la puerta y nos quedamos allí, para que el agobiante aire que se respira no nos envuelva. Me quito la chaqueta y las dejamos todas sobre uno de los altavoces. Bebo y bailo mientras, sin poder evitarlo, busco a Neill. No lo veo y, como no llevará la chaqueta del equipo, como siempre, me va a costar más localizarlo. He visto a Levi y Oziel no muy lejos y al verme me han saludado con la mano. Llevamos un rato bailando cuando salgo a tomar un poco el aire. Camino por los alrededores y es entonces cuando veo a Neill no muy lejos, dándose el lote con Lilit. Estoy tan impactada que me quedo quieta. Me duele mucho verlo. No lo soporto y no puedo dejar de mirar la escena. Por eso veo como él la aparta y le dice que no lo vuelva a besar. Neill se da la vuelta enfadado y me ve.

Ver que ha sido cosa de Lilit no hace que me sienta mejor. He tenido un ataque de celos enorme.

—¿Deb? —Neill me mira preocupado—. Me ha besado ella —me dice, como si me tuviera que dar explicaciones.

—No pasa nada, puedes liarte con quien quieras... Yo...

—¡¿De verdad no te importa con quién me líe?! ¿De verdad te importo tan poco? —estalla Neill, y yo no estaba preparada para eso.

—No es eso...

—Sí, es eso. Y lo mejor es que lo dejemos todo.

—¿Todo?

—No puedo seguir siendo tu amigo, Debbie. No ahora.

Neill se aleja. Parece herido y muy desolado. Y es por la tristeza que yo siento por lo que le grito.

—¡Yo tampoco puedo ser tu amiga ahora, porque me importas, pero no quiero enamorarme de ti!

Se vuelve y me mira con pesar.

—¿Y dónde nos deja eso cuando tú ni siquiera quieres intentarlo conmigo por tener la gran desgracia de que soy el capitán del equipo de fútbol?

—No lo sé —admito.

Se queda en silencio y me dedica una triste sonrisa.

—Solo dame tiempo para que pueda ser solo tu amigo. Solo te pido eso. Porque he descubierto que en realidad nunca fue deseo lo único que quería de ti, pero sí lo único que podía esperar contigo.

Lo veo alejarse otra vez y no puedo dejarlo marchar. Tampoco tengo claro qué quiero, o si estoy tomando el camino correcto. Tengo muchos miedos e inseguridades, pero la idea de perderlo esta noche me mata. Por eso corro y lo abrazo por detrás con fuerza. Se detiene y maldice cuando nota que estoy llorando y le mojo la camisa.

—No quiero perderte. Y no sé si esto saldrá bien.

—Yo tampoco si no lo intentamos. Nunca he tenido novia.

—Yo siempre he dicho que nunca querría a alguien como mi padre.

—Estamos abocados al fracaso y, sin embargo, no puedo quedarme sin intentarlo. ¿Y tú?

—Tampoco —digo sin estar convencida y sabiendo que estoy cometiendo un error. No estamos asentando nuestra relación sobre los mejores cimientos. Pero es lo que siento que debo hacer. Lo que necesito.

—Haremos que esto funcione —dice dándose la vuelta y secando mis lágrimas.

—Sí. —Neill me sonríe y siento que todo está bien.

Sus ojos marrones no pierden detalle de los míos antes de besarme y sé que me pasaría perdida en ellos toda la vida. O en sus labios. Pienso en cuando me besa y disfruto tanto que acallo todas mis dudas.

Entramos de la mano donde están nuestros amigos. Me siento en una nube y no puedo dejar de mirar a Neill. Parezco tontita. Tengo dudas, pero soy feliz y eso tiene que ser suficiente para que salga bien. Dure el tiempo que dure.

Mis amigos siguen donde los hemos dejado; al vernos de la mano no se extrañan, porque nos han visto besarnos y tomarnos de la mano con anterioridad.

Saludan a Neill y nos ponemos a bailar. Yo bailo con Neill a mi espalda, que no deja de acariciarme con sus manos en mi cintura. Me muevo traviesa y se tensa.

—Si quieres que nos vayamos y te tenga para mí sola, lo estás consiguiendo. —Me río y me doy la vuelta entre sus brazos.

Sus ojos marrones están entornados. Me sonríe. Me alzo y lo beso deseosa de perderme entre sus labios. Nos besamos como si no existiera nadie más. Nos quedamos sin aliento y me separo para tomar aire. Neill me deja unos pequeños besos en los labios, hasta que vemos a Mateo apoyado a nuestro lado mirándonos.

—Me dais mucha envidia. No deberíais comeros así la boca delante de un hambriento.

—A ver si ahora no voy a poder besar a mi novia donde me dé la gana. —Mateo pone cara de asombro, sale corriendo a buscar a Daura y veo como al decírselo los dos botan y gritan felices.

—¡Lo sabía! Me alegro por vosotros —dice Mateo abrazándonos. Daura hace lo mismo.

—¿Me he perdido algo? —dice Levi, que se apoya al lado de Neill, en el altavoz.

—Son novios —informa Mateo.

—Ya, bien, me alegro de que hayáis dejado de hacer el idiota... Y ahora vengo, porque tenemos un problema. Oziel ha bebido y acaba de hacer una apuesta.

—¿Que ha apostado esta vez?

—Ha apostado contra los de Educación Física que somos capaces de ganarlos hasta borrachos. El que pierda, mañana limpiará todo esto. Y no pienso perder.

—Oziel no debería ni oler el alcohol, siempre acaba metido en líos.

—O durmiendo en la ducha diciendo tonterías. Aunque prefiero eso a esto. No estoy en mi mejor momento. Yo también he bebido y soy vuestro portero. Me apuesto lo que quieras a que el único de todo el equipo que no ha bebido eres tú.

—Seguramente —afirma Neill.

—¡Eh, chicos! Ya los he reclutado a todos. —Oziel casi ni se mantiene en pie—. Vamos a ganarles.

—Sí, seguro —digo yo por lo bajo viendo que los demás del equipo no están mejor que él.

Lo anuncian los altavoces y se desata la locura. Se forman dos grupos claros, los que apoyan a su equipo y los que quieren verlos fracasar.

—Tengo que ir —me dice Neill—. Me gustaría que vinieras, pero sé que no te gusta el fútbol y, si no quieres, luego quedamos o voy a tu casa... Pero me gustaría que fueras y esta vez va a ser un partido algo raro. No oficial...

—Vale, iré.

—Iremos —dice Mateo, que, como buen cotilla, no ha perdido detalle de nada de lo que hemos dicho.

Tiran de Neill y me besa antes de que se lo lleven de aquí sus compañeros.

—No sé si podré soportar tanta testosterona suelta —dice Daura.

—Yo sí. Y, por favor, que se quiten las camisetas —dice Mateo ilusionado.

Creo que de los tres es el más feliz con todo esto. Seguimos a la masa de gente que, tras comprar bebidas, se va hacia el campo de fútbol. No se puede entrar en los vestuarios, que están cerrados, pero las luces sí hay forma de encenderlas, subiendo las escaleras de uno de los focos. Cuando llegamos ya está el campo iluminado. Para deleite de Mateo y de más de una, como no tienen los petos, unos van a ser el equipo de los que llevan camiseta y otros el de los que no. Y, cómo no, a los del equipo de fútbol les encanta lucir sus pectorales, aunque creo que en este caso habrán tenido que echarlo a suertes, porque los contrincantes, los de Educación Física que les han retado, bien podrían pasar por jugadores de fútbol o de *rugby*, pienso, al ver a dos que parecen unos armarios.

Neill está hablando con Levi, que trata de quitarse la borrachera bebiendo un poco de agua y echándose el resto por encima. Es el único que sigue totalmente vestido. Tras asentir a Levi, me busca entre el público y, cuando me ve, salta a la grada y se pone ante mí.

—Necesito que me guardes algo. —Se quita la chaqueta y luego la camisa.

No puedo evitar seguir sus dedos mientras dejan al descubierto su piel morena. Cuando lo miro a los ojos, el muy cretino sonríe. Deja las prendas sobre mis piernas, saca las llaves de su cuarto y el móvil y lo deja todo sobre mis manos.

—Nos vemos luego. Deséame suerte. —Me besa.

—Suerte.

Se aleja y noto como me miran todos. Me pongo roja y, cuando comentan lo bueno que está y la envidia que sienten por lo que me ha hecho, no puedo evitar sonreír como una tonta, porque ese chico es mío. O, bueno, al menos mientras esto dure.

—Dios, creo que acabo de morir de combustión espontánea —dice Mateo aún con la boca abierta—. Neill de cerca y sin camiseta está aún mucho más bueno. Me podrías dejar que lo catara un poco.

—Ni lo sueñes.

—Qué mala amiga eres. Yo que te iba a hacer la comida o la cena todos los días durante una semana...

—Qué más quisieras tú —dice Daura.

Mateo se ríe. El partido empieza y el único que mantiene el juego del equipo de Neill es él mismo. El resto van tan borrachos que no atinan. Los de Educación Física también van bebidos, pero se nota que tienen mejor aguante con el alcohol. Cuando chutan a puerta Neill se tira para detenerlo, sabiendo que Levi no puede, y no lo para por los pelos. El balón acaba dentro de la portería. La grada que está de parte de los de Educación Física estalla en gritos. Neill se muestra preocupado y habla con los suyos. Oziel parece que le dice que está todo controlado. Que la gente esté grabando este partido no va a ser bueno para ellos.

Neill consigue meter un gol, pero ni lo celebra. La cosa no está para celebrarlo; pero sus compañeros sí lo hacen, y uno acaba por el suelo meándose de la risa. Esto no pinta bien. Tras meter el equipo contrario tres goles y ellos solo uno, se lía. Oziel, el bocazas, les dice algo que hace que el que lleva la voz cantante vaya contra él. Neill se da cuenta y corre a separarlos, pero ya es tarde. Al que está provocando, Oziel le suelta un puñetazo y este no tarda en responderle. Cuando llega Neill, trata de esquivar un puñetazo, pero le da de lleno en la boca. Varios se meten en la pelea y, por suerte, hay gente cuerda en los dos equipos que los separan.

Neill acaba con el labio partido y le da la mano al capitán del otro equipo aceptando la derrota. Viene hacia las gradas limpiándose el labio; tiene sangre. Bajo con pañuelos en la mano, que ha sacado Daura de su bolso, y se los tiendo al verlo.

—Dame la ropa. —Lo hago y me pide que le guarde el resto de las cosas.

La gente empieza a dispersarse. Nosotros seguimos a Neill, que va hacia donde está Oziel tirado en la hierba, dando sus explicaciones de por qué se ha peleado. Levi trata de levantarlo, pero no puede. Al final, con la ayuda de Neill, lo logran.

—Me voy con ellos —les digo a mis amigos.

—Vale, cuídate —me dice Daura.

Me acerco hacia Neill, que antes de empezar a caminar me busca.

—Vamos a llevarlo a casa. Al igual que al resto. ¿Vienes?

—Sí, alguien tiene que curarte la herida.

—No es nada, he tenido heridas peores —dice sobrado.

Recogemos las cosas de Oziel y ni siquiera tratamos de ponerle la camiseta. Está muy borracho ya. Nos cuesta llegar a la fraternidad y, cuando lo hacemos, Neill lo deja sobre el sofá. Voy al baño, donde espero que haya un botiquín, y así es. Lo llevo al sofá.

—Es mejor que te cures la herida —le digo a Neill.

—Voy a lavarme y vengo.

—Ve, yo lo curo mientras.

Asiente no muy convencido y se marcha. Empiezo a ocuparme de Oziel, que está mejor dormido, o eso creo, hasta que abre sus ojos azules y me mira; su pelo rubio, siempre peinado, está lleno de césped. No se inmuta cuando le limpio la ceja partida.

—Soy un imbécil.

—Al menos lo reconoces. —Sonríe de medio lado; tiene una sonrisa preciosa.

—Cuando bebo soy un bocazas. No tengo costumbre.

—Mejor no beber entonces.

—Estamos en la universidad..., ¿quién no se ha cogido una buena cogorza?

—Tú ya llevas unas cuantas. Ya puedes tachar eso de tu lista. —Sonríe.

—Me gustas. —Cierra los ojos.

Le limpio la herida y se la cierro con puntos de aproximación, de esos que parecen pequeñas tiritas. Una vez listo, miro la mano de Levi, que está al lado, sentado tan quieto que parece que esté muerto. El resto no han venido. Han preferido seguir la fiesta. Levi se queja cuando le echo el alcohol, pero no aparta la mano.

—Se nos va a caer el pelo —dice Neill cuando regresa. Se ha mojado la cara y no se le nota la herida; el pelo también lo lleva algo húmedo. Se sienta a mi lado, en la mesa de centro.

—Seguramente, sí. Seguro que vuestro entrenador no tardará en saber que habéis dejado el nombre del equipo por los suelos y que además ibais borrachos.

—Nos va a cortar los huevos —dice Oziel.

—Tú te lo tendrías merecido, por capullo —dice Levi sin abrir los ojos.

—Será mejor que nos vayamos a dormir. Y el resto espero que no lleguen tarde. Mañana hay que limpiar.

—¡Lo había olvidado! —grita Oziel—. Por favor, no me dejéis beber más.

—No soy tu niñera. Ten cabeza —le dice Neill.

Les ayudamos a levantarse. No pueden ni con su alma... y los vemos irse a sus cuartos. Seguro que van a tirarse sobre la cama con ropa y todo.

Subimos al cuarto de Neill. Estoy agotada. Entramos y cerramos la puerta. Se apoya en ella y me observa. Lo miro curiosa cuando empiezo a adentrarme en el cuarto y no se mueve.

—¿Se puede saber qué miras?

—A ti.

—Sé que soy muy interesante, pero me gustaría saber qué piensas.

—En la última vez que estuvimos aquí juntos —dice sincero. Sonrojada, contemplo la cama.

Pienso si desde entonces ha habido otras y los celos me corroen. Neill viene hacia mí y se topa con mi mirada.

—No ha habido otras —dice adivinando en mis ojos los celos.

—No me importa...

—Ya, claro —dice con una sonrisa—. Entonces tampoco te importará saber que desde que me pillaste con aquel regalo no he estado con nadie ni he besado a nadie que no seas tú. Y antes de eso, desde nuestro beso tampoco hubo nadie más.

—No, para nada —digo ocultando mi felicidad.

—Qué suerte que no seas celosa.

—¿Verdad que sí? —lo digo con ironía y me sigue el juego.

Neill se quita la camisa manchada de sangre y la tira al cesto de la ropa sucia. Me quedo mirando su espalda desnuda. Va hacia la cómoda y me busca algo de ropa para dormir. Me enseña una camiseta de algodón y asiento. La cojo y me voy al baño con ella. Al regresar, Neill está en la cama con un pantalón de pijama gris y nada más. Mira su móvil, que ha cogido de mi bolso. Voy hacia él y lo deja en la mesilla de noche.

Cuando estoy llegando tira de mí y caigo sobre su pecho desnudo.

—Eres un bruto.

—Es tu culpa, por estar tan sexi con esa camiseta básica. —Nunca antes me había parecido tan atractiva.

Lleva sus manos a mi pecho desnudo debajo de la prenda y lo acaricia, haciendo que se endurezca—. No sabes cuánto te he echado de menos.

Me pierdo en sus ojos marrones y veo la sinceridad bailando en ellos.

—Lo mismo que yo. Me costaba aceptar que te necesitaba tanto —admito, y Neill sonríe feliz.

—Siento que al final tus planes se hayan roto.

—¿Qué planes?

—No salir con el capitán del equipo —me dice a un suspiro de mis labios—. Y voy a hacer lo imposible para que no quieras nunca irte de mi lado.

Entonces me besa y sus labios acallan mis miedos, mis temores y mis dudas, y me quedo solo con el ahora. Por una vez no pienso en el futuro, porque si lo hago siento que me falta el aire.

Capítulo 21

Debbie

Nos besamos con todo el deseo reprimido de estos días separados. Mis manos acarician los contornos de su cuerpo, como siempre maravillada por su suavidad y el calor que desprende. Neill se mueve para quedar él encima y se acomoda entre mis piernas sin dejar de besarme. Las braguitas no bastan para evitar que note como su dureza crece entre mis piernas. Y eso me excita, la verdad. Me muevo sobre ella y Neill maldice antes de separarse y tirar de mi camiseta. Me la quita y me observa. Su mirada me quema, es como si me tocara. Por eso, cuando sus manos tocan los puntos que antes han marcado sus ojos marrones, ya están más que excitados, sobre todo mis pechos, que erectos esperan sus caricias. Por suerte no tardan en recibir sus atenciones.

Me acaricia, intensificando mi deseo, y acerca su morena cabeza a mis cimas para degustarlas con deleite. Me revuelvo. Gimo cuando juega con ellas entre sus labios. Una de sus manos baja por mi cadera hasta la goma de mi ropa interior y tira de ella hacia abajo para quitarme el resto de la ropa.

Me deja desnuda y noto su mano subir por mi muslo hasta llegar al centro de mis piernas. Me acaricia mientras me tortura los pechos. Con sus hábiles dedos juega con mi clítoris erecto. Creo que incluso le suplico, pero no soy capaz de entender mis propias palabras, presa de esta pasión que me consume.

Neill desliza sus dedos dentro de mí, entrando y saliendo.

Llevo mis manos a su pantalón y las meto bajo la tela, cogiendo su trasero. Tiro de él en un intento de bajarle la prenda.

—Te necesito ya, Neill —le ordeno.

—Me ha salido exigente la niña.

—Tonto. —Se ríe, pero me hace caso y busca en su mesilla de noche un preservativo.

Se quita la ropa ante mi atenta mirada y se lo pone. Se cierne sobre mí tras abrirme más las piernas y noto como su dureza empieza a empujar en mi sexo. Lo mete de golpe, sin dejar de mirarme, y juro que me quedo sin respiración un segundo. He cerrado los ojos, y al abrirlos veo a Neill sobre mí y siento que muero de placer.

Neill entra y sale de mí otra vez. Esta vez es mejor que la anterior; nuestros cuerpos se conocen y no hay prisas. No hay urgencia. Solo el deseo de prolongar esta tortura al máximo para disfrutarla sin perder detalle.

No dejamos de mirarnos a los ojos mientras entra y sale de mí. Sus manos buscan las mías en la cama y entrelaza sus dedos con los míos. Esto no es solo sexo, es hacer el amor. Lo siento así.

Neill se acerca y me besa y entonces me da la vuelta y me quedo sobre él. Me deja al mando.

—Soy todo tuyo. —Por su forma de decirlo siento que lo afirma en todos los sentidos.

Apoyo mis manos en su pecho. Nunca he estado así con nadie. Mis otros encuentros amorosos habían sido cortos, escasos de placer y de posturas, por supuesto. Neill nota mis dudas, pone sus morenas manos en mi cintura y me guía.

Entra y sale de mí, noto como me llena. Es más intenso que antes. Me gusta.

Me muevo con más rapidez mientras sus manos ascienden hacia mis pechos. Echo la cabeza hacia atrás presa del deseo. Noto que estoy cerca. Él parece que también, porque lleva uno de sus dedos a mi clítoris y lo acaricia, obrando magia.

No puedo evitar correrme. Exploto en cientos de pedazos. Neill me sigue y eso intensifica mi placer. Noto sus dedos clavarse en mi cintura y yo creo que le araño el pecho. Ahora mismo no estoy muy en mis cabales. Solo puedo sentir.

Me dejo caer sobre su pecho exhausta y me abraza. Esta vez sí hay abrazo que se prevé largo, y sé que no se irá, y eso me recuerda la frialdad del otro momento. Lo mal que me quedé. Lo abrazo más fuerte.

—¿Qué pasa?

—No me gusta el sexo por el sexo —le digo—, no me gustó la frialdad del otro encuentro.

—Yo me moría por quedarme contigo en mi cama, por no dejarte ir, pero sentí que, si lo hacía, te perdería. Y en ese momento no era consciente de cuánto me importabas.

Me alzo y acaricio su frente, apartando su pelo negro.

—Dijiste que no querías ser mi amigo... ¿Si esto sale

mal te perderé? —Neill pone mala cara al escuchar mis palabras de un posible final.

—Te pedí tiempo. Hubiera vuelto a ti, pero necesitaba no desearte tanto. Saber ser solo tu amigo. Y eso pasará si lo nuestro sale mal, como siento que esperas.

—No lo espero.

—No me mientas. —Noto que los ojos se me llenan de lágrimas por no tener la seguridad que tiene él. Me acaricia la mejilla—. Ahora estás aquí, ¿no? —Asiento—. Haré que no quieras irte de mi lado jamás.

Lo abrazo y, aunque he intentado contenerme, no puedo evitar que varias lágrimas se escapen de mis ojos.

Odio mi miedo. Mis temores. Y no poder dejarme llevar sin más. No quiero perder a Neill, pero siento que todo está yendo muy rápido. En mi cabeza no entraba tener novio en el primer año de carrera. Nada está sucediendo como esperaba, y menos por estar con el capitán del equipo de fútbol. Estoy siguiendo los pasos de mi madre. Por primera vez nos parecemos más que nunca... y, sin embargo, el miedo me congela el pecho.

Mi mente viaja a cuando era pequeña, a lo que vi y donde empezó todo. Algo que nunca he contado a nadie. Para unos será una tontería, pero yo siento que marcó mi vida para siempre y hasta ahora no era consciente de cuánto.

La gente no elige las cosas que les afectan en su vida, solo aprenden a vivir siguiendo el camino por el que estos acontecimientos vividos los han llevado.

Abrazo a Neill y espero que esto salga bien. En el fondo quiero que el paso del tiempo acalle mis temores y solo encuentro razones para, un día, llegar a quererlo, si es que no lo hago ya.

—¿No vais a ayudarnos? —nos dice Oziel, poniendo cara de lástima, a Mateo, a Daura y a mí.

—No —le respondo—, os he traído cafés y *donuts*, no me pidáis más.

Oziel pone mala cara hasta que sonríe. Hoy tiene mejor aspecto, aunque se le nota el puñetazo y el corte. Neill no anda muy lejos, recogiendo. Se agacha y no puedo evitar admirar su trasero. Me sonrojo al recordar cómo me despertó esta mañana entre caricias y cómo se adentró en mi interior sin apenas estar despierta del todo. Luego lo remató todo trayéndome el desayuno a la cama. Con él todo parece sencillo. Es fácil dejarse llevar.

—Te envidio —me dice Daura—. Quiero un Neill para mí.

—Seguro que pronto te llega.

—Me voy —dice Mateo de golpe tras guardarse el móvil en el bolsillo—. Ginés va a venir a casa y no tiene llaves, se las olvidó.

—Si quieres, vamos contigo —dice Daura.

—No hace falta, no os preocupéis.

Noto algo raro, como si nos quisiera lejos.

Entre todos acaban antes de lo que yo pensaba. Está casi terminado cuando el entrenador entra como una fiera y nos echa a todos los que no somos parte del equipo. Miro a Neill y me dice que ahora me buscará.

Me marcho angustiada; no me gustaría estar en su pellejo y me temo que esta charla no tendrá nada de civilizada.

Neill

Decir que no soporto a mi entrenador es poco para lo que siento ahora mismo. He cogido el coche para alejarme de aquí. Escribí a Deb para decirle que estaba bien, que esta noche iría a verla, pero que necesitaba estar solo. Apagué el móvil por miedo a que me convenciera de ir. Lo deseo, pero no quiero que aguante mis mierdas. Y ahora mismo no soy la mejor compañía.

Mientras conduzco trato de encontrar las razones por las que juego. Ya no me atrae. Ya no me divierte y estoy llegando a odiar los entrenamientos. El problema es que no quiero que mis padres adoptivos me paguen la carrera, y la beca que me dan y mis notas hacen que pueda costearme con holgura la carrera, la casa y la comida. No puedo irme sin más.

Ayer tal vez no estuvo bien el partido, pero no hicimos nada que no hagan otros estudiantes. Solo bebimos un poco, pero a nosotros nos afecta más. Y jugamos un partido, perdimos, no hay problema, pero mi entrenador dice que le hemos hecho hacer el ridículo y que el vídeo que circula por las redes es muy comentado, algo que es cierto. Ha llegado a las noticias, calificándolo de «desfase de los jugadores», como si fuéramos de la peor calaña. Dicen que esto no es deporte y que no damos ejemplo a los niños.

La gente lo saca todo de contexto. No estuvo bien, la pelea se nos fue de las manos, pero la paramos en seguida y aceptamos la derrota; además, me consta que esta mañana Oziel ha visitado al muchacho para pedirle perdón por sus palabras.

Nos han tachado de jóvenes descerebrados solo porque hemos hecho algo que hacen todos y que esa misma gente que nos critica seguro que con veinte años también hacía. Es muy fácil hablar cuando ya has pasado de nuestra edad. Pero nadie se acuerda de que eran como esas personas a las que ahora tanto detestan.

Estoy harto de esta hipocresía. De que la que gente critique antes de saber la verdad o de empatizar con las personas. A la gente le gusta la cizaña y quien diga lo contrario miente; las noticias venden solo si son problemáticas. Pocas noticias ves en la tele que cuenten la cantidad de cosas buenas que pasan en la vida.

No sé qué hora es cuando decido regresar. Ha caído ya la noche cuando aparco en mi fraternidad. Al entrar, los ánimos están enrarecidos, y no solo por los exámenes. Todos estamos hartos de que el entrenador nos trate así.

Subo a mi cuarto y, al abrir la puerta, veo a Deb usando mi escritorio para estudiar. Alza la vista y me lanza un cojín que tiene a mano y que cojo al vuelo.

—No ibas a buscarme y has apagado el móvil. Vaya mierda de relación que tenemos. —Me lanza otro cojín. Lo esquivo y llego hasta ella—. Estoy muy enfadada contigo.

Me pongo de rodillas y me abrazo a ella. Se queda descolocada y acaba por poner sus manos sobre mi cabeza. Me acaricia y agacha su cabeza hacia la mía. Nos quedamos así, sin decir nada; a veces sobran las palabras.

Necesitaba estar con ella y tal vez por eso hui de ella, por lo mucho que la deseaba.

—Sigo enfadada contigo —dice Deb antes de que bajemos a preparar algo de cena.

—Soy un novio horrible.

—El peor. Me pregunto si te gustaría que yo hiciera lo mismo.

—No, pero los dos sabemos que lo harás cuando te

agobies. —La miro y espero que lo niegue, pero aparta la mirada, y eso se clava en mi pecho.

—¿Qué me vas a hacer de cena? —Cambia de tema y lo dejo pasar.

—Ni idea de lo que me queda en mi armario y en mi parte de la nevera, pero siempre puedo coger algo de Levi. Es el que mejor se organiza con la compra.

Llegamos a la cocina y veo que tengo para preparar unos sándwiches. Los hacemos y, una vez listos y con la bebida, empezamos a subir a nuestro cuarto hasta que, al pasar por el salón, Deb se queda mirando las caras largas de mis compañeros.

—Eres su capitán, necesitan que tú los guíes. El entrenador no lo hará y nadie puede permitirse el lujo de perder la beca. Habla con ellos, Neill. Diles cómo te sientes y que vais a ser los mejores por vosotros; que sois una piña. Es lo que haría mi padre.

Coge su sándwich y sube hacia mi cuarto. Miro a mis compañeros: tiene razón. Un capitán es el que los dirige, el que los guía, y yo no estoy haciendo nada de eso. Entro en el salón y dejo el sándwich donde los demás han dejado su cena. Y decido hacerme el fuerte, olvidando lo jodido que estoy yo también. Necesitan mi fuerza. Les hablo y pienso en Blanca y en Jorge, dos personas que siempre nos han guiado a mis hermanos y a mí. Han sido nuestros líderes, aunque los fuertes también lloren, pero eran nuestra ancla.

Noto como mis amigos cambian el chip y se animan. Nos esperan duros entrenamientos, y con exámenes, pero estaremos unidos. Y eso no nos lo podrá quitar ningún entrenador.

Cuando subo a mi cuarto, Deb se ha dormido. Me cambio y, tras apagar la luz, me meto con ella en la cama. Le doy besos en el cuello y noto como se despierta.

—Gracias.

—Somos un equipo. Y sé que a veces huiré de ti, pero también que cuando regrese estarás ahí, ¿verdad?

—Sabes que sí, aunque sea como amigo —le digo, sabiendo que es lo que necesita escuchar ella.

Pasa sus manos sobre las mías. Me gustaría que todo fuera diferente, no sentir que Deb solo está de prestado en mi vida. Poder estar tranquilo sintiendo que hay un «para siempre» entre los dos. Pero en sus ojos veo algo que me hace temer la despedida. Solo espero que con el paso de los días se disipe.

Capítulo 22

Neill

Los exámenes y los entrenamientos casi no nos dejan tiempo para nada más. Veo a Deb en la biblioteca mientras estudiamos. Hemos podido dormir juntos alguna noche aislada, pero está tan preocupada por los exámenes que no quiero que se quede con la sensación de que pierde el tiempo. Por eso, cuando noto su angustia, le digo que tengo mucho que estudiar y que en cuanto acaben los exámenes recuperaremos el tiempo perdido, porque sé que no quiere decirme que no puede quedar. Teme hacerme daño. Como si yo no la conociera y no hubiera aprendido a leer entre líneas.

Tengo hoy mi último examen y, nada más acabar, me voy con el resto del equipo a jugar un partido fuera. Ahora resulta que vamos el día anterior al partido, de concentración. Es cierto que hemos ganado todos los partidos desde la bronca, pero no por nuestro odiado entrenador, ha sido por nosotros. Por darle en los morros y por acabar con esta clausura. Nos ha prohibido ir de fiesta y quien vaya será expulsado del equipo; nadie se la quiere jugar. No lo soporto.

Recojo mi macuto y llamo a Deb de camino. Su último examen es el jueves que viene y es el más complicado de todos.

—Voy a suspender —me dice nada más descolgar. Me río porque siempre me dice lo mismo—. Esta vez va en serio. No me entra nada.

—Deberías relajarte, salir a tomarte un café, darte una vuelta y luego seguir estudiando.

—No puedo perder ni un segundo.

—Seguro que ni siquiera me vas a ver por la tele..., a ti, que te encanta verme jugar —bromeo, pero si esto ya era así antes, ahora no quiere ni oírme hablar de fútbol. Piensa que no me he dado cuenta de cómo odia esa parte de mí.

—No puedo, pero lo intentaré.

Miente, y me molesta que lo haga.

—Estudia y no te fuerces.

—No lo haré, machacadlos.

Tras colgar subo al autobús, que espera en la puerta de mi casa; el entrenador teme que nos fuguemos. Se lo merecería. Me siento solo. Y algo deben de notarme en la cara mis compañeros, pues me evitan. Escucho sus risas y sus canciones. No les hago caso. Doy vueltas con mis dedos al móvil, usando como apoyo mi pierna, mientras mi mirada se pierde en el paisaje.

Cuando empecé con Deb sabía que no sería fácil. Nunca me he arriesgado a esto por nadie. Y no porque no haya querido estar con otra persona, sino porque nunca he conocido a nadie que me hiciera perder el miedo a darlo todo y perderlo. Siempre me he conformado. No he deseado nada que no pudiera tener por temor a ambicionar demasiado. Pero llegó Deb, y con solo un beso mi mundo cambió irremediablemente.

Ella ya era parte de mi vida.

Pensaba que con el tiempo el miedo se disiparía de su mirada. Pero sigue ahí, anclado, y siento que una vez más me conformo en vez de desear más. Por eso callo, por eso miro para otro lado cuando veo sus dudas y por eso sigo adelante sin decirle lo que siento por ella en realidad. Por temor a asustarla del todo.

Perdemos el partido y el entrenador nos grita delante de todos los espectadores que se quedan rezagados; está fuera de sí. No le hago caso. Me sé su cantinela; no le presto atención hasta que escucho al padre de Deb. Ni siquiera sabía que estaba aquí.

—A mí me da más vergüenza cómo tratas a tus chicos que el hecho de que ellos hayan perdido. Han hecho un gran partido y tú no has sabido verlo. Te ciega el poder y el dinero que te dan los patrocinadores para mirar más allá.

—Tú no sabes nada —le dice rojo de ira—. Tú lo dejaste todo, no sabes lo que es entrenar a un equipo de adolescentes hormonados que solo piensan en emborracharse y follar.

—Pues como tú, y mira, aquí estás. —Lisandro le aguanta la mirada; los demás los miramos alucinados—. Si quisiera entrenar, sería mucho mejor que tú. No te quepa duda. Yo sería alguien a quien desearían seguir, no alguien al que se ven obligados a respetar para no perder sus becas.

—Tú no eres mejor entrenador que yo. Y nunca lo serás —le dice retándole, y se marcha.

Lisandro nos mira y me saluda. Se acerca a mí.

—No le hagas caso, no dejes que ni él ni nadie te aparte de lo que te gusta —me aconseja.

—No lo suelo hacer —le digo con una sonrisa.

—¿Qué tal con mi hija? —pregunta a las claras.

—Bien —le digo algo incómodo.

—Me alegro. Cuando acabéis los exámenes tenéis que venir a cenar a casa. Mi mujer cocina de maravilla.

Asiento y lo veo irse. Me ha sorprendido que viniera a este partido. Deb le dijo a su familia que estábamos juntos al poco de empezar y su madre se presentó en mi fraternidad y me empezó a dar besos ante la atenta mirada de todos. Yo no daba crédito y, cuando le mandé una foto a Deb con la cara llena de besos de carmín rojo, se quería morir de la vergüenza.

Lo hice aposta. Su madre la llama cada dos por tres para ver cómo nos va y me consta que cuando se pone muy pesada le cuelga. Yovanna piensa que el que salga conmigo las une y no se da cuenta de que, cuando dice que son muy parecidas, Deb se cierra en banda. Sé que pasó algo, pero no me dice el qué. Algo más allá de lo que me cuenta de su madre.

Nos duchamos y hacemos el camino de vuelta. He llamado a Deb para contárselo y me ha colgado para llamar a su padre y darle las gracias por cerrarle la boca a mi entrenador.

Y parece que en parte ha funcionado; nos levanta el veto a salir, pero nos prohíbe beber. Algo es algo.

Espero a Deb cerca de donde hace su último examen. Llevo una hora esperando y han salido varios de sus compañeros. Al final sale la última, hablando con Ginebra, que al verme me saluda, mientras Deb me sonríe cuando voy hacia ellas.

Paso la mano por la cintura de Deb tras dar dos besos a Ginebra, a quien conozco desde hace muchos años, y dejo que sigan hablando de historia. Me encanta cómo la cuenta Deb. Se nota que le apasiona.

—Bueno, os dejo, chicos, tengo que corregir exámenes. Pronto os diré la nota.

Se aleja y aprovecho que estamos solos para besar a Deb.

—Hola, has sobrevivido a los exámenes.

—Creo que ahora soy más como un zombi —dice entre mis labios—. Ha llegado el apocalipsis y solo hemos resistido los zombis, no recuerdo ni qué día es. Ni cuándo dormí por última vez.

—Pues eso se soluciona con una gran siesta.

—Solo si duermes a mi lado. Te he echado de menos. —Me abraza, y sus palabras y su gesto me calman. Todo está bien.

—Puedo estar contigo hasta las ocho. Hay una fiesta en la fraternidad y quiero controlar que ninguno se salta lo de no beber.

—Vamos, que vas a estar de niñera.

—No quiero que mañana hayan perdido su beca. Ellos lo harían por mí.

—Seguro que sí. No son tan capullos e insensibles como pensé al principio —dice como si nada.

—Gracias..., supongo. —Sonríe.

Vamos a su casa y, tras ponerse el pijama, se tira en la cama y se queda dormida antes de que me meta en la cama con ella. Duermo solo media tarde y el resto del tiempo me quedo a su lado, sintiéndola. A la hora de irme no la despierto. Es mejor que descanse. Ya habrá tiempo de estar juntos ahora que las obligaciones nos dan un respiro. Y de saber hacia dónde va nuestra relación.

Debbie

Son las doce de la noche pasadas. Me acabo de despertar y, tras ducharme, he decidido ir a la fiesta en casa de Neill. Necesito despejarme y dejar de pensar en estudios. No le he dicho que iba, así le doy una sorpresa.

Voy sola, pero las calles están llenas de estudiantes que celebran el fin de los exámenes. Estoy llegando a la fiesta en la fraternidad de Neill cuando alguien me arrolla y casi me caigo si no llego a sujetarla. La miro: es Lilit y parece herida. Nunca la había visto así. Se sujeta la ropa y tiene sangre en el labio. Me asusto.

—Lilit, ¿qué ha pasado? —Me mira con la vista perdida y es como si no me viera—. ¿Estás bien?

Se pone a llorar como si la estuvieran matando. La abrazo y me siento rara por hacerlo. Va descalza y, sin sus tacones, no es mucho más alta que yo.

—Vamos a tu casa.

—No me dejes sola. —Que me pida eso me deja bastante preocupada.

—No tengo nada mejor que hacer.

Caminamos hacia su casa, que por suerte no queda lejos. No hay nadie cuando llegamos. Vamos hacia su cuarto y la dejo sentada en la cama. Rompe a llorar de nuevo y se lleva las manos a la cara, lo que hace que su ropa rasgada se abra y le vea los pechos amoratados y con heridas. Me voy hacia atrás comprendiendo parte de lo que ha sucedido.

—¿Te han violado? —pregunto temerosa de saber la respuesta y arrodillándome ante ella—. ¿Lilit?

—No ha llegado..., pero lo ha intentado. —Se coge la ropa y trata de arreglársela.

—Vamos a que te des una ducha y te curaré las heridas.

—He sido una zorra contigo y ahora me ayudas. No lo merezco.

—Posiblemente, pero tienes suerte de que no sea como tú. —Sonríe, y eso hace que se olvide de llorar—. Vamos.

Le busco ropa limpia y la ayudo a quitarse la que lleva. Se me llenan los ojos de lágrimas al ver la agresión. Y, cuando se ducha y después la curo, me cuesta contener la rabia. Es horrible.

—Los tíos piensan que por ir provocativa todo vale, y que un «no» no es un «no». Que en realidad quiero acostarme con todos —me dice sentada en su cama mientras le desenredo el pelo—. Yo nunca me acuesto con alguien a quien no deseo; tengo derecho a vestir como me apetezca y eso no significa que quiera algo.

—Tienes razón, y siento lo que te dije.

—Sé que me lo decías porque era una zorra contigo, no porque te molestara cómo vistiera.

—Sí, pero no te lo merecías.

—Soy mala, pero no me sale ser de otra forma —alza los hombros—, en realidad te tenía envidia. A ti te daba igual todo —admite—. No me hacías la pelota, para ti no era más que una descerebrada que se tira a todos y que solo sabe mover pompones.

—No...

—Sí, así piensan todas. ¿Te crees que tengo amigas? Antes de chocarme contigo me vieron cuatro de mis animadoras y ninguna hizo nada. Tú has venido conmigo; en el fondo sabía que eras así. Por eso me jodía que no cayeras rendida a mis pies. Que tuvieras esa seguridad que yo no tengo y que disfrazo con este tipo de ropa. Tú no necesitas de una minifalda para atraer a los hombres, o a Neill. Te sobra con tu inteligencia y yo..., yo he provocado esto.

—¡No! Tú no has hecho nada —le digo con firmeza—. Tú has dicho «no» y un «no» es un «no» siempre. Yo me puedo vestir como tú y espero un respeto. Esto no ha sido tu culpa —le repito con rotundidad—. Y no tienes que ser quien no eres para gustar a la gente. Así solo te rodearás de gente falsa.

—Lo sé —admite—. No es fácil ser animadora jefa. Tú lo sabrás por tu madre.

—No conozco mucho de lo que hacía mi madre más allá de animar al equipo como capitana.

—Pues no es fácil, todas quieren lo que tú tienes y esperan tu caída.

—Haz que te respeten, pero siendo tú misma. Y ahora creo que es el momento de hablar de lo que ha pasado. Tienes que denunciar.

—¿Y quién me creería? Si los rumores dicen que me he tirado a todo el equipo... Será su palabra contra la mía.

—Yo te creo. No puedes dejar que se vaya de rositas. Puede que si no lo denuncias acabe por hacerle esto a otra chica.

—Es del equipo de fútbol... y su padre tiene dinero.

—Los míos también, y mi madre me creerá y te apoyará. Mi madre te adora y tal vez ella vio en ti lo que yo no supe ver.

Noto que mis palabras le gustan, que de verdad le importa lo que piense mi madre de ella.

—Tengo miedo —admite, y por segunda vez esta noche la abrazo.

Acabamos acostadas en su cama, abrazadas, y no deja de llorar hasta que se duerme.

Es cierto eso que dicen de que nunca se llega a conocer del todo a una persona y que siempre puede sorprenderte. Ahora me siento mal por todo lo que pensé de Lilit. No vamos a ser buenas amigas, pero sí creo que ni ella quiso conocerme ni yo a ella. Porque, sin saber nada la una de la otra, dimos por hecho que éramos diferentes.

Convenzo a Lilit para ir hablar con Neill de esto. No quiere denunciar y espero que Neill la convenza. Vamos a la fraternidad y, al llegar, Lilit duda. Tiro de ella.

—Tú no has hecho nada malo. Si te lo encuentras, él sí tendría que avergonzarse. —No me ha dicho el nombre, pero pienso descubrirlo. Ese cerdo debe pagar por esto.

Asiente y entramos en la fraternidad. Está temblando y cuando Neill y Oziel nos ven juntas alucinan. Pero en seguida notan que algo no va bien.

—¿Qué ha pasado? —pregunta Neill tenso.

—Ayer uno de tus compañeros la intentó violar.

—¿De verdad? —pregunta Oziel.

—No debería haber venido —dice Lilit malinterpretando la pregunta de Oziel.

—No quiero decir que no te crea, solo que me parece muy detestable —aclara Oziel.

—Venid. —Vamos al salón y Neill pide a Lilit que se lo cuente todo.

—Yo no quería, me besó y le seguí el juego. Pero cuando tiró de mí hacia su cuarto y le dije que no, no me dejó marchar e hizo de mí lo que quiso durante un rato que se me hizo interminable, forzándome a hacer cosas que yo no quería. Un fuerte ruido lo distrajo y aproveché para golpearle y salir corriendo.

Lilit llora de nuevo.

—Tienes que denunciar. Dime quién fue —pide Neill—. Te apoyaremos.

—Claro que sí. Un «no» siempre es un «no» —dice Oziel, que trata de acariciarla, pero ella lo rechaza. El daño ya está hecho y a Lilit le va a costar confiar de nuevo en los hombres.

—Ha sido Marcos —dice Levi, que acaba de entrar y no tiene buena cara—. Y yo lo he denunciado por ti. También le di una paliza cuando lo vi anoche. Pero necesitan tu testimonio.

Por su cara, es evidente que Marcos también le dio a él. Me sorprende la actitud de Levi y me hace admirarlo más.

—Lo haré —dice Lilit más tranquila al saber que no está sola y que hay un testigo que da fe a sus palabras—. Si no llegas a verlo, dudo que me hubieran creído. Solo soy una golfa, ¿no? —dice con tristeza.

—Te aseguro que no más que yo —dice Oziel—. Tengo una buena lista de mujeres con las que he estado. Con tu cuerpo y tu vida puedes hacer lo que quieras, ni tú eres una golfa ni yo lo soy. Además, creo que aquí, menos la puritana de Deb, todos tenemos más de una historia que contar.

—¡Eh!, que no soy tan puritana, que he estado con dos antes que con Neill...

—¡Perdón, que ha estado con dos! —se burla Oziel, y esto hace sonreír a Lilit—. Uno, dos o ninguno, cada uno hace lo que quiere mientras no haga daño a nadie, ¿no?

—Por supuesto —digo con una sonrisa.

Neill me sonríe y me guiña un ojo.

—Y ahora será mejor que vayamos a joder a alguien —dice Oziel—, y no de una forma placentera.

A Marcos lo han detenido por las acusaciones de Levi y Lilit; y otro del equipo también lo vio y, al enterarse de que habían ido a declarar, se ha sumado y ha hecho su declaración: iba a defender a Lilit cuando vio a Levi golpear la pared y a Lilit huir, antes de que los dos se enzarzaran en una pelea.

Marcos lo tiene jodido y se lo merece. Lo que le hizo a Lilit fue muy feo. Lilit se ha ido unos días a casa de sus padres, que, al enterarse de lo que había pasado, han venido a buscarla. Sin embargo, en sus caras no he visto a unos padres cariñosos, más bien parecían molestos con su hija por lo sucedido. Espero que regrese pronto y que sea ella otra vez, aunque se vuelva a mostrar como una odiosa animadora. La prefiero a alguien que tiene miedo hasta de su sombra. Me da mucha pena. No se merecía ser tratada así.

—¡¿Se puede saber qué habéis hecho?!

Acabamos de llegar a la fraternidad de Neill y el entrenador ha entrado tras nosotros hecho una furia.

—¿Qué hemos hecho de qué? —pregunta Neill.

—Le habéis jodido la vida a mi mejor defensa.

—Tu mejor defensa ha tratado de violar a una chica —dice Neill, que utiliza su altura para demostrarle al entrenador que no se amedrenta ante él.

—Seguro que ella lo calentó...

—¿Y solo por eso un «no» no se debe escuchar? Es una vergüenza que pienses así. Pero, claro, tienes los ojos demasiado llenos de egoísmo —le dice Neill ganándose que lo destituya o lo eche del equipo.

—No te interesa tenerme en tu contra.

—Siempre puedes echarme del equipo y buscarte otro capitán.

—Tal vez eso debería hacer. Así se te bajan los humos. No eres tan bueno como te crees.

Tiro de la mano de Neill para que se calme, temiendo que diga algo de lo que se pueda arrepentir. Y parece que el resto de sus compañeros piensan lo mismo, porque hacen piña en torno a Neill.

—No os interesa tenerme de enemigo. Puedo despediros a todos y empezar de cero. Yo seguiría teniendo mi puesto y vosotros os quedaríais sin nada.

Les aguanta la mirada y se aleja. Solo Levi, Oziel y Neill se quedan mirándole, dejándole claro que no le tienen miedo. Se va, pero la sonrisa que les lanza antes de marcharse me inquieta. Me da muy mala espina.

—No me gusta nada esa mirada que os ha echado —digo preocupada.

—No te rayes —me dice Neill con una sonrisa que pretende ser tranquilizadora y que lo sería de no asomar a sus ojos ese temor callado por lo que pueda pasar.

—Hemos hecho lo que teníamos que hacer —dice Levi—; ya estoy harto de este tío y no pienso rebajarme cuando de lo que estamos hablando es de que un desgraciado ha intentado violar a una chica. Tengo más moral que ese cabrón que tenemos por entrenador.

Levi está muy enfadado con esto. El hecho de que tenga tres hermanas a las que adora le hace entender tal vez mejor a Lilit y siente impotencia por si esto le pasara a una de ellas.

—Yo tampoco me arrepiento, sean cuales sean las consecuencias —dice Oziel.

El resto de sus compañeros los miran y sé que más de uno daría un paso adelante, pero no pueden. Están atados de pies y manos y el entrenador lo sabe, por eso tiene esos aires de grandeza.

Decidimos quedarnos con ellos en el salón. Jugamos unas partidas al billar y luego vemos el partido de Kevin en la televisión. Cuando Kevin encesta, todos estallan eufóricos, todos menos Neill. Está preocupado y ni siquiera eso le saca de su estado. Tenemos las manos cogidas y no deja de acariciarme, pero lo hace de manera distraída, como si su cuerpo estuviera aquí, pero su mente, muy muy lejos.

Tras la cena subimos a su cuarto. Neill entra y se va hacia la ventana. Me pongo tras él y lo abrazo.

—¿Qué te pasa? Y no me digas que nada, porque sé que te pasa algo.

—Solo pienso en que todo hubiera sido más fácil si el año pasado no hubiera luchado por llevar este equipo a la gloria. Yo creía que era por nuestro bien, no me conformaba solamente con jugar. Quería ser el mejor.

—Querías demostrarles a todos los que te comparan con Kevin que tú eres algo más que su hermano —digo, y él no lo desmiente.

—Éramos felices siendo solo un equipo de universidad, pero ahora nada es como antes.

—Vuestro entrenador es un desgraciado y dudo mucho que, aunque no hubierais ganado, eso hubiera cambiado.

—No lo sé. Yo ya no sé nada. Y no me importa lo que me haga a mí, pero no me gustaría que esto arrastrara a Oziel y a Levi. Son grandes chicos y no pueden permitirse quedarse sin beca.

—Ellos han decidido seguirte porque no es justo que una persona hable así de una violación. Ni que defienda que lo más importante ante todo sea ganar. Sea o no el mejor defensa, Marcos debe pagar. Nadie le obligó a hacer lo que hizo. Ahora que apechugue con las consecuencias.

Neill asiente. Meto mis manos debajo de su camiseta y me detiene.

—No puedo estar romántico ahora... —Me aparta las manos, pero me deshago de su agarre y le vuelvo a acariciar el pecho tras meter la mano debajo de su ropa.

—No lo seas. Eres mi Neill, seas como seas.

—Tu Neill... —Noto amargura en sus palabras, como si no se lo creyera del todo.

—Sí, lo eres, pase lo que pase —le digo, y esto le tensa—. Neill...

Se vuelve y me besa; noto desesperación y casi dolor en su beso. Tal vez por eso quería alejarse.

No me da miedo su asalto. Al contrario, sus ganas de mí me excitan. Es como si entre la furia y el dolor se encontrara su miedo a perderme. Lo beso con la misma fuerza y deseo una vez más que los miedos que tengo se disipen y me dejen ser feliz.

Tira de mi camiseta con prisa y me lleva hacia la cama. Me hace apoyar las manos en la colcha y baja el resto de la ropa. Escucho como rasga el envoltorio del preservativo y como se lo pone segundos antes de sentirlo dentro de mí.

Nos quedamos quietos un instante antes de que entre y salga de mí de manera algo salvaje, algo que me derrite. Lleva sus manos a mi humedad y juega con mi clítoris, haciendo que esta locura se haga más intensa; una mano la deja ahí, torturándome, y otra la sube hacia mis pechos, que se mueren por sus atenciones. Noto que estoy cerca y parece que él también, pues no me da tregua, y acabo por gritar su nombre notando como me sigue.

Solo entonces me abraza con fuerza y caemos sobre su cama hechos un despojo de ropa mal quitada con piernas y brazos enredados.

—Estoy aquí —le digo, como si Neill lo necesitara.

—Por ahora —dice, y se me llenan los ojos de lágrimas por no poder responderle que deseo que sea para siempre.

Capítulo 23

Debbie

Estoy hablando con mi madre en mi cuarto tras el primer día de clase después de los exámenes. Estoy sola en el piso. Le he contado lo de Lilit. Ayer fui a verla y parece que está mejor, sigue como siempre. Como si nada. Pero, al mirarla a los ojos, no vi en ella a la estúpida de siempre. Su mirada era de agradecimiento. Y aunque no entienda por qué es así, en el fondo sé que un día la vida la llevará a ser quien de verdad es, y no la que los demás esperan que sea.

—Qué lástima lo de Lilit. Menos mal que la ayudaste y ese desgraciado está pagando por lo que hizo.

—Sí. Por cierto, mamá, Lilit me dijo algo que me ha hecho pensar.

—Dime, osita mía. —Pongo los ojos en blanco.

—¿Tú eras como ella?

—¿En qué sentido?

—Fría, calculadora, despreciable con las que no son animadoras..., ya sabes. —Se queda callada y noto que mi mundo se congela.

—Sí lo era, hija. Era una idiota. Pero era lo que se esperaba de mí. Si me descuidaba, otra me quitaría mi puesto, y yo tenía que ser la mejor. —Me imagino a mi madre como Lilit y me duele; en mi cabeza, mis padres han sido siempre ejemplares—. No hubiera sido el mejor ejemplo de madre en esa época.

—¿Y empezaste con papá solo porque era el capitán y era lo que quedaba bien? —le digo sabiendo que, en realidad, Lilit solo quería eso de Neill.

—Sí, pero entonces pasó algo que no esperaba. Me enamoré de él y a su lado dejé de fingir. Dejé de ser lo que otros querían y me encontré a mí misma.

—Eso es muy bonito.

—De no haber sido así, lo nuestro nunca hubiera podido ser real. No puedes estar al lado de otra persona fingiendo ser quien no eres. Cuando empiezas con alguien, es para desnudar tu alma ante esa persona y que él conozca cada parte de ti y tú de él. Los secretos acaban separando a las personas con el tiempo.

—Sí.

—Tú no eres como yo.

—Lo sé, me lo dices mucho.

—Te lo digo porque me encanta cómo eres, hija. No te lo tomes a mal. Lo que quiero decir es que tú eres tú siempre. Pero aun así no eres feliz; soy tu madre y lo noto. Y sé que te importa Neill. ¿Qué te preocupa?

—Nada, mamá, estamos saliendo...

—Pensé que era tu novio.

—Bueno, pues sí, estamos probando. No nos vamos a casar ya ni nada. —Mi madre se queda en silencio.

—Hasta que no pierdas ese miedo que te aleja de Neill, no lo tendrás del todo; y puede que, si os distanciáis, lo acabes perdiendo para siempre, hija.

Trago con dificultad.

—Tengo que colgar, mamá —digo cuando escucho la puerta de la calle abrirse y algo que se cae—. Hablamos pronto.

—Vale, hijita, y recuerda que el viernes os esperamos en casa para cenar.

—Como para no acordarme..., lo recuerdas todos los días por el grupo de WhatsApp. —Se ríe y cuelgo mientras escucho su risa y otra cosa más que se cae en el salón.

Al llegar veo a Ginés, borracho como una cuba, tratando de coger la lámpara de mesa que ha tirado. Lo detengo antes de que se corte.

—Yo puedo.

—No puedes. —Lo dejo caer en el sofá y tira de mí. Caigo sobre él y trato de levantarme—. Déjame irme. —No me deja, al contrario, pega sus labios con los míos y se lleva un guantazo. Me separo—. ¿Se puede saber qué haces?

Me levanto y lo miro seria.

—¡Dios, qué acabo de hacer! ¡Te he besado! —Se echa hacia delante con las manos en la cabeza—. Yo solo quería sentir algo por una mujer. Algo normal. Soy un bicho raro.

Rompe a reír.

—¿Por qué eres un bicho raro?

—¡A mí me gustan las mujeres!

—Vale —le digo sentándome a su lado—. Pero no me beses de nuevo.

—No lo haré. —Está tan borracho que me cuesta entenderle—. Él no debería gustarme. No debería desearlo ni pensar en él. ¿Por qué no puedo ser normal?

Me mira y veo el miedo en sus ojos; empiezo a comprender gran parte de lo que dice.

—Eres normal te guste quien te guste, y siempre serás tú, elijas a quien elijas para amar. ¿Quién te gusta?

—Quien no debería gustarme.

—Pero... ¿y quién es?

—Mateo. —No me sorprende esto. Debería, pero no. Es como si una parte de mi subconsciente lo hubiera visto venir—. Yo no quiero defraudar a mi familia. Ni ser el mariquita. Yo no quiero...

—¿Quieres perder a Mateo? ¿Puedes seguir tu vida obviando quién te gusta? ¿Serás más feliz así porque nadie te llamaría «mariquita»?

—Yo le dije a él «mariquita» antes, cuando me besó. No debería haberme gustado. Me he pasado estas fiestas con unas y con otras para extirparlo de mí.

Me mira afectado.

—Sigues siendo tú, y nadie puede hacerte entender eso si tú no lo comprendes. No elegimos quién nos gusta.

—De ser así, tú no estarías con el capitán del equipo de fútbol... —dice sincero.

—Ya, pero lo estoy.

—Te conozco, no lo estás del todo. —Agacho la mirada—. Es una mierda amar a quien no deseamos.

—Yo no quiero a Neill.

—Ni yo a Mateo. Estamos en paz.

Me suena el móvil y voy a por él. Es Neill, lo cojo.

—Hola, preciosa. ¿Te apuntas a un café con Oziel y Levi?

—¡La he besado, tío! ¡He besado a tu chica! —Aparto a Ginés.

—¿Quién te ha besado?

—¿Alguien ha besado a Deb? Vamos a partirle la cara —dice Oziel.

—Nadie va a partir la cara a nadie, y Ginés no sabe ni lo que dice ni lo que hace, está como una cuba y ya le he dado yo un bofetón.

—Voy para allí.

—Como le hagas algo...

—No voy a hacerle nada, no soy un ogro.

—Yo sí —dice Oziel.

Cuelgo y miro a Ginés, que está apoyado contra la pared, destrozado.

—Deberías ducharte y acostarte.

—No, va a venir a darme una paliza, y soy un hombre.

—Eso no va a cambiar elijas lo que elijas —le digo, porque ha remarcado la palabra «hombre».

No me hace caso y se va al salón. Neill no tarda en llegar, seguido de sus amigos. En cuanto le abro la puerta, Ginés, que no se tiene en pie, va hacia él.

—Merezco que me partas la cara.

—Deb sabe cuidarse solita —dice Neill dándome un beso—. Deberías dormir la mona.

—No puedo. Esto no va a cambiar.

—¿El qué? —dice Oziel, que ya está registrando la cocina para ver qué encuentra de comer. Levi se ha sentado en el sofá y mira la escena.

—Me gusta un tío. ¡Un tío! ¡Yo soy muy macho!

—¿Y lo eres menos porque te guste un tío? —pregunta Oziel como si nada con las manos llenas de comida.

Nosotros, excepto Ginés, que no para de ir de un lado a otro, nos hemos sentado en los sofás del salón.

—Claro que sí.

—Lo que eres es un idiota por creer eso —le responde Oziel abriendo una bolsa de patatas y ofreciéndonoslas.

—Tú no lo entiendes.

—Yo solo digo que eres libre para que te guste quien te salga de los huevos —dice el bruto de Oziel.

Ginés lo mira atónito.

—Mi hermana pequeña es lesbiana —dice Levi cogiendo la bolsa de patatas—. Y para mí es simplemente mi hermana. Le costó decir la verdad y en el fondo todos lo sabíamos. Hay cosas que no se pueden ocultar.

—Mis padres no lo van a entender. Soy su hijo perfecto.

—Lo vas a seguir siendo —le digo.

—Quieren nietos y boda...

—Podrás casarte igualmente y adoptar un niño si quieres.

—Tengo miedo —admite al fin.

Abro la boca para hablar, pero la puerta se abre y aparece Mateo, que al ver la escena pone mala cara.

—¿Pasa algo? —pregunta.

—No —dice Ginés—. Me voy a la cama.

—Sí, creo que lo mejor es que duermas la mona —le dice Mateo más serio que de costumbre.

Ginés asiente y se marcha.

—¿Qué me he perdido? —pregunta Mateo sentándose a mi lado en el sofá. Neill está en el otro.

—No nos corresponde a nosotros decírtelo —dice Oziel, y le ofrece comida—. ¿Quieres?

—Gracias por ofrecerme mis propias patatas.

—De nada, tío, hay que compartir. —Oziel sonríe. Este tío es único.

Escuchamos un gran estruendo y Mateo, tras maldecir, va a ver si Ginés está bien.

—¡Déjame!

—¡Solo trato de ayudarte!

—No te necesito. —Ginés rompe a llorar y escuchamos su voz amortiguada, como si Mateo lo acabara de abrazar.

—Creo que tenemos que irnos —dice Levi.

Asentimos, recojo mis cosas y me preparo una pequeña mochila para pasar la noche en casa de Neill. Es mejor que les dejemos que solucionen sus cosas sin interferencias; además, Daura no está; se ha ido unos días con su familia por el cumpleaños de su padre.

Sea como sea, Mateo y Ginés tienen un largo camino por recorrer y entiendo a Ginés y su miedo. Son muchos cambios, y todo por culpa de una sociedad que mucho avanza en desarrollo tecnológico y poco en empatizar con las personas del entorno.

La evolución no solo consiste en ver coches voladores o casas con mil funciones, sino también en dejar de vivir anclados en pensamientos obsoletos que no nos llevan a ningún sitio.

Capítulo 24

Neill

Espero a Deb frente a su casa. Son cerca de las doce. No debería estar aquí, es jueves y mañana hay clases. Pero el entrenamiento se ha retrasado hasta horas que no son normales y, cuando se apagaron las luces, vi algo que quiero compartir con Deb.

La he llamado para decirle que se vista y voy a por ella.

—Vaya horas —me dice saliendo a mi encuentro.

La beso y cojo su mano para empezar a andar.

—Merece la pena.

—Eso espero, estaba medio dormida.

—Y tus compañeros, ¿cómo van?

—Pues, como sabes, Ginés y Mateo hablaron y Ginés se marchó.

—¿No ha regresado?

—No, y no sabemos si se buscará otro piso. Mateo no está bien. Le gusta de verdad. Ahora entiendo por qué era tan feliz cuando quedaba con su amigo.

Lo he tenido delante de mis narices y no me he dado cuenta.

—Eso suele pasar: tener la verdad ante los ojos y no ser capaz de verla.

—Sí, supongo.

Llegamos al campo de fútbol. Está a oscuras. Solo iluminado por la luna.

—Como si no lo tuviéramos muy visto ya —dice cuando tiro de ella hasta el centro.

Al llegar me siento y espero que haga lo mismo. Lo hace y me mira sin comprender nada, y aún menos cuando me tumbo poniendo los brazos bajo mi cabeza. Debe de pensar que me he vuelto loco. Hace lo mismo y mira al cielo; entonces lo comprende.

—Oh... Es maravilloso. Hace años que no observo un cielo tan estrellado.

—Creo que esta noche es especial, porque no hay nubes y el clima acompaña, al no haber humedad. Quería compartirlo contigo.

—Me encanta. Ha merecido la pena. —Se acomoda sobre mi pecho mirando al cielo. La abrazo.

El tiempo pasa y ni el frío ni la noche hacen que quiera estar en otro lugar. Estoy pensando decir algo cuando escucho un zumbido y al poco nos vemos rodeados de aspersores que nos riegan enteritos.

—¡No me lo puedo creer! —Deb se levanta y yo con ella, pero lo hace tan rápido que se cae y me tira.

Caigo sobre ella, sin hacerle daño, dejando su cuerpo cubierto por el mío. Se ríe. Aunque estemos mojados, noto la felicidad oculta entre sus risas. La luna no me deja verla con claridad, pero conozco cada contorno de su cara, cada parte de su cuerpo y cada recoveco de su alma.

Aparto su pelo castaño de la cara y Deb pierde la sonrisa. Yo no estoy sonriendo. No puedo acallar lo que siento desde hace tanto tiempo y por miedo no he querido admitir. No puedo guardarme para mí estas dos palabras que de pequeñas no tienen nada y de intensas y sinceras tienen un mundo.

—Te quiero.

Deb se tensa debajo de mí y me arrepiento de haber dicho algo que nunca he dicho a nadie. Me aparto y la veo alejarse.

—Es tarde, tengo clase y eso... —me dice sin esperar que la siga.

La sigo a distancia, sintiéndome idiota por haberle dicho la verdad. En el fondo sabía que huiría; ella no quiere quererme. Ella solo quiere que lo que sentimos se acabe y solo quede la amistad. Pero por una vez no puedo conformarme con las migajas.

—No tienes que sentir lo mismo, Deb. No huyas —le digo cuando ya hemos llegado a su casa.

Se vuelve.

—Estamos bien así, no puedo forzar las cosas.

—Yo tampoco puedo mentirte.

—Vale. Es mejor que vaya a cambiarme. Si quieres, sube a secarte.

—No, estoy bien. Nos vemos mañana por la tarde, a menos que prefieras cancelar la cena con tus padres.

—No seas tonto, Neill, solo me has dicho que me quieres. No es para cancelar nada.

—Solo —digo con amargura.

—No quise decir eso..., lo que quiero decir... No sé qué quiero decir. Todo estaba bien...

—Hasta que abrí la bocaza. Pillado, no te lo diré más.

—No es eso... Mira, mejor me voy ya o acabaré diciendo algo que no siento.

«¿Como que me quieres?», pienso, pero eso no lo digo. Solo sonrío y oculto tras mi sonrisa lo que me atormenta. Y, mientras, observo como la vida pasa a mi alrededor. Deb se va, pero se lo piensa y retrocede hasta abrazarme con fuerza, y en su abrazo siento el temor que tiene a perderme. Tal vez no sienta lo mismo, pero no le soy indiferente.

—Me importas mucho, Neill. Mucho. —Se alza y me da un beso que me sabe a poco y, una vez más, sonrío como si no pasara nada.

Como si no me creyera tonto y no me arrepintiera de haber hablado. Me marcho sintiéndome frío, y no es por el agua que empapa mi ropa...; el helor que siento me nace de dentro. No puedo evitar ser como ese niño perdido que, sin querer admitirlo, deseaba que su madre regresara.

Debbie

Observo desde la ventana de la cocina de mi casa a Neill jugando con mi hermano y mi padre un partido de baloncesto; teniendo en cuenta que los tres son mejores en el fútbol, es raro verlos en esa tesitura. Pero, por sus caras, lo están disfrutando.

Neill encaja bien con mi familia y me debería encantar, pero siento que la presión que empezó ayer cuando Neill me dijo que me quería se hace más intensa y me cuesta respirar. No sé qué me pasa. No sé por qué soy tan tonta, por qué no puedo ser feliz sin más, por qué no puedo ser como el resto de las chicas, que seguro que se morirían si el chico más guapo y bueno que han conocido jamás les dijera que las quiere bajo la luz de las estrellas.

¿Por qué soy tan rara?

Cuanto más lo pienso y recuerdo su triste sonrisa, peor me siento. Hoy hemos hecho como si nada cuando me recogió, pero su confesión flota en el aire, recordándonos que me dijo «te quiero» y yo le dije que era mejor irse a casa... Ni un «gracias» ni nada, aunque no sé qué hubiera sido peor.

—Me encanta Neill, hija, y se nota que le gustas mucho.

—Es majo... —Mi madre deja lo que está haciendo y me coge de los hombros.

—¿Es majo? ¿Solo eso del chico con el que estás?

—Me gusta, me encanta...

—Pero no quieres quererlo. —Aparto la mirada—. ¿Por qué, hija?

—Porque no.

—Pues no lo entiendo. Tu padre y yo nos queremos desde hace muchos años, has vivido en una casa donde has visto que las relaciones pueden ser para siempre... ¿Qué te hace tener tantos miedos?

—Nada, soy una persona horrible que, cuando su novio le dice «te quiero», ella le dice «me voy, es tarde». ¿Contenta?

Mi madre niega con la cabeza y parece muy triste.

—No te fuerces a estar con él; si no lo quieres, déjalo libre. Si solo te importa como amigo, no le hagas esto.

Tiene razón y es normal que piense así.

—Tal vez sería lo mejor.

—Yo solo quiero lo mejor para ti, pero ni tú misma

te das cuenta de las cosas. Lo que yo te diga te hará el mismo efecto que su «te quiero», Debbie. —Asiento—. Solo espero que, cuando sepas de verdad lo que sientes por ese chico, no sea tarde. Porque hay veces que las cosas buenas solo pasan una vez en la vida.

La puerta se abre y aparece mi padre sudoroso; abraza a mi madre para darle un beso, cosa que ella odia cuando está así de sudado, pero entre sonrisas le dice «tonto» y lo besa. Es cierto, mis padres se quieren. Tal vez no empezaron por el motivo correcto, pero siguieron porque se enamoraron el uno del otro.

Llevamos la cena al salón y nos sentamos a cenar. Neill y mi padre hablan de fútbol y se nota que mi padre, aunque lo haya dejado hace tiempo, sigue siendo un enamorado de este deporte. Luego Neill habla con mi hermano de informática; Andrew está realizando una aplicación para el instituto y quiere que Neill le eche un vistazo a ver qué le parece. Terminamos de cenar y, mientras servimos el postre, ellos dos se van a mirar ese asunto.

—Es genial —dice Neill cuando regresa con mi hermano junto a nosotros—, creo que podría ser muy útil, yo sin duda me la bajaría.

—A ver qué tal sale el proyecto —responde mi hermano, feliz porque le haya gustado la aplicación a Neill.

—Bueno, ahora toca probar mi postre estrella —dice mi madre sirviendo su tarta de queso con arándanos.

Neill está a punto de degustarla cuando le llegan varios mensajes y saca el móvil para ver quién es. Cuando los lee noto como se queda blanco, bueno, más bien lo notamos todos, que nos quedamos callados mirando a Neill, preocupados.

—¿Qué pasa? —pregunto cuando se levanta.

—Tengo que hacer una llamada. Ahora vengo. —Parece perdido y se me forma un nudo en el estómago. Ni la deliciosa tarta de mi madre me pasa ahora mismo.

Ninguno conseguimos seguir con el postre hasta que Neill reaparece.

—Me han echado del equipo —dice sin más—. Bueno, y también a Levi y a Oziel. —Nos quedamos de piedra—. El entrenador ha convocado un entrenamiento de urgencia sabiendo que ninguno de los tres estábamos allí. Cuando han llegado mis compañeros al campo, les ha requisado el móvil a todos, y ellos, al ver que faltábamos, han querido salir para avisarnos, pero el entrenador ha dicho que quien no realizara ese entrenamiento sería despedido y perdería su beca. Ante tales advertencias, ninguno ha podido abandonar el campo. Y, tras el entrenamiento, ha alegado los motivos y la cantidad de faltas graves que hemos cometido y por las que nos quiere fuera el rector de la universidad. Entre ellas, el vídeo de internet, que dice que fue todo culpa nuestra. Y, como el rector ya estaba bastante molesto por lo emitido en las redes sociales y por la mala imagen que dio a su universidad, no ha hecho nada por nosotros. Estamos fuera.

—Menudo desgraciado —estalla mi padre—. No lo soporto, y no os merecéis este trato solo porque a un imbécil se le hayan cruzado los cables.

—Ya, bueno, creo que es mejor que nos vayamos. —Neill me mira.

—Claro.

Nos despedimos de mis padres y quedamos en llamarlos en cuanto sepamos algo. Hacemos el camino de vuelta en silencio. Neill no está bien y no sé qué decirle para animarlo. Solo cuando para en doble fila frente a mi casa le digo lo que me ronda por la cabeza.

—Así podrás dedicarte a tu carrera...

—Y dejar de ser lo que más odias de mí. Lo he pillado.

Sus palabras me duelen, pero la verdad es que he querido decirle eso, aunque haya sido sin darme cuenta. Salgo del coche sin darle un beso. Sin desearle buenas noches y sintiéndome más perdida que nunca. Me he comportado como una idiota, como si no lo conociera. Y en el fondo soy feliz por el hecho de que no vaya a jugar más y a partir de ahora solo sea Neill, un estudiante. Soy una novia horrible.

Al llegar a casa me sobresalto al pillar a Ginés y a Mateo liándose en el sofá. Tras reponerme, los felicito.

—No tienes buena cara —dice Mateo tirando de mí.

—Han echado del equipo de fútbol a Neill, a Oziel y a Levi, y yo me he alegrado.

—Cuéntanoslo todo —me pide Mateo.

Lo hago; y cuantas más veces lo digo, más horrible me siento. No debería estar feliz por eso. Por no tener ahora un novio futbolista que, seguramente, cuando un cazatalentos lo fichara se iría a otra ciudad a jugar. No debería alegrarme, debería empatizar con Neill, y el no hacerlo me hace ver que tal vez ha llegado el momento de romper esto. Si no soy capaz de anteponer su felicidad a la mía, es que en verdad no me merece.

Capítulo 25

Debbie

Salgo de clase y me topo con mi padre. Me extraña mucho verlo aquí y me inquieto hasta que me sonríe. No sonreiría si pasara algo malo.

Voy hacia él más relajada. Este fin de semana ha sido una mierda. No he tenido valor para hablar con Neill, porque en el fondo no quiero decirle adiós tan pronto. Neill, por su parte, ha estado con su familia tratando de arreglar esto sin éxito. Por lo que sé, su beca ha sido paralizada y no hay marcha atrás. No nos hemos visto y casi mejor, porque siento que ahora mismo no soy la mejor compañía para él, cuando está haciendo lo posible por recuperar su beca y volver a jugar.

—Hola, hija. ¿Comemos juntos?

—Vale, pero ¿qué haces por aquí? Y dudo que haya sido para comer conmigo.

—No, tenía otras cosas en mente. —Mi padre parece más feliz que nunca. Sus ojos brillan con una intensidad especial, algo que solo he visto en ellos cuando mira a mi madre. Sea lo que sea lo que se trae entre manos, lo hace muy feliz. Lo noto incluso rejuvenecido.

Vamos a comer cerca y, tras sentarnos, le pido por favor que me diga por qué está aquí.

—Por placer o, bueno, por trabajo. Pero cuando se trabaja en lo que te gusta, deja de ser un trabajo.

—Tu trabajo en la oficina te gusta, pero me consta que no te encanta.

—Soy el mejor porque debo serlo, no porque me salga serlo —dice con simpleza—. He aceptado ser el entrenador del equipo de la universidad de nuestra ciudad. Me ha costado un poco darme cuenta de que me moría por entrenar y enseñar lo que sé a otros.

Lo miro atónita y, una vez más, sus ojos brillan. Es tanta la emoción que veo en ellos que se me forma un nudo en el estómago al darme cuenta de que es la misma que veo en Neill cuando juega. Cuando disfruta. El fútbol es su felicidad y yo he tratado de anular esa parte de él. Me siento fatal... Cuando se está con alguien debes dejar que sea él mismo, y Neill es futbolista y ama su profesión, por mucho que a mí no me guste. La única que se ha engañado en esta relación he sido yo.

—Me alegro por ti, pero eso no explica qué haces aquí.

—El rector de la universidad lleva detrás de mí varios años y este ha insistido más que nunca. Siempre me ha tentado la idea, pero creía que no podía con todo. Sin embargo, este año la empresa va mejor y solo se me necesita por las mañanas; además, mi nuevo vicepresidente es muy bueno y puede hacerse cargo de todo. Confío en él plenamente. Eso hizo que me planteara decir que sí. Ante la idea de aceptar, he estado viajando, viendo partidos, analizando a los otros equipos. Y lo que pasó el viernes me hizo decidirme. Quiero entrenar y enseñar lo que sé a otros jóvenes que, como yo, aman este deporte. Me gustaría ayudar a alcanzar el éxito a jóvenes como Neill y sus amigos. Ser un referente en sus vidas y no un entrenador al que odian y solo respetan por temor a perder su beca.

—Eso es genial, papá, y seguro que lo haces muy bien. ¿Y por qué estás aquí? —pregunto una vez más temiendo la respuesta. Conozco a mi padre y sé lo que está pensando incluso antes de que lo diga.

—Para aceptar, el rector debía admitir con una beca a Neill, a Oziel y a Levi, como grandes fichajes y buenos estudiantes. No hizo falta que lo convenciera mucho, en seguida dijo que sí. Que serían un gran apoyo para el equipo y que sus notas eran brillantes. He venido a decirles a los tres lo que les ofrezco.

—Y han dicho que sí.

—Todos menos Neill —me dice, y pierde la sonrisa—. Los dos sabemos por qué Neill no ha dicho que sí, Deb.

—Por mí. Y más después de lo que le dije...

—¿Qué le dijiste?

—Que tal vez lo mejor era que dejara de ser futbolista.

Mi padre toma mis manos.

—Hija, el fútbol es parte de Neill, no puedes esperar que una persona cambie solo por tu egoísmo; o la aceptas como es, con todos sus sueños y defectos, o es mejor que la dejes libre.

—Pero mamá lo hizo por ti...

—Nunca, hija, y que pienses así me duele. Tu madre ha elegido siempre su camino. Tú eres la única que no entiendes sus decisiones.

Agacho la mirada y no le respondo. Ahora mismo mi cabeza es un caos de preguntas, de dudas, de miedos, de dolor. Pero sé lo que debo hacer por Neill.

Por una vez tengo que dejar de ser egoísta y pensar solo en su felicidad. Y está claro que no podemos ser felices juntos. Porque, de ser así, me gustaría todo de él y cuando me dijo «te quiero» le habría dicho que yo también, y esa confesión no nos hubiera alejado.

Neill

Miro por la ventana de mi cuarto mientras pienso en la oferta del padre de Deb y en todo lo acontecido estos días y, si soy sincero, no puedo dejar de pensar en Deb y en lo lejos que nos siento el uno del otro. No sé qué hacer.

Llaman a la puerta y, cuando digo «pasa», aparece Deb, y por su cara sé que no está bien. No me acerco a ella. Es como si algo me dijera que es mejor no hacerlo. Como si algo en su mirada me paralizara.

—Sé lo de mi padre y debes aceptar —me dice sin más.

—¿Y qué hay de nosotros? Si acepto me gustaría llevar una relación a distancia, no estaría muy lejos...

—No hay un «nosotros». —Baja la mirada de forma que no puede ver como se me ha helado la sangre—. Yo no te quiero. No como tú. Para mí siempre fue solo la prolongación de nuestro primer acuerdo. Solo había deseo y amistad.

—Solo eso. Gracias por decírmelo. —Sigo sin poder asimilar esto.

—Neill, yo no quiero perderte como amigo...

—Ahora mismo no puedo ser tu amigo. Pero te

hice una promesa. Solo dame tiempo, porque a mí tú sí me importas. Y yo sí apostaba por lo nuestro. Una vez más, esperé lo imposible de una mujer.

Noto como rompe a llorar.

—Estoy perdida. —Me acerco a ella hecho una mierda y le doy el abrazo que necesita, y ella me aprieta como si no quisiera decirme adiós jamás, cuando es justo lo que está haciendo—. No quiero perderte y, sin embargo, te dejo ir.

—No tengo por qué encantarte por muy encantador que sea. —Se ríe entre lágrimas—. Volveremos a ser amigos.

—No tardes mucho.

—No.

Miento, pues sé que no podré ser solo amigo de la mujer que amo; pero una promesa es una promesa y yo no seré como mi madre. Yo no soy como ellos. Yo sí miro atrás. Y sí lucho por las personas que me importan.

Deb se separa y se aleja corriendo, como si temiera volver a abrazarme y esta vez no pudiera dejarme ir.

Todo ha acabado y lo peor es que el dolor que siento es más intenso que el que sentí cuando era niño y vi alejarse a mi madre. Ahora sé que me aferraba a mi madre porque era mi madre, pero que en realidad no la quería. Aunque suene horrible, no tengo recuerdos felices de ella. De Blanca, sí, y de Deb, también. Las dos mujeres más importantes de mi vida, a las que el hecho de perder me mata.

Otra vez me veo conformándome con lo que me ha tocado en la vida. Me pregunto si un día la suerte soplará a mi favor.

Capítulo 26

Debbie

Cuando rompes con alguien por decisión propia todo debería ser más fácil. Estás así porque tú lo has decidido, porque no has encontrado razones para luchar. Y, sin embargo, los días pasan por mí sin que sea consciente de ellos y cada vez estoy peor.

No consigo levantar cabeza. He perdido la cuenta de las noches que me he dormido llorando. Ni siquiera estar con mis amigos me alegra, y lo peor es el recuerdo de Neill, creer verlo en cada esquina.

He cogido el móvil cientos de veces para llamarlo; solo quiero decirle hola, solo una palabra insignificante que quiere decir que lo extraño demasiado. No era consciente de lo mucho que me importaba.

En su nueva universidad le va muy bien, he visto sus partidos por la tele y es feliz. Muy feliz. Al menos me alivia saber que lo hice por su felicidad. Por él. Lo malo es que, cuando lo pienso, me pregunto por qué yo no quise ser parte de esa felicidad.

El miedo no me ha dejado ver la realidad. Tengo tanto miedo que no soy capaz de ser valiente. Por eso me encuentro ante la casa de Kelly. He tocado el timbre. Tengo que hablar con ella; sé que ella me entenderá y dará sentido a mi decisión.

Kelly abre la puerta y, al verme, sonríe.

—¡Deb, qué sorpresa! Entra, estaba preparando la cena para papá.

Me adentro en la casa: es como la recordaba. Pasaba tantas horas aquí que parecía más mi casa que la mía propia. Nuestras madres eran amigas y nosotras también nos hicimos amigas prácticamente desde bebés. Nos ponían en el mismo parque de juegos juntas. Este año nos hemos distanciado, pero siempre hemos ido hablando cuando hemos podido. Y, al verla, siento que todo está bien, que por mucho que la cuerda se estire hay lazos imposibles de romper. Algunos se debilitan y otros se hacen más fuertes, y sé que, vaya donde vaya, cuando regrese Kelly estará ahí. Por mucho que cambiemos siempre habrá algo que nos una.

Amigas de verdad.

Entramos en su cocina; le encanta cocinar. Estudia en la universidad de Neill y trabaja para poder ayudar a su padre con los gastos.

—Tenía muchas ganas de verte —me dice con una cálida sonrisa que pierde cuando, al mirarme, ve mis ojos tristes—. Deb, ¿qué te pasa?

—No lo sé..., estoy más perdida que nunca.

Retira la cena del fuego y tira de mí hacia la salita, donde tiene puesta la tele. La apaga y nos sentamos en el sofá.

—Cuéntame —me dice cogiendo mis manos con cariño.

—Sabes que estaba con Neill y que era maravilloso. —Asiente—. Me dijo que me quería y lo he perdido porque pensaba que a su lado yo no era feliz ni él podría serlo conmigo.

—Ya es hora de que me cuentes todo lo que te ronda por la cabeza; sé que algo te inquieta —me dice leyéndome la mente, como siempre.

—No quería ser como tu madre —admito, y Kelly se pone tensa. Noto las lágrimas acariciar mi cara—. Llevo toda la vida temiendo que mi madre un día haga lo que hizo la tuya. O mi padre, pero como tu padre se quedó contigo, pensé que el mío lo haría también. Temo que mi madre se dé cuenta de que ha dejado de lado su vida por otros y se marche sin mirar atrás. Tengo tanto miedo de perderla que, sin darme cuenta, la he alejado de mí. Y temía cometer errores que luego hicieran daño a otras personas. —Miro a Kelly. Hice de su dolor el mío. Lloramos juntas por esa madre que no regresaba y viví en primera persona lo que dolía el abandono de alguien a quien quieres.

Me pierdo en los ojos de Kelly. Teníamos seis años cuando su madre empezó a discutir con su padre en esta misma salita, diciéndole que por su culpa había perdido toda su juventud. Que llevaba años viviendo la vida de los demás y no podía más. Éramos demasiado pequeñas para comprenderlo, pero con los años nos dimos cuenta de que su madre, al renunciar a todo por su padre y su hija, había estallado.

Me he pasado toda la vida sabiendo la historia de mi madre, y cómo renunció a todo por nosotros. Cómo antepone la vida de los que quiere a la suya, temiendo que llegue un momento en el que no pueda más y explote. Tengo tanto miedo de que eso pase que un día me juré que nunca renunciaría a nada por nadie y así no le haría a otra persona lo que la madre de Kelly le hizo a ella. Vi como su padre se quedaba destrozado, a cargo de su hija, y como mi amiga esperaba a su madre sin éxito. Yo no quería ser así. No quería dejar cosas por hacer que me estallaran en la cara años más tarde. En mi subconsciente pensaba que, si no seguía los pasos de la madre de Kelly, nunca tendría que dejar atrás a un hombre herido y a una hija que nunca volvió a ser la misma.

Era pequeña para comprender muchas cosas, pero no para añorar la felicidad en los ojos de mi amiga y echar de menos su sonrisa.

—Tu madre no es como la mía. Porque ella ha elegido, y para ella sois su felicidad. Siempre lo he visto. No sabía que tú pensabas eso, Deb. Deberías hablar con tu madre y escucharla sinceramente, para conocer la verdad y no lo que tú crees. Mi madre nunca nos quiso. A ninguno. He tardado años en darme cuenta. Pero es así.

Sus ojos se llenan de lágrimas y nos abrazamos. Parecemos esas niñas que lloraban por la separación de sus padres.

—Temía que si, por culpa de otras personas, dejaba sueños sin cumplir, un día no pudiera seguir viviendo con todo a lo que había renunciado.

—Los sueños cambian a consecuencia de lo que vives. —La miro a los ojos—. Es hora de que dejes de tener miedo, porque, mientras lo haces, pierdes lo que de verdad te importa por el camino. La vida no son reglas, son vivencias que nos hacen saltárnoslas. Tú no eres como mi madre ni lo seré yo —dice con una madurez que nunca he visto en ella—. Y no voy a dejar que me arrebate más cosas, y menos a ti. Y si me dejas darte un consejo, tú en realidad no luchabas por lo que querías. Temías amar demasiado y perder. Tenías tanto miedo de amar a Neill y perderlo que te creaste un muro lleno de tonterías, porque creías que así no sufrirías cuando él te dejara.

—Qué he hecho...

—Creo que se puede remediar.

—Yo creo que no. Lo he abandonado, como hizo su madre, y hay heridas que son demasiado difíciles de cerrar.

—Difícil no es imposible, Deb. ¿Lo quieres?

La miro a los ojos y por primera vez me permito ser sincera; sé que tiene razón: tenía tanto miedo de amarlo que no me di cuenta de que, sin desearlo, ya lo estaba haciendo.

—Más que a nada.

—Pues te toca mover ficha, él ya te lo dijo y no le respondiste nada. Eres patética —me dice con una sonrisa.

—Me asusté, pero ahora sé que me enamoré de él sin saberlo desde que me besó. Nunca fue solo un amigo para mí.

—Eres tonta. —La miro seria—. Es la verdad, has sido muy tonta. Tenías un chico maravilloso y lo has perdido por culpa de los errores de otros. Comete tus propios errores, Deb, y deja de pensar tanto en el futuro. Tienes que comprender que el amor no tiene control, que nadie puede elegir cuándo aparecerá. Y, por primera vez, lucha por lo que quieres, como siempre he admirado que lo hicieran tus padres.

Asiento y me despido de ella para ir a mi casa, que está muy cerca de aquí. Cuando abro la puerta mi madre está con su delantal rosa y me mira sonriente. Me abraza y me llena de besos y esta vez no pongo mala cara y me dejo abrazar por ella. Lo malo es que acabo rompiendo a llorar, por todos estos años en que tenía tanto miedo de perderla que me hice la fuerte para estar preparada cuando se marchara. Mi madre me lleva al salón y espera a que me desahogue mientras me abraza. Acaba llorando conmigo: al mirarla a la cara tiene el rímel corrido y sonríe.

—Qué tonta, me has contagiado —dice secándose las lágrimas.

—¿Por qué lloras?

—Porque te quiero, hija, y si tú sufres, yo lo hago también. Eso hace una madre.

—No todas, mamá.

—Bueno, solo las mejores. —Sonrío.

—Te quiero, mamá. —Mi madre se sorprende y noto como se emociona de verdad. No recuerdo la última vez que le dije que la quería. Es increíble cómo se puede querer tanto a alguien y no encontrar nunca el valor para decirlo—. Tenía miedo de perderte. O acabar como tú... Bueno, de ser como la madre de Kelly.

—¿Me puedes contar qué me he perdido? —Lo hago entre balbuceos; le digo cómo viví el divorcio de los padres de mi amiga y cómo me afectó, aunque yo no fuera la implicada—. No lo sabía, y me duele no haberme dado cuenta. —Coge mis manos—. Deb, no sé qué pasará con tu padre y conmigo, pero sé que cuando pienso en mi futuro solo me veo a su lado, envejeciendo junto a él. Nos queremos y la madre de Kelly nunca quiso a su marido. Yo era su amiga, sabes que éramos animadoras las dos. —Asiento—. Y que las dos nos casamos con dos futbolistas del equipo. —Vuelvo a asentir—. Ella estaba en estado cuando a tu padre y a su marido les hicieron esa oferta. Y yo también. —La miro impactada—. Naciste con nueve meses, Deb, pero no quería que pensaras que lo había dejado todo por ti, por eso te dijimos que te adelantaste. Por cuidarte. —La miro asombrada—. Yo iba a seguir con mis estudios e iría a ver a tu padre cuando pudiera. Pero descubrí que estaba en estado y pedí mi traslado. Necesitaba a tu padre para afrontar esa nueva etapa y quería que él estuviera presente en ella. La madre de Kelly hizo lo mismo, porque parecía que era lo que se esperaba de ella, pero, así como yo disfruté el embarazo y te quería desde el minuto uno, ella, sin embargo, no deseaba a su hija. Es duro decirlo, pero es así. Se casó porque era lo que debía hacer, pero su mente estaba siempre ausente. Fingió que todo estaba bien, pero no era así. Yo la saqué muchas veces de varios bares y se quedaba en nuestra casa hasta que se le pasaba la mona. Odiaba su vida. Y aunque su marido le dijo que se fuera a estudiar, que luchara por ser feliz, nunca lo escuchó. Al final tomó el camino fácil, abandonarlos sin mirar atrás. Sin afrontar que ella era la única que lo había hecho todo mal.

—Nunca los quiso.

—No, y nunca supo apreciar lo bueno que tenía.

—¿Y tú?

—Yo tenía muchos sueños, quería ser animadora e ir a concursos de animadoras. Ser la mejor. Tu padre siempre me animaba..., pero llegaste tú y me di cuenta de que era feliz, y de que quería estar a tu lado. Cuidar de mi osita. El primer peluche que te regalé fue una osita. —Sonrío—. Cuando empezaste a ir a la escuela, tu padre me insistió para que acabara la carrera, pero ya no era la misma. Mis sueños habían cambiado. Y esperaba a tu hermano. Yo tenía sueños que no eran nada comparados con ser vuestra madre. Y no te creas que no hago mis cosas ahora. Ayudo a tu padre con la empresa, desde casa le llevo la agenda.

—No lo sabía.

—Ya, y también los trabajos por encargo de customización de ropa, como sabes, y me estoy planteando ser entrenadora de animadoras. Como ha hecho tu padre con el equipo.

—Eso sería genial.

—¿Verdad que sí? —Veo felicidad en los ojos de mi madre y sé que siempre ha estado ahí—. Siempre he sido feliz, vosotros sois mi vida. Los tres, y nunca he renunciado a mis sueños, he vivido una vida de ensueño a vuestro lado. Tu padre nunca cortará mis alas, porque si lo hiciera acabaría por explotar, como le pasó a la madre de Kelly. Estar con alguien es quererlo tal y como es. Y a ti Neill te quería de ese modo.

—Lo sé, y lo he perdido. Y ahora sé que me encantaba todo de él. Que en realidad solo mi temor me hacía crear barreras donde no debían existir. Tenía mucho miedo de reconocer que lo amaba. Y no me di cuenta de que, sin quererlo, ya lo hacía. No cambiaría nada de él. Pero es tarde...

—Nunca es tarde para rectificar, lo que se pierde siempre puede ser encontrado de nuevo si sabes cómo buscarlo. Pero, si luchas, que sea por él, Deb. Es capitán y es feliz. Es parte de su personalidad y nunca debes cambiar a las personas que quieres. Cambiaréis juntos con la vida, pero sin que el otro os haga desviaros de quienes sois.

—Lo sé, y lo cierto es que me encanta verlo jugar. Me gusta verlo feliz, lo que me aterraba era amarlo.

—Sí, porque temes perder. Pero para ganar hay que arriesgar, y tener miedo a perder es bueno, porque así luchas para que eso no suceda. Yo me levanto cada día dispuesta a enamorar a tu padre de nuevo. Lo miro como si fuera la primera vez que lo viera y le digo «te quiero» en cuanto tengo ocasión. Lo bueno de tener miedo es que te hace ser consciente de lo mucho que te importan los que tienes a tu lado. Pero hay que saber dominarlo, hija, y no dejar, como hasta ahora, que te controle.

La abrazo.

—Me aterraba tanto perderte que no me di cuenta de que lo que me alejaba de ti no eran nuestras diferencias, sino yo misma. Siento haber sido una hija horrible.

—Nunca lo has sido, Deb. Solo has vivido tu vida como creías que debías vivirla. Yo también fui difícil para tu abuela, pero luego la vida nos hace entender a los que no supimos comprender en su día. Solo hay que tener paciencia, y yo tengo mucha.

—Eres genial.

—Lo sé. —Nos reímos—. Y ahora vamos a trazar un plan para recuperar a tu hombre.

—Tengo uno en mente. Pero me tienes que ayudar.

—Me encantará.

Sonrío feliz; estoy temblando de miedo y temo que Neill no me perdone, pero sé que, si descubro en sus ojos una pizca del amor que vi cuando me dijo «te quiero», lucharé cada día de mi vida por hacerle recordar lo felices que fuimos juntos.

Es hora de pelear por lo que quiero y mandar mis reglas y mis miedos bien lejos. La única regla de esta vida es ser feliz. Y mi único miedo, no poder demostrarle cada día cuánto lo quiero.

Capítulo 27

Neill

—Solo os pido que disfrutéis... mientras los machacáis —dice Lisandro animándonos antes del inicio del partido.

Asentimos. Lisandro es un gran entrenador. Nos ha enseñado cosas nuevas y ha mejorado las que ya sabíamos. Levi nunca ha sido tan buen portero; le ha puesto como preparador al que fue portero de su equipo en la universidad y es tan bueno como Lisandro. Oziel está más centrado que nunca. Y más hoy, que jugamos contra nuestra antigua universidad. Observo a nuestros excompañeros: hay respeto en sus ojos. Todos echan de menos que juguemos juntos y nos miran con anhelo. Lisandro propuso fichar a más, pero el rector de nuestra actual universidad le dijo que no podía becar a más gente.

Hacía tiempo que no era tan feliz compitiendo. Ahora juego porque me hace feliz y no porque sea mi obligación ganar. Hemos perdido algunos partidos, pero nos hemos ido de celebración igual. Lisandro y su equipo técnico, en el que están varios de sus antiguos compañeros, se han venido con nosotros y nos han dicho en qué hemos fallado, pero sin regañarnos. Se nota el buen núcleo de trabajo que hay y cómo eso da sus frutos en los partidos.

En el fútbol me va genial y también en las clases; resulta que los profesores no son unos cabrones que solo por ser un becado del equipo me quieran machacar. Solo valoran mis notas y mis trabajos finales, lo que haga fuera de las clases es cosa mía. Todo me iría muy bien... si no fuera por lo mucho que extraño a Debbie. Y porque en el fondo espero que regrese a mí. Como ese niño tonto que no aceptaba que su madre nunca volvería.

He pensado en llamarla y decirle que estoy bien, pero mentiría; no la veo solo como a una amiga; al contrario, este tiempo alejados me ha hecho darme cuenta de que la quiero más de lo que pensaba, y eso no es bueno. No puedo regresar a su lado solo como amigo cuando la quiero como algo más. Tal vez nunca encuentre el momento perfecto.

Me temo que soy como mis hermanos, que cuando amo lo hago para toda la vida. Siempre me había conformado con lo que tenía, hasta que la conocí a ella y me arriesgué. Ahora sé que jamás me conformaré con las migajas. Si algo he aprendido es que hacerlo no sirve de nada, porque el dolor sigue ahí.

—Vamos, a por ellos. —Lisandro mira a mi antiguo entrenador y ninguno hace amago de darse la mano. La rivalidad está servida.

Estoy a punto de salir al campo a jugar cuando una voz que conozco muy bien dice que está lista, y eso me hace pararme.

—¡Dame una N! —Me vuelvo y me quedo de piedra al ver a Deb roja como un tomate vestida de animadora, moviendo los pompones, esos que odia con todo su ser.

—¡Dame una E! —Se mueve haciendo pasos que no le salen bien y que hacen que la gente se ría.

Lilit, que está cerca, viene con sus animadoras y la rodean, alentándola. No sé cuál de las dos cosas me sorprende más.

—Callaos, idiotas —espeta Lilit al público con una mirada asesina.

—¡Dame una I! ¡Dame una L! ¡Dame otra L! ¡NEILL! ¡NEILL! —No deja de mirarme y noto cuánto le cuesta esto.

Me acerco a ella, pero niega con la cabeza antes de hacer lo que parece una voltereta lateral que le salc fatal y la hace acabar en el suelo.

—¡Te quiero! —dice moviendo los pompones con la falda levantada, la cara roja y los ojos temerosos de mi reacción.

El resto de las animadoras repiten «Neill, ¡te quiere!» y hacen giros y saltos mientras yo voy hacia Deb y la ayudo a levantarse. Estoy temblando de emoción por lo que ha hecho y, por primera vez, al mirarla no encuentro esa barrera que siempre he visto en sus ojos verdes. Solo brillan de miedo, miedo a que la rechace, pero nada más. Algo ha cambiado en ella y lo siento así mientras me acerco.

—Te juro que en el patio de mi casa me salía mejor. Y en mi mente era tan buena como mi madre —me dice sin dejar de mirarme—. Lo siento, Neill. Tenía tanto miedo de quererte con toda mi alma que te perdí. Para mí nunca has sido solo un amigo, siempre has sido el chico que me gustaba y del que me estaba enamorando perdidamente. Como me ha dicho una amiga, el amor es descontrolado, y yo pensaba que tenía el control sobre el nuestro sin ser consciente de que tiene vida propia y mi alma ya te había elegido a ti. ¿Es tarde?

—No, Deb, nunca es tarde para decir «te quiero»; al fin siento que estamos cerca de verdad, sin nada que nos separe. —La beso y noto como se relaja entre mis brazos. Me abraza con fuerza, pero esta vez no noto el amargor de la despedida entre sus brazos. No recuerdo haber sido tan feliz nunca.

—Dejad ya las tonterías, hay que jugar un partido —dice el capullo de mi exentrenador.

—A mis chicos solo les mando yo —dice el padre de Deb—. Y mis chicos juegan mejor si son felices.

Nos guiña un ojo y se aleja.

—Ve a por ellos, demuéstrale a ese idiota cómo se juega al fútbol de verdad.

—¿Te quedas?

—No me pienso perder ni uno solo de tus partidos. Soy tu animadora, aunque mejor si dejo lo de los pompones a las que saben moverlos.

—A mí me ha parecido muy sexi. —Me da un golpecito en el brazo y me río.

—Es que yo soy sexi haga lo que haga.

—Eso, sin duda.

La beso, feliz de que haya vuelto mi Deb, de que todo sea como antes, cuando éramos amigos, amantes, novios.

Salgo al campo y veo como Deb se va con su madre y sus amigos a las gradas. El partido empieza y entonces pasa algo que no esperaba: mis antiguos compañeros se quedan quietos, en señal de protesta.

Su entrenador monta en cólera. Amenaza con despedirlos a todos. Con quitarles la beca, pero no puede. No puede llegar al punto de echarlos a todos. Y tal vez ellos a él tampoco. Pero es su forma de decirnos que lo sienten, que somos un equipo y que estamos unidos. Me quedo también quieto ante ellos y Levi y Oziel se ponen a mi lado. Mis nuevos compañeros hacen lo mismo; nadie juega, solo nos miramos, y así pasa el tiempo.

Cuando acaba la primera parte, Lisandro sonríe y nos anima. Ante una segunda parte aburrida, las gradas se han vaciado. Solo quedan algunas animadoras y nuestros amigos. En toda la segunda parte no pasa nada. El partido acaba, con un empate algo raro. El árbitro hace el acta sin saber qué poner. Porque nunca ha pasado esto. Que dos equipos se nieguen a tocar el balón o si lo han tocado haya sido para jugar y pasarse el balón entre ellos y los jugadores rivales. Eso hemos hecho durante la segunda parte, como si estuviésemos haciendo pases y todos fuéramos un gran equipo.

—Os voy a joder la vida —les dice el entrenador a mis antiguos compañeros cuando se van.

Ellos sonríen y se despiden de nosotros sintiéndose bien por haberse rebelado. Por haber dicho «basta». Por haber plantado cara a una situación injusta como equipo. Y tal vez no sirva de nada, pero espero que el rector se dé cuenta de lo que está pasando de una vez y cambie de entrenador. Me temo que eso solo es cuestión de tiempo.

—Ha sido el partido más raro y emocionante que he jugado nunca —dice Oziel.

—Yo creo que he jugado más que nunca —dice Levi—. Tantos pases no es lo habitual para mí en un partido.

—Creo que somos un gran equipo. —Y no lo digo solo por nosotros tres, sino por mis nuevos compañeros y por los anteriores, a los que tuve el placer de capitanear.

Salgo de la ducha y busco a Deb. Ya es de noche y me dijo que me esperaba tras el partido. La encuentro en las gradas.

—Estarás contenta —le digo apoyándome cerca de donde está. Ella baja hasta quedar a mi altura—. Ya no soy capitán.

—Bueno, pero lo serás. Has nacido para ser líder. Lo que ha pasado esta noche lo demuestra.

—Ha sido raro.

—Ha sido increíble. El fútbol es mucho más que dar patadas a un balón, es ser un equipo. Y has logrado que tu adversario se pusiera a tu altura para apoyaros. Ya ha sido subido a YouTube. Hasta han hablado de ello en las noticias, y esta vez han contado la verdad, que os echaron de manera injusta y que ha sido la protesta de unos jugadores contra su exentrenador para defender al que fue su capitán.

Me incomoda esto. No me gusta ser el centro de atención.

—A Neill Wood, no al hermano de Kevin.

—Supongo que hacer lo inaudito obliga a que la gente te mire por primera vez —le digo—. No me importa. Siempre seré el hermano de Kevin, de Adair y de Dani, y me encanta ser su hermano.

—Son tu familia.

—Sí, y tú la chica que quiero.

—¿Aunque me haya comportado como una tonta?

—Sí, aun así.

—¡Neill! —Se ríe.

Las luces se apagan. Deb salta desde las gradas y tira de mí hacia el centro del campo. Se tumba boca arriba y apoya las manos bajo su cabeza. La sigo, como aquella vez que empecé a perderla, y esperamos mientras miramos las estrellas con las manos entrelazadas. La conozco mejor que nadie, por eso espero y espero hasta que nos mojan los aspersores. Y entonces se levanta, me aparta el pelo de los ojos y dice lo que yo le dije hace tanto tiempo.

—Te quiero.

—Eres una romántica.

—Puede ser. Pero es la verdad. Y esta vez no tengo ganas de huir, solo quiero seguir la dirección que juntos tracemos.

—Como un equipo.

—El mejor.

Nos besamos mojados por los aspersores, sin que nos importe lo más mínimo. Este beso no tiene nada que ver con el primero, pero me hace sentir lo mismo que ese día mientras la besaba, que mi vida no iba a ser la misma. Que mi vida tenía un antes y un después de ella.

—Yo también te quiero, Deb.

—Esta vez no he salido corriendo —me dice feliz, y me acaricia—. No era consciente de la cantidad de cadenas que me había autoimpuesto. —Y por primera vez me cuenta la verdad, lo que la apresaba, lo que temía—. No quería dejar sueños por cumplir.

—No los dejes, hazlos todos, y yo estaré a tu lado.

—Lo sé, ahora lo sé, porque yo quiero ser parte de los tuyos. Ahora sé que, cuando quieres de verdad, la felicidad de la otra persona es la tuya propia. Eso es amor sin egoísmo.

—Lo es. Y ahora tengo en mente un sueño.

—¿Cuál?

—Memorizar cada una de tus pecas. Tengo que reconocer que no me ha dado tiempo... —Se ríe.

—Tenemos toda la vida para que te las aprendas, y pienso hacerte un examen. Soy muy exigente.

—Y eso me encanta de ti.

Me besa eufórica y no recuerdo haber estado tan feliz. Y sé que nunca más me conformaré, que lo quiero todo, y eso implica demostrarle cada instante cuánto la quiero, y que no tenga razones para decirme adiós de nuevo.

Lo más bonito de empezar con alguien es la emoción de volver a enamorar a esa persona cada día de tu vida. Así es como se hace real ese «para siempre».

Epílogo

Debbie

Grito como nadie cuando Neill mete un gol y me mira para dedicármelo. Como ha hecho con todos mi querido capitán, pues no tardó mucho en recuperar su puesto.

Estoy en el banquillo con mi padre. Mi madre no está lejos. Ha sido nombrado entrenadora de las animadoras y la verdad es que hacen virguerías. Este año han competido en varios concursos. Lilit se trasladó aquí y lo cierto es que nos hicimos amigas. Pasa mucho tiempo con mi madre pensando pasos, y son muy buenas. Descubrí que su madre, en realidad, era una pija estirada que no la quería; y en la mía ve a la madre que nunca ha tenido. Es buena chica.

El partido acaba y han conseguido ganar la liga por tercer año consecutivo. La grada estalla en vítores. Neill y su equipo corren por el campo porque la afición se lo pide. Yo abrazo feliz a mi padre y a mi hermano, que este año ha entrado en el equipo. Tiene una lesión en la pierna, pero tras el verano jugará como el mejor. Lo sé. Corre como puede hacia sus compañeros. Mi madre canta hasta desgañitarse y baila con sus chicas. Le encanta. Y a mí verla así de feliz.

Veo a Neill con sus compañeros. Al final, el entrenador de la otra universidad fue destituido y han puesto a otro en su lugar; he de admitir que es competente, pero le faltan buenos jugadores. Los mejores siguieron a su capitán en cuanto pudieron.

Neill corre hacia mí cuando tiene ocasión y me besa con pasión. Llevamos más de tres años juntos y es increíble como cada día que pasa lo quiero más. Le han ofrecido jugar en la liga profesional y ha dicho que sí. Yo, cuando acabe la carrera, el año próximo, buscaré trabajo en la ciudad a la que se va a trasladar. Ya hemos mirado pisos y hemos encontrado varios preciosos que estoy deseando decorar para hacer de alguno de ellos nuestro hogar. Aunque a mí me queda un año de universidad, sé que iré a verlo cuando pueda y será mi casa también.

Al final he acabado siguiendo al capitán. Y es que, como el resto de sus amigos, yo también caí bajo su influjo.

—Lo vas a echar de menos, la liga profesional va a ser diferente.

—Sí, pero nadie me quitará lo vivido aquí.

Y eso es cierto. Tenemos cientos de momentos irrepetibles. Hemos crecido como personas, lo hemos hecho juntos y nos queda un largo camino. Ahora toca ver cómo será la vida laboral. Pero no tengo miedo. Todo se resolverá poco a poco y pasito a pasito. He aprendido de mis padres que, aunque no siempre salga el sol, si te esfuerzas siempre puedes luchar para que tu sonrisa se lleve la tormenta.

Noto como Neill se mueve en mi interior. Mis manos están entrelazadas con las suyas. Nos miramos como si nos viéramos por primera vez y no como si lleváramos más de tres años juntos. Siempre descubro algo nuevo de él, y me fascina. Me encanta. Me vuelve loca este hombre de ojos marrones que cada vez que me mira me dice lo mucho que me quiere.

Alcanzo el éxtasis y me abraza con fuerza tras seguirme en este dulce estallido. Nos quedamos quietos, abrazados, sonriendo. Parecemos dos enamorados que acaban de empezar; doy gracias cada día por estar juntos y hago que cada vez sea como la primera.

—¿Qué te apetece de cena?

—Pizza —le digo a Neill al tiempo que la puerta de la calle se abre de un portazo.

—¡No lo soporto! —grita Nora fuera de sí.

Ella y Roni empezaron la universidad el año pasado y, como Mateo y Ginés se han ido a vivir juntos. Neill propuso que, para que no estuvieran solas, se vinieran aquí a vivir. Y me alegro de que lo hayan hecho. Son geniales las dos y las quiero mucho.

—¿A quién no soportas?

Nora mira a Neill con sus ojos dorados enfurecidos.

—¡A Matty! ¿Tú lo sabías?

—¿Saber el qué? —pregunta Neill yendo hacia ella.

—¡Que se ha trasladado a esta universidad! ¡Que ha aceptado ser el nuevo capitán!

Neill agranda los ojos y por su cara me doy cuenta de que no sabe nada.

—No, no lo sabía. ¿Lo has visto?

—No, y antes me arranco los ojos que mirar a ese

idiota. ¡No lo soporto! —reitera, y corre a su cuarto. Se encierra dando un portazo y miro sorprendida a Neill.

Nora es la persona más dulce, amable y simpática que he conocido; no me pega esto con ella.

—Acostúmbrate —me dice Neill abrazándome por detrás—. Thew —dice refiriéndose a ese rubio de mirada seductora, como yo lo califico— y Nora se llevan a matar. Que se prepare esta universidad. Van a saltar chispas.

Y aunque parece seria la conversación, Neill sonríe. Como si todo esto le hiciera gracia.

Yo no sé qué nos espera, pero nunca he visto a Nora así y, sí, me muero por saber qué pasará. Y quién no.

Agradecimientos

A mi familia por estar siempre ahí, por creer en mí y por hacerme mirar atrás para ver todo lo logrado, y hacia delante para no dejar de luchar por mis sueños y mis metas.

A mi querida Adelaida por creer en mí y por ser tan maravillosa como eres. Me alegra mucho que mis libros me hicieran conocerte y tenerte en mi vida.

A la Editorial Planeta, en especial a Booket y a Click Ediciones, por apostar por mis novelas y hacerlo con tanto mimo y cariño. Detrás de un libro hay un gran equipo que ama tanto como el escritor la obra y se esmera en que salga perfecto. Gracias por mimar tanto mis libros.

A Merche por ser mi confidente de novela y una de mis mejores amigas con las que los bloqueos desaparecen y solo quedan charlas de risas. Gracias por estar siempre ahí.

A Natalia y Andrea, por ser parte de mi vida y tan buenas amigas.

A todos mis lectores y a los nuevos, espero que mis libros nunca dejen de enamoraros y haceros esperar con ansias el siguiente. Gracias por estar siempre ahí, ya que un escritor no es nada sin sus lectores.

Serie *Sweet Love* en Booket: